転生してハイエルフになりましたが、スローライフは120年で飽きました

1

Rarutori
らる鳥

ILL. Ciavis
しあびす

CONTENTS

転生してハイエルフになりましたが、スローライフは１２０年で飽きました　1

発行 ―――――― 2021年4月15日　初版第1刷発行

著者 ―――――― らる鳥

イラストレーター ―――― しあびす

装丁デザイン ―――― 石田 降（ムシカゴグラフィクス）

発行者 ―――――― 幕内和博

編集 ―――――― 佐藤大祐

発行所 ―――――― 株式会社 アース・スター エンターテイメント
〒141-0021　東京都品川区上大崎 3-1-1
目黒セントラルスクエア　７F
TEL：03-5561-7630
FAX：03-5561-7632
https://www.es-novel.jp/

印刷・製本 ―――――― 図書印刷株式会社

ISBN 978-4-8030-1511-9

あとがき

この度「転生してハイエルフになりましたが、スローライフは１２０年で飽きました」
ご出版、誠におめでとうございます！！
イラストを担当させて頂きました「しあびす」と申します。

この作品を通じて、死ぬまでになにかひとつでもいいので「やりたい」
と思えることをやってのけたいと、より一層強く思いました。
これを読んでる読者さんにひとつお聞きします。今なにかやりたいことがありますか。
エイサーは鍛冶、剣技を始めました。僕はペンとギターを持ちました。

それではこのあたりで失礼します。ここまで見てくださり
本当にありがとうございます！

第一章　クソエルフとクソドワーフ

大きな木の、やはり大きな枝の上に寝そべって、私は木の実を一口齧る。

シャリッと心地好い歯応えと共に、軽い酸味と甘味が口の中に広がった。

この木の実、アプアの実は若返りの霊薬を作る素材になるとも言われる代物で、人の間では金貨を積んで取引されるらしい。

しかしこの森の中でなら、こんな物は食べ放題だ。

「風の精霊よ」

アプアの実を食べ終わった私は、そう呟いて残った芯を放った。

次の瞬間、渦巻いた風が芯を擂り潰す。

こうして果肉は私の滋養に、芯は地の滋養に。

土に種を吐き出せば、運が良ければ芽吹くだろう。

くぁっと大きく欠伸をすれば、空から舞い降りた鳥が私の胸に留まり、チチッと高い声で鳴く。

そっと指を差し出せば、鳥はまるで甘えるようにそこに顔を擦り付けた。

私が決して害を加えぬと、鳥は十分に理解している。

その理解の根拠となるのは、私が森と共に生きる一族、エルフであるから。

まぁ正確に言うなら、より精霊に近いハイエルフになるらしいのだけれど、森の住人というカテゴリで見れば大差はないと私は思う。

だってエルフもハイエルフも然して変わらぬ、変化に乏しい生き物だ。

「うん、正直、飽きた」

私はダラダラとだらけながら、誰に話すでもなく独りで呟く。

腹が空けば果実を食べ、狩りをする訳でもないが弓を引いて腕を磨き、精霊と語らっては世界の真理を覗く。

エルフの生活とは正に理想的なスローライフと言えるのだけれど、……流石に百二十年もそんな事をしてると飽きが来る。

ちなみに私は今年で多分百五十歳くらいなのだけれど、物心ついたのが三十歳程だったから、そこから数えて百二十年だ。

もちろん、他のエルフやハイエルフ達はそんな生活に疑問を抱かず、何の不満もなさそうに森を愛して生きている。

何故なら彼らにとってはそれが当たり前で、他の生活なんてはなから考えもしないから。

だけど私は、この深き森の奥に生まれ、外の世界など一度も出た事はないけれど、それでも物心ついたその瞬間から、比較対象となる他の生活を知っていた。

そう、私は前世の記憶を持った、別の世界からの転生者という奴である。

私の前世は人間で、しかもその時に生きていた世界では、エルフなんて物語上の存在でしかなかった。

その世界、地球では凄惨な争いも多かったが、同時に娯楽や芸術、文化の産物で溢れていたのだ。争いの多いせわしない世界を知っているからこそ、エルフの緩やかで平和な生活の素晴らしさがわかる。

でも同時に文化の産物で溢れた世界を知っているからこそ、エルフの生活の刺激の乏しさにもはや限界が来ていた。

まず何よりも、

「肉、食べたいなぁ」

果物ばかりの生活はウンザリだ。

私がそう呟いた途端、胸に留まっていた鳥が大慌てで飛び去って行く。

あぁ、もう、随分と賢い鳥である。

でも別にあの鳥を捕まえて食べようって訳ではなかった。

何せこの深き森の中で火を使えば、他のエルフやハイエルフがすっ飛んで来て文句を垂れるだろうから。

どうせ肉を食べるなら焼きたいし、肉を焼くなら森を出るしかない。

つまりそれは、逆に言えば、森を出てしまえば肉を焼いて食べて、それから色んな物を見て回る刺激に満ちた生活ができるという事だ。

「よし、エルフの生活はもう良いや。私には、……うぅん、僕にはちょっと向いてなかったね。コレ」

どうにかハイエルフの生活に溶け込もうと、百年以上もそれらしく振る舞って頑張ってみたけれど、やっぱりそろそろ限界だ。

何せ老いと無縁なハイエルフの寿命は一千年を越え、しかも肉体が滅んだ後は、魂が精霊となって世界の終わりまで自然界を揺蕩(たゆた)うとされる。

この百二十年と同じ生活があと八百五十年も、或(ある)いは世界の終わりまで続くなんて、流石にちょっとぞっとしない。

どうせ長い寿命があるのなら、外の世界に出て色んな物を見て、色んな物を食べて、色んな事を経験して、満足してから精霊なり何なりに成りたいじゃないか。

僕は森を流れる川へと向かい、そこで岩を拾ってぶつけ合わせ、何度も何度も割って、石のナイフを作る。

この森の中に加工された金属製品は、存在しない。

鉱石として地の中に眠るなら兎(と)も角(かく)、加工された金属製品は、森の木々が怯えるからという建前だ。

実際の所はエルフが、鍛冶に優れた種族であるドワーフを忌み嫌うが故の決まりだろう。

だってそりゃあ、木々を切り倒す斧やら何やらなら怖いかもしれないが、スプーンやフォークといったカトラリーの類を、木々が怖がる道理がない。

なので森の中で刃物を欲するなら、こうやって石を割って尖らせるか、大型の獣の牙や骨を削って作る。

但し石を割った刃物は兎も角、大型の獣の牙や骨は貴重品で、長じたエルフやハイエルフしか持つ事は許されない。

何故なら未熟なエルフやハイエルフが物欲に囚われたなら、獣に対して無益な殺生(せっしょう)を働くようになってしまうから。

そう、つまり僕みたいな欲深には、絶対に持たせて貰えない代物だった。

まぁそんな事はもうどうでも良い。

森から出るのなら、そんなしきたりは僕には関係がなくなる。

僕は流れる水面に映った自分を見ながら、石のナイフを用いて自らの髪をバッサリと切り落とす。

長い髪は高貴なるハイエルフの象徴とやらで、整える程度で短くする事は許されなかったが、正直ずっと邪魔だと思っていたから。

尤(もっと)も適当なナイフであまり短くし過ぎると、失敗した時の取り返しがつかないから、取(と)り敢(あ)えず今は肩くらいの長さに。

こんな姿を見られたら、ハイエルフの長老達には三日三晩の説教をされてしまうだろう。

しかも数十年はその事を引き合いに、ブツブツと小言を言われ続ける。

そんなのは当然真っ平なので、さっさと森を出てしまおう。

髪を切る。

たったそれだけの事なのに、僕の心は随分と軽くなった。

出発前に挨拶をしておきたい誰かも、特には居ない。

血の繋がった親は存在するのだけれど、ハイエルフの子供は若い芽として、集落全体で育てられる。

だから血の繋がった親であっても、集落の他のハイエルフと同程度にしか親しみを持てない。

仲の良い相手が居なかった訳ではないのだけれど、森を出る事を話しても理解はしてくれないだろうし。

まぁ、仕方ない。やむをえまい。

これが今生(こんじょう)の別れになるとは限らないのだし、縁があればまた会える。

彼らが僕の失踪に気付くのは、多分一ヵ月くらいは後の話だ。

そう割り切って、僕は颯爽と森の外を目指して歩き出す。

手荷物には弓と矢、蔦(つた)を編んだ袋にアプアの実を詰め、それから石のナイフを持って。

エルフ、ハイエルフが言う所の深い森は、森の外ではプルハ大樹海と呼ばれてるらしい。

まぁより正確には、その一部がエルフ、ハイエルフの住む深い森になる。

深い森の中心部にはハイエルフが住み、外周部にはエルフが住む。

そして深い森の周囲は精霊の力を借りた結界が張られていて、魔物や他の人族を惑わして追い返していた。

逆に言えば、深い森の範囲を越えて結界から一歩でも出てしまえば、そこから先はもう完全に外の世界だ。

でもだからって、

「まさか結界から一歩出た途端に魔物に襲われるとは、思わなかったねぇ……。外の世界は刺激的だなぁ」

その途端に大型の狼の魔物、フォレストウルフの群れに囲まれるとは、夢にも思わなかったけれども。

これはプルハ大樹海が危険地帯なのか、それとも僕の運が悪いだけなのか、果たして一体どちらだろうか。

とはいえ、ここは深い森ではなかったとしても、木々に囲まれた場所である。

僕が助けを求める視線を木々に向ければ、彼らは根を動かしてフォレストウルフを遠ざけ、僕を樹上に避難させてくれた。

……さて、ひとまずの安全を確保した上で僕が考えるのは、木の下で唸ってるフォレストウルフ達をどうするかって事だ。

もっと具体的に言えば、殺すかどうかって話である。

実際の話、フォレストウルフを狩るのは、もうそんなに難しい話じゃない。

単に樹上から矢を射るだけで、安全にフォレストウルフを狩れるだろう。

尤も持ってる矢が木を尖らせた物ばかりだから、魔物の毛皮は射貫(いぬ)けないかもしれないので、目を撃ち抜く必要がある。

けれど、ハイエルフの集落では難易度の高い的当てくらいしか遊びがなかったので、百年もそんな事ばかりしてたから、相手が多少動こうが的が小さかろうが、当てる事は難しくない。

なので僕が悩んでいるのは狩る方法じゃなくて、そもそも殺してしまって良いのかという所だった。

いやまぁ、向こうから襲って来たのだから躊躇う必要はないのだろうけれど、殺しても狼なんて食べたくないし、こんな場所で毛皮を剥ぐのも面倒臭い。

もちろん重たいフォレストウルフの軀を担いで行くなんて論外だ。

牙や爪くらいなら持ち運べるだろうけれど、群れともなるとそれだって数が多すぎる。

故に一体や二体なら兎も角、それ以上は本当に単に殺すだけになってしまう。

「んー……、まぁ、良いか」

取り敢えず一体か二体は狩ろう。

それで逃げてくれれば爪と牙を取って、軀は埋めてしまえば良いし、もしも逃げなかったら、またその時はその時に考える。

僕は弓に矢を番えて、キュッと引いてシュッと連続で二発放つ。

狙うはフォレストウルフの群れの中でも、特に体格の良い一匹。

アレが群れのリーダーならば、それを討てば他が逃げる可能性は高いと踏んだから。

矢は狙い違わず大きなフォレストウルフの目を射貫き、その個体が痛みと驚きにギャンと叫んで

仰け反った、その開いた口腔内を、二発目の矢が貫いた。

「よし」

狙い通りの矢が放てた事に、僕は小さな満足感を覚える。

やはりそれが何であれ、特技だと思える物は一つは持ってた方が良い。

それは自信に繋がるし、場合によっては今のように身を救う事もあるから。

リーダーを失って浮足立ったフォレストウルフ達は、僕がもう一度弓を構えて見せれば、一斉に踵を返して木々の間を逃げて行く。

……成る程。

どうやら魔物の知能は、僕が思ってるよりも高いらしい。

無駄な殺しをせずに済んだ事は喜ばしいが、これから先も魔物と遭遇する事はあるだろうから、決して油断はしないようにしよう。

「うん、よし、ありがと」

僕は助けてくれた木に礼を言って幹を撫でてから、枝から飛び降りて着地する。

荷から石のナイフを取り出して、既に息絶えているフォレストウルフの、爪と牙を手早く剝ぐ。

石のナイフはフォレストウルフの毛皮や、爪と牙にはとてもじゃないが歯が立たないが、上手く使えば爪を剝いで歯肉を裂き、牙を抜く事くらいはできるから。

蔦を編んだ荷物袋に爪と牙を仕舞った僕は、

「風の精霊よ」

そう呟いて、辺りに居た風の精霊に呼びかける。

精霊に呼びかけて力を借り受ける、精霊術の行使だ。

僕の意思を受け取った風の精霊は、左右に反転する二つの風の渦を生み出して、残ったフォレストウルフの肉体を皮と骨ごとミンチに変えていく。

実にグロい光景だけれど、こうして潰しておけばその肉体は素早く地に還(かえ)り、ここに立つ木々の滋養となる。

つまりこれは、先程助けてくれた木々に対するお礼だった。

尤も働いてるのは僕じゃなくて風の精霊で、肉体を持たず、物理的欲求もない精霊に対してはお礼のしようがないのだけれど、そこはまぁ、感謝の気持ちだけは惜しまずに捧げよう。


「……さて」

色々と後始末を終えた僕は、敢えてそう口に出して気を取り直す。

この先、プルハ大樹海を抜けて人里に辿り着くまで、一体何回同じような出来事に出くわすだろうか。

何せまだ、僕は深き森の結界を出て一歩しか進んでいないのだ。

先は長いどころの話じゃない。

だけどそれでも、

「やっぱり外の世界は刺激的だね」

自然と笑みが浮かんでしまう。

こんなアクシデントですらも、長いスローライフに飽いてた僕には、とても新鮮な刺激だった。

フォレストウルフから得た爪と牙をどうするか、それを考えるだけでも心が躍る。

大きな牙は削って研げば短剣か、大振りなナイフの刀身になりそうだし、小さな牙は連ねて細工物になるだろう。

失敗して無駄にしては殺したフォレストウルフに申し訳ないから、まずはナイフ加工と細工物作りを誰かにならうべきかもしれない。

まぁ兎にも角にも目指すは人里。

森の中でスキップをする程に僕は馬鹿じゃないけれど、期待に速まる足を抑える事は、どうやら中々に難しそうだ。

悲報。

プルハ大樹海を出るだけでなんと半月も掛かる。

いや、流石にこんなに掛かるとは思わなかった。

気が向いたら水を浴びたいからと、流れる川沿いに進んだのも悪かったのかもしれない。

水を飲みに来たのであろう魔物にも何度も出くわしたし、時には魚が嚙み付いて来た。

事前に水の精霊が危険を教えてくれたから良かったようなものの、気付くのが遅ければ一口か二口は齧られてしまっていただろう。

でも過去の事はおいといて、僕は適当に木の実を齧りながら大樹海を踏破して、ようやく外の世界に辿り着く。

木々に遮られずに広がった平原が、夕日に照らされて赤々と染まる景色を見た時、僕の身体は感動に震えた。

地平という言葉を、僕は久しぶりに思い出す。

そう、ここから先はどこまでも広がった、果て無き世界だ。

まぁ実際にはどこかに限りはあるのだろうけれど、気分的にはそんな感じである。

しかし感動に浸ってる時間の余裕は、あまりない。

向こうに見えるのは、周囲を石壁に囲まれた人里、……町だ。

僕は完全に日が落ちてしまって入れなくなる前に町に辿り着く為、大急ぎで歩く。

ヴィストコート。

町に入る門の隣に書かれているから、多分町の名前だろう。

「……おいおい、エルフじゃないか。ぼんやりとして、どうした？　人の町は初めてか？」

石壁の威容と門の立派さに呆然としていたら、槍を持った兵士、門を守る衛兵だろう人物が、心配げに話しかけてくる。

時間帯のせいだろうか、僕の他に町に入ろうと言う人はおらず、故に彼が、僕がこの世界で百五十年生きて初めて見る人間となった。

「立派な門だから見てたんだ。人間の人。町は初めてだよ。時間大丈夫？　間に合った？　入って良い？」

勘だけれど、この人は悪い人ではなさそうだ。

だから僕も笑みを浮かべ、両の掌(てのひら)を見せて友好を示しながら、町に入れてくれと頼んでみる。

「あー、初めてか。町に入るには入場料が掛かるんだが、大丈夫か？　金ってわかるか？　どこかの町の身分証があれば銅貨二十枚、なかったら銀貨一枚掛かるんだが……」

すると衛兵は困った風に、ゴリゴリと自分の頭を掻く。

成る程。

もちろん、僕は他のエルフやハイエルフと違って、人として生きた記憶を持つので金くらいは知ってるし、その意義も理解してる。

だけど金はわかっても持っているかと問われれば、それはまた全く別の話だ。

僕が悲し気に首を横に振ると、

「あぁ、えっとな、町に入るには金ってのが必要なんだよ。なぁ、この町に知り合いが居て訪ねて来たのか？　だったら立て替えて貰えるように呼んで来てやるが」

衛兵はそんな風に提案してくれる。

やっぱり、この衛兵は良い人みたいだ。

しかし残念ながら、僕がこの町に来たのは、プルハ大樹海を抜けた先に偶然あったからに過ぎない。

うぅん、そうなるとフォレストウルフの牙辺りを買い取って貰って、その中から入場料を支払うしかないのだけれど、仕方がないとは言え、それは少し気が進まなかった。

だってこの牙と爪は加工して、自分で身に着けようと思っていたから。

するとその時、

「あのっ、すいません。少し良いですか？」

後ろから声が掛けられた。

振り返ってみれば、何時(いつ)からそこに居たのだろうか？

若い男が一人と、同じく若い女が二人。

まぁ僕から見たら人間は例外なく若いのだけれど、そうではなくて、人間という種族の中でも若者という意味だ。

……しかし、あれ？

よく見れば女の一人は、もしかしなくてもエルフだから、僕より年上の可能性が浮上する。

そして声を掛けてきたのは、革鎧を身に着けた、いかにも冒険者のエルフといった風情(ふぜい)の女性だった。

首を傾げる僕と衛兵に対して、そのエルフの女性は少し焦(じ)れたようで、グッと僕の腕を引っ張って門から離れ、

「もしかして、ハイエルフの方でしょうか？」

小声でそう問うてきた。

エルフにはハイエルフが光を纏っているように見えるらしく、それは魂の不滅性による物なのでちょっと隠しようがない。

まぁ隠すような事でもないけれど。

でも引っ張られた腕が少し痛かったので、僕はちょっと不機嫌になって頷く。

そしたらエルフの女性は納得が半分、何でここにハイエルフがと言わんばかりの疑問が半分、入り混じったような器用な表情をする。

少しその顔が面白かったので、僕は腕の痛みは忘れて、彼女を秒で許す。

女性に対して些細な事で怒るのは、やっぱり心が狭いと思うのだ。

「あの、差し支えなければ、何故貴方のような方が人の町にいらしたのかお聞かせ願えませんか？」

そのエルフの女性は、心底不思議そうに僕に問う。

まぁその疑問は、当然抱く物だった。

僕だって他のハイエルフが人里に居れば、思わず目を疑うだろうし。

森と共に生き、死しても精霊として世界の一部になる。

外の世界の事は全てを些事としか思わず、精霊と成るべく死に向かって生きる。

それがハイエルフという生き物だ。

もちろん僕以外のハイエルフの話だけれど。

「うん、森に飽きたからね。色々見て回ろうと思って。あぁ、エイサーって呼んで良いよ。深い森の里ではそう呼ばれてたから」

赤子の時、風に乗って流れて来た楓(かえで)の葉を握ったからエイサー。

名前というよりは、便宜上の呼び名のような物である。

長老からは楓の子とか呼ばれてたし。

精霊の多くは名を持たぬが故に、ハイエルフもまた名を持たない。

尤もそれだと不便だから、便宜上の呼び名を決める。

単なる言葉遊びにしか思えないのだけれど、もしそれを指摘すればハイエルフは本気で怒るだろう。

彼らが本気で怒るというのは即(すなわ)ち躊躇わずに殺しに掛かって来るという意味なので、喧嘩(けんか)を売る心算がないのであれば、ハイエルフの名に関してはあまり触れない方が良い。

僕の言葉を聞いたエルフの女性は、もう露骨(ろこつ)にハッキリと、『うわコイツ変わり者だ』って考えてるのが丸わかりな顔をする。

その表情が実に雄弁で、面白い。

多分彼女は、外の世界で暮らして長いのだろう。

エルフも外の世界で暮らしているとこうなるのかと思えば、少し嬉しくなってくる。

それはまるで植物が動物になってしまったかのような変化に、僕には思えたから。

いやまぁ植物が悪いとか、動物が良いとかいう話ではなく、見てて面白いって意味だ。

「わかりました。エイサー様。ハイエルフの御方にこのように申し上げるのは不敬ではありますが、このアイレナが同胞のご縁により助力させていただきます。この場はお任せ願えますか？」

エルフの女性、アイレナは、暫(しばら)く何かを考えていたようだが、不意にそんな事を言い出した。

はてさて、どうやら彼女は僕を助けてくれる様子。

一体何故だろうと思わなくはないが、アイレナからは悪意らしき物は感じない。

何より精霊達も彼女には普通に気を許しているから、悪いエルフではないだろう。

「うん、ありがとう。町に入れなくて困ってたから、助かるよ。でも別に様は要らないからね」

僕はそう言って、握手をしようと思って右手を差し出す。

しかしアイレナは一体何を考えたのか、腰を落として膝を突き、僕の手を押し頂くように両手で持つと、その甲に額を付けた。

……うん、別にそういうのを要求した訳じゃないんだけど、エルフはやっぱり駄目だな。

助けてくれるのは有り難いけれど、町に入った後はなるべく早く別れよう。

「六つ星チーム、白の湖が、こちらのエイサー様の身分を保証し、入場料もお支払いします」

アイレナが衛兵にそう告げて、何やら手続きを行ってる。

ぼんやりとその後姿を眺めていると、彼女の仲間らしい人間の男女が僕の隣に並び、六つ星の意味を教えてくれた。

何でも冒険者には初心者である一つ星から、最高位の七つ星までのランクが存在し、彼らはその上から二番目である六つ星の冒険者が集まったチームなんだとか。

そして七つ星の冒険者は国中を探しても数名しか居らず、このヴィストコートの町では彼らが最高位の冒険者になるらしい。

つまりは、そう、自慢であった。

実際何やら凄そうなので、僕は一応拍手をしておく。

でもこの町に冒険者が何人いる中での最高位なのかはわからないから、どのくらい凄いのかはさっぱりわからないのだけれども。

アイレナの仲間の女性は苦笑いをしてるけど、男性の方はそれでもちょっと満足気だから良しとしよう。

僕的には六つ星って部分よりも、むしろ白の湖って名前に由来があるのかが気になったが、今更聞ける雰囲気でもない。

やがて手続きが終わったのか、先程の衛兵が僕を手招きして、

「おう、アンタ。良かったな。希望通り町に入れるぞ。でもこの人が保証人になってくれてるから、気を付けろよ。町中で問題を起こしたら、保証人にも責任は及ぶからな」

町中での注意事項を僕に教えてくれた。

尤もそれは、『盗みをしない』や、『自己防衛の為以外には通りで武器を抜かない』といった、至極当たり前の事が殆どだ。

注意しなければならないのは、市民権を持たない人間が町に一週間以上の長期滞在をする場合は、滞在税を役場に納める必要がある事くらいか。

ちなみに通りで武器を抜くのは禁止だが、武器屋や冒険者ギルドの中といった特別な場所や、宿の自室等のプライベートな場所で武器を抜くのは許可されていた。

まぁ自室で武器を抜けなければ、手入れもできなくなってしまうのでその辺りも当たり前の話である。

「じゃあアンタ、ここに名前を記帳してくれ。……エイサーか。俺は衛兵のロドナーだ。困った事があったら相談に来いよ。よし、それじゃあエイサー、ヴィストコートの町へようこそ」

僕が差し出された台帳に名を記せば、衛兵、ロドナーは笑みを浮かべて僕の肩を叩く。

気が付けば、辺りはすっかり暗くなってる。

彼は僕を締め出さないようにする為、門を開けたままに待っててくれたのだろう。

僕とアイレナ、それからその仲間達が町に入ると、門が背後で閉められた。

……さて、ようやく人の町には入れたけれど、残念ながらもう日が暮れているので、人通りはそんなに多くない。

「ではエイサー様、この後の事ですけれど何をなさるのか、ご予定はありますか？　もし予定がないのでしたら、身分証を得る為にも冒険者として登録される事をお勧めしますが」

僕がきょろきょろと辺りを見回してると、アイレナがそう問うて来る。

あぁ、そうか。

そういえばこの後をどうするか、そろそろ決めなきゃいけない。

だけど冒険者よりも、今の僕には一つやりたい事があった。

「いや、冒険者はまだ良いかな。……それよりも僕は鍛冶屋に行きたい。一番腕の良い鍛冶屋って、どこ？」

そう、まずは加工技術を覚えて、フォレストウルフの牙と爪を、ナイフや細工物に加工するのだ。

その為の場所と言えばやはり鍛冶屋だし、教わるならできる限り腕の良い鍛冶屋にしたい。

でも僕のその言葉に、

「えっと、……この町で一番の鍛冶屋はドワーフですので、エルフである私達には恐らく何も売ってはくれないかと」

アイレナは苦い顔をしてそう言った。

成る程。

確かにドワーフとエルフは互いに互いを忌み嫌う仲であり、ドワーフの鍛冶屋はエルフである僕やアイレナに物を売ってはくれないだろう。

でもそれは何も問題じゃない。

だって僕は、そもそもお金を持ってないから、そのドワーフから何かを買ったりはできやしないのだ。

しかしドワーフか。

「良いじゃない。僕、ドワーフも見てみたいし。好都合だね。あ、でもアイレナがドワーフ嫌いなら、場所だけ教えてくれたらそれで良いよ」

むしろ望む所である。

まぁそのドワーフが僕に加工技術を教えてくれる可能性は低いだろうが、それはそれでドワーフという生き物がどういった存在なのか、ハッキリと確かめる良い機会だった。


「あの……、エイサー様は、ドワーフがお嫌ではないのですか？」

信じ難い物を見るような目で、僕を見るアイレナ。

エルフに会えばそういった目で見られるのは、ハイエルフらしく振る舞う事を止(や)めると決めた時から覚悟はしてた。

だからその視線にも、僕は笑みを浮かべて頷ける。

「だって会った事もないのに嫌うって、変でしょう？」

その言葉に、アイレナは僕から視線を逸らす。

エルフの神話では、ドワーフは全き自然から火の欠片(かけら)を盗み出して、炉に閉じ込めたとされている。

だけどそんな事、ある筈がないだろう。

何故ならそれは、ドワーフが完全に自然を制したに等しいって意味だから。

仮にドワーフがそんな事をできる力を持ってるなら、仲の悪いエルフは今頃絶滅してなければおかしい。

精々が何かの比喩の話で、それを真に受けてしまうならエルフは阿呆だと思う。

とはいえ、口で幾ら言われた所で、染み付いた嫌悪感は簡単に拭い去れる筈はない。

また僕は、無理にアイレナの考え方を変える気もなかった。

僕は僕が、僕の思うままに生きられればそれで良いのだ。

「あぁ、でも今日はもう夜だから、今行くと迷惑かな。先に宿へ行きたいけれど、お金ないからね。あ、そうだ。アイレナ、これ、買い取ってくれない？」

そう言って僕は、荷物袋の中からアプアの実を取り出して、アイレナの手に握らせる。

門の所でこれを売ろうとしなかったのは、人間にはこの実が何であるかの識別ができないだろうと思ったから。

しかしエルフである彼女なら、これが何なのかはわかるだろう。

アプアの実は朽ちぬ生命力を秘めていて、収穫してから半月が経った今でも、何も変わらず瑞々しい。

「えっ、これ、もしかして……」

手の中の実を確認して、アイレナの顔色が変わる。

外の世界でアプアの実に価値があるという話は、深い森に住むエルフの思い込みで、実は何の価値もありませんなんて事は、彼女の様子を見る限りなさそうだ。

僕は少し、安堵に胸を撫で下ろす。

でも考えてみれば、町に入れたのもアイレナに会えたからだし、鍛冶屋がドワーフだというのも、彼女が居たからわかった事だ。

これだけ世話になっておいて何の礼もなしというのは、流石に義理を欠くだろう。

「それから、こっちはお礼ね。ありがとう。君のお陰で助かったよ」

だから僕はもう一つ、アプアの実を取り出して、アイレナの手の上に置く。

多分エルフなら、アプアの実は好物の筈だ。

僕はもう大分と食べ飽きてるけれど、長く食べなかったらまた食べたくなるであろう事は確実な程に、このアプアの実は味が良い。

アイレナの仲間は僕達のやり取りを不思議そうに見ていたけれど、驚きに固まった彼女が再起動するには、暫くの時間を必要とした。

それから僕はアイレナに、『安易にこの実を他人に見せない事』や、『明日はお金や人間の生活に関して詳しく教えるから鍛冶屋は後回しにするように』との約束をさせられる。

割と真顔で、ハイエルフへの敬意をどこかに投げ捨てて注意して来た彼女は、思わず震えが来る程に怖かったから、取り敢えず明日はアイレナに色々と教わろうと思う。

◇◇◇

「たのもう！」

　初めての人里、ヴィストコートの町に辿り着いた翌々日、僕は目的である鍛冶屋の扉を開いて声を張り上げる。

　僕の加工技術を教えて欲しいとの願いは、断られる可能性が大なので、むしろ今日はドワーフを見に来た。

　なので大切なのは勢いだ。

　正直、昨日は長旅の疲れが出て元気がなかったので、アイレナに色々教わる為に一日拘束されたのは、有り難い判断だったと思う。

　だからお金の価値はもうバッチリだ。

　銅貨百枚で銀貨一枚。銀貨十枚で小金貨一枚。小金貨十枚で、大金貨一枚。

　そしてアプアの実の値段としてアイレナが僕に渡した額は、なんと大金貨五十枚だった。

　ちなみに銅貨数枚で一食が食べられるし、昨日泊まった宿は部屋に浴槽も付いた豪華な部屋で、食事も素晴らしい物だったけれど、宿泊費は銀貨五枚。

　凄く大雑把(おおざっぱ)な感覚から言って、銅貨一枚が百円くらいで、銀貨は一万円くらいなのだろうか。

　一昨日も昨日も、多分今日も、宿代はアイレナが出してくれているけれど、値段を日本円に当(あ)て嵌(は)めて考えると、実に何やら申し訳ない。

でも安宿で良いと言ったのに、そんなのとんでもないと言って強引に宿を決めたのは彼女なので、取り敢えず今は奢(おご)られておこう。

今の宿は肉がたっぷりのシチューや、多少固いが噛めば小麦の芳潤な香りが口の中に広がるパンと、塩を惜しまずに味付けしたステーキ等を食事として出してくれるから、今更安宿になんて行きたくないし。

しかしまぁ、そんな事はさておいて、今は兎に角ドワーフだった。

この鍛冶屋は入り口の辺りは様々な武器や鎧といった商品が並べられた店舗スペースで、奥が鍛冶場になっているらしい。

声は確かに届いただろうに、奥から聞こえる金属を打つ音は止まないので、今は忙しいのだろうと思い、僕はぐるりと周囲を見回す。

手が離せないなら、仕事の邪魔をするのは、僕としても本意ではないのだ。

所狭しと置かれた商品は、実用一辺倒といった具合の無骨な剣から、華美な装飾を施された鎧、一体どう使うのかもよくわからない珍妙な何かまであって、見ていて飽きない。

そんな中でも僕が目を惹かれたのは、くの字の刀身の内側に刃が付いた、大振りのククリナイフ。

大振りと言ってもナイフや短刀の類だから、斧や大剣といった大型武器に比べれば、決して大きな物じゃない。

だけどそんな大きな武器にも負けぬ迫力を、そのククリナイフは静かに醸(かも)し出している。

もちろん勝手には手を触れない。

どんなに心惹かれても、これは武器だった。

店主の許可なく勝手に触って怪我でもすれば、店に迷惑をかけてしまう。

まぁドワーフの店主にとってはエルフの僕が来店するだけで迷惑なのかもしれないけれど、それはそれ、これはこれって奴だ。

「おお、待たせてしまったな。お前さん良い目をしとるの。それはな、単なる鉄じゃなくてって……、オイ、よく見りゃてめぇエルフじゃねぇか！　儂の店で何してる。クソエルフなんぞに売るもんはねぇぞ！！！」

僕が飽きる事なくククリナイフを眺めていると、後ろから掛けられた穏やかな声が、ほんの数秒で酷い罵声に変化した。

振り向けば、筋骨隆々で矮躯の男が、こちらを睨み付けている。

豊かな髭を邪魔にならぬように編んだその姿は、まさにドワーフでございますと言わんばかりで、僕は嬉しくなって思わず笑みを浮かべてしまう。

「こんにちは！　凄く良いククリナイフだね。うん、欲しいけど買い物じゃないんだ。クソドワーフ。欲しいけどね！　欲しいけどね！　使おうと思うナイフの素材はもう決まっててね！　あ、失礼してます。これ、お近づきの印の手土産です」

だけど今は戦いなのだ。

僕はドワーフの罵声に負けぬよう、大きな声で言い返した。

あ、でも手土産に買った酒は忘れず、瓶を割らないように気を付けて手渡す。

やっぱり挨拶と手土産、礼儀は大事だから。

「これは丁寧に済まんの。って、誰がクソドワーフじゃ！　このクソエルフが！　クソエルフの分際で良い酒を選びよって！！　……くっそう、本当に良い酒持って来たの。で、買い物でなかったら何の用じゃい。つまらん用事なら酒を貰ったとはいえ本当に叩き出すぞ」

僕の礼儀正しい態度にドワーフも胸を打たれたのか、語気を弱めて用件を問う。

あぁ、うん、この人も結構良い人だ。

やっぱり実際に会ってみないと、人の好き嫌いはわからない物である。

でも話を聞いてくれると言うなら、これ程に有り難い事はない。

まぁ完全に、町の酒屋で大金貨一枚もした高級酒のお陰ではあるけれども。

僕は荷物袋からフォレストウルフの牙を取り出し、店のカウンターの上に置く。

「森から出て来る時に倒したフォレストウルフの牙なんだけど、これをナイフに加工したくて。技術を教えて貰いに来たんだ」

その言葉に、ドワーフは片目の眉をピクッと持ち上げてから、見せて貰うぞと一言声を掛けて、手に取りマジマジと牙を観察する。

牙を扱う手つきは丁寧で、その視線は真剣そのもの。

数分間、ドワーフは本当にじっくりと牙を観察してから、それを机の上に戻す。

「変なエルフだとは思ったが、お前さん、本当に阿呆じゃの。それはフォレストウルフの牙じゃなくて、もっと大きなグランウルフの牙じゃ。多少やり方を教えた所で、素人に扱える素材じゃないわい」

そしてドワーフの口から出て来たのは、衝撃の事実だった。

何という事でしょう。

森に出て来る狼の魔物は、全部フォレストウルフだと思っていました。

だけど外の世界では違うらしい。

「うん、だから失敗したくないから、この町で一番の鍛冶屋と言われてるドワーフに教わりに来たんだ。毛皮も肉も、持って来られなかったからね。爪と牙だけでも、無駄にしないように活用しないと」

僕はフォレストウルフ改め、グランウルフの牙を荷物袋の中に丁寧にしまう。

するとドワーフは、

「失敗したくないなら、儂がその牙をナイフにすれば良かろうが。グランウルフを狩れる程に強いなら、技術なんぞ学ばんでも冒険者として幾らでも稼げるだろうに」

そんな風に言い出した。

成る程、本当に優しいドワーフである。

どうやら彼は、何なら僕の為に武器を打っても良いと言ってくれているのだ。

だけど僕は、

「いや、冒険者はまだ良いかな。ナイフだけじゃなくて他の牙や爪は細工物にしたいし、鍛冶技術にも興味あるし。ドワーフも思った通り面白いし、炉とか見たいしね。何なら十年か二十年は冒険者よりも鍛冶がしたいや」

首を横に振って笑みを浮かべる。

そんな僕を、ドワーフはまるで頭のおかしい生き物を見るような目で見てた。

うん、まぁそういう反応にはなるだろう。

エルフとしては、頭のおかしい事を言ってる自覚はある。

しかし人間としては、生きる時間のスケールが違い過ぎるから。

結局僕は、僕という生き物として生きるしかない。

ハイエルフらしさを捨てた時、僕の生きる道はそう決まったのだ。

たとえ他人に理解されなかったとしても。

「はぁ……、阿呆じゃなくて、気狂いのエルフじゃったか。まぁよかろ。高慢ちきなエルフに比べれば、気狂いの方がずっとマシだ。下働きもするなら、その気狂いが治るまでは多少は鍛冶を教えてやる。その牙が無駄になったら、グランウルフが憐(あわ)れじゃからな！」

そしてどんな道であっても、理解されずとも、他の誰かの道と交わる事は必ずある。

あまりの嬉しさに右手を差し出すと、ドワーフはマジマジとその手を、素材を観察してた時よりも長い時間眺め、……やがて僕が一切諦める気がない事を察したのか、彼は差し出した手を握ってくれた。

「なっ、なっ、なんでエイサー様がドワーフの店なんかで店番をなさってるんですか！」

ドワーフの鍛冶屋が根負けして僕の弟子入りを認めてくれてから数日後、何やら僕を心配したらしいアイレナが店を訪ねて来た。

そしてカウンターに座って店番をしながら、のんびり知恵の輪で遊んでいた僕を見た第一声がこれである。

ちなみにこの知恵の輪は、ドワーフの鍛冶屋もとい、クソドワーフ師匠に頼んだら作ってくれた物だ。

知恵の輪は精密に形を作らなければ成り立たない物だから、それをいとも容易(たやす)く完成させたクソドワーフ師匠は本気で凄い。

師として仰(あお)ぐのに何の不足もないどころか、これ以上ない人物だろう。

しかし呼び方に関しては、向こうが僕をクソエルフと呼ぶ以上は、クソドワーフ呼ばわりを改める心算は絶対になかった。

ともあれ鍛冶を覚えたら、僕も難しい知恵の輪を量産してこの世界にイライラをばら撒こうと思う。

「なんでって、下働きもしたら鍛冶を教えてくれるって言うし、給料も出るらしいから？」

尤も一日フルで働いても、今の宿屋の料金にはならないので、アイレナの奢りがなくなった時は次の住処を探さねばならない。

と言ってもあんなに料理の美味しい宿屋は他にないだろうから、どこかの物件を借りて食事は自炊か、或いは美味しい食堂を探す必要がある。

カチャカチャと知恵の輪を弄っていると、ある角度でスルッと二つの金属の輪が解けた。

そう、知恵の輪はイライラさせられる玩具だけれど、この瞬間が快感なのだ。

僕はその快感に気を良くし、次の知恵の輪を手に取る。

「そういう問題ではないです！　鉄の匂いが身体に付いたら、木々が怯えて精霊に嫌われる事はご存じでしょう！　幾ら貴方様でも精霊に見放されたらどうなりますか！」

アイレナの声の五月蝿さに、奥で鉄を打ってたクソドワーフ師匠が顔を覗かせるが、驚いた事に何も文句を言って来ない。

むしろあれは、あぁ、アレが普通のエルフだよなって納得してる目だ。

後は何故か、ちょっとアイレナに同情してる様子。

まぁクソドワーフ師匠はさておいて、アイレナの勘違いは解消しておこう。

こんな僕であっても、精霊を親しい友人だと思う心に嘘はない。

だからこそ僕は、彼女の勘違いを放っておけなかった。

「うん、知ってるけど、それは多分間違いだからね。別に金物臭くても精霊には嫌われないし。あ、でもご飯の味は凄い微妙に変わるから、毎日ちゃんと風の精霊に匂いは消して貰ってるよ」

そもそも体臭があるとか他人に思われたくないし、この町に来てからは毎日お風呂も入ってるし、僕は結構デリケートなのだ。

体臭があるとか、臭いとか言われたら、僕だって普通に心が傷付く。

それから精霊に関しても、別に金属を嫌ったりはしない事は確認済みだった。

鍛冶場の炉の中には火の精霊が居たし、外に出れば風の精霊は変わらず僕に纏わり付いて来る。

恐らく精霊が金属を嫌うという話は、鉱毒による環境汚染に精霊が怒った事例があったんだと思う。

それを知ったエルフ辺りが、精霊は無条件に金属を嫌うと思い込んでその話を広めたんじゃないだろうか。

「あと木が金属を怖がるなら、冒険者とかはプルハ大樹海に入っちゃダメじゃない。そりゃあ斧で切られるのは木だって嫌がるけどさ。そんなに神経質に扱わなきゃいけない程、木々は弱くないよ」

仮に木が金属を怖がるとすれば、やはりそれは鉱毒による汚染だ。

なので全てが全てうそとは言わないが、僕がここで働くのをやめる理由にはならない。

「何ならここに鉢植えを置いたって、多分その子は僕と仲良く話してくれると思うって言うか、ねえ、クソドワーフ師匠。この店は緑が足りないから、鉢植え置いて良い？」

ふと思い付いた僕が振り返って問い掛ければ、クソドワーフ師匠はフンと鼻を鳴らして奥に消える。

あの仕草は多分、別に僕の好きにしても良いよって意味だろう。

視線を戻せば、アイレナは何やら呆然としていた。

どうやら先程の僕の話が俄かには信じられず、自分の常識と闘ってる様子。

だがそれも仕方のない話だ。

何故ならエルフであるアイレナは、ハイエルフである僕程には精霊の姿が明確に見える訳でも、木々の声がハッキリと聞こえる訳でもないらしいから。

故に先達から与えられた知識こそが真実で、これまで疑いもしなかったのだろう。

エルフと違って精霊の姿が明確に見えて、木々の声もハッキリ聞こえるハイエルフ達は、皆が皆、外の世界には興味のない引き籠りばかりだし、自分が知った事を同じハイエルフ以外には教えようともしない。

だから仮にエルフ達の間に間違った認識が広がっていても、わざわざ訂正をしないのだ。

「そんな訳で、興味があるなら色々教えても良いけれど僕は店番だから、ここに来た以上は買い物して欲しいね。お薦めはそこの棚のククリナイフだよ。これ凄くない？　買われたら見られなくなって悲しいけれど、お薦めだよ」

例えばエルフの中には火が風を食うと言って、火の精霊は風の精霊を喰らう危険な存在だと認識してる人が居るらしい。

もちろん当たり前の話だが、そんな事は別にない。

むしろ火の精霊と風の精霊は、互いに協力し合える関係にある。

そもそも風の精霊は風に宿ってはいるけれど、実体のない不滅の存在なので、風が火に飲まれた所で別に痛くも痒くもない。

また火が糧とするのは酸素であって、風はそれを運ぶだけだった。

そして強い火は時に風を生む。

それ故に火と風は互いに協力し合える関係なのだ。

但し火と風が協力し合った時、起きる破壊はすさまじい。

……とか。

あんまり広めると危ない知識かもしれないが、アイレナは結構優しいからまぁ良いかなぁと思う。

「えっと、このナイフですか。うわぁ、大きい。……確かに凄い逸品ね。でもドワーフが作ったのよね？　私に売って、エイサー様は怒られないんですか？」

アイレナは僕のお薦めのククリナイフを確認して、ごくりと喉を鳴らす。

そう、あれはとても良い物だ。

怒られるかどうかは知らないし、そんな事で怒られても別に構わなかった。

クソドワーフ師匠は最初に僕に会った時、クソエルフに売る物はないって言ってたけれど、僕は商品が売れたら売り上げが増えるので気分が良い。

店を閉める時の金勘定は、それが自分の物ではなかったとしても、売り上げが多い方が楽しいのだ。

それにあのククリナイフを買うのがアイレナなら、頼めば時々見せて貰えそうでもあるし。

「大事に使うなら良いんじゃない？　手入れを怠ったら滅茶苦茶怒りそうだけれどね。それよりアイレナ。仲間の二人も連れて来てよ。この店、町一番の鍛冶屋って触れ込みなのに、売り上げは絶対に一番じゃないよね」

そう、僕が初めてこの店に来た時、クソドワーフ師匠が中々店に出て来なかった事からもわかるように、ここは商売よりも鍛冶仕事を重視する店である。

クソドワーフ師匠の腕は、確かに町で一番良いのだろう。

だけど僕がこの店で働く以上、売り上げも町で一番多い鍛冶屋になって欲しい。

尤もそれで僕が鍛冶を習う時間が減るのも嫌なので、売り上げが増えたら新しく人も雇って貰うのだ。

そうすればクソドワーフ師匠は鍛冶場に籠れるし、僕も知り合いが増えて嬉しいので正にウィンウィンの関係である。

という訳でその第一歩として、町で一番の冒険者らしいアイレナ達、白の湖から顧客にしよう。

どうせあの二人も、これまではアイレナに遠慮してこの店に来なかったのだろうし。

町一番の冒険者が愛用してる鍛冶屋となれば、その背を追いかける大勢の冒険者もまた、興味を持って覗きに来る筈。

「貴方様には、私の見えない物が見えているのですね。……いえ、私の見ようとしていなかった物が、でしょうか。わかりました。店員さん、こちらのナイフを、売ってください。……大切にしますので」

そう言って笑むアイレナに、僕もまた笑みを返す。

それから僕は、彼女がククリナイフを納めた鞘を吊るすベルトを一緒に選び、また買い物客に教えろと言われてた手入れの仕方を一言一句余さずに伝えた。

鍛冶場の奥からこっそりとこちらを覗いてるクソドワーフ師匠が何も言ってこないから、どうやらベルトの選択も、手入れの仕方の伝授も問題なしだ。

もちろんこんな事で、エルフとドワーフの間にある反目が、少しでも解消されるなんて事はない。

でも質の良い武器が、腕の良い冒険者の手に渡った。

僕はそれだけで、十分に喜ぶべき事だと思う。

僕がこのヴィストコートの町にやって来てから、およそ一ヵ月が過ぎた。

鍛冶屋での仕事は順調その物で、客足は確実に増えている。

やはり町一番の冒険者チーム、白の湖の影響は大きいらしく、アイレナとその仲間が装備を一新してからは、来客が一気に増えた感じだろう。

後はまぁ、ドワーフの店で働くエルフというのも物珍しいそうで、僕が目当ての客もそれなりに多いらしい。

また鍛冶修業の方はボチボチといった感じだが、炉の温度管理は火の精霊が見える僕の役割になったりと、手伝える事も少しずつだが増えつつある。

精霊の力を借りる以外にも、手先の器用さも認めて貰えたので、本格的に鍛冶を教わる日も、そう遠くはないと思う。

尤も僕の予定では、十年か二十年程は鍛冶に熱中する予定なので、別に教えて貰えるのがゆっくりでも、然程(さほど)に問題はないのだけれども。

しかし鍛冶屋での仕事や修業は順調だったが、他の問題がなかった訳では決してない。

例えば一週間以上の町への滞在をする為の滞在税を、役場に納めに行く際に迷子になったりとか。

一ヵ月も宿代を出して貰ってて、流石に悪いから家を借りると言ってるのに、アイレナが心配だからとそれを許してくれないだとか。

色々とどうにもならない問題はあるのだ。

ちなみにクソドワーフ師匠が僕にくれる給料は一日銀貨二枚で、週に一度は休みがあるから、一週間の収入は小金貨一枚と銀貨二枚。

これはヴィストコートの町で働く成人男性の平均的な稼ぎを上回る。

弟子という扱いで雇われてる身としては、破格も破格の条件らしい。

だが今泊まってる宿屋の料金は一日銀貨五枚で、僕が仕事に行こうが休もうが料金は発生するから、一週間の支払額は小金貨三枚と銀貨五枚。

全く以て収入が追い付いていなかった。

アイレナは僕から精霊術、精霊の力を借りる方法を学んでるから、宿代なんて気にしなくて良いと言い張る。

だけど僕は師であるクソドワーフ師匠に十分な給料を貰ってるにも拘らず、一応は弟子みたいな形になってるアイレナに生活費を支払って貰っているのだ。

流石にこれは、ハイエルフがどうとか言う以前に、人としてどうかと僕は思う。

「そんな感じでねー。もーどうしようかなって思うのさー」

エールの入った木製ジョッキをグイと傾け、中身を一口飲んでから、僕は少しずつ積み重なった感情を吐き出すように、愚痴る。

愚痴の相手は僕がこの町にやって来て最初に出会った、もっと言うならば、この世界で初めて会った人間である、衛兵のロドナー。

顔が広く気の良い彼は、僕の仕事の休みに合わせて休暇を取って、この安くて美味いと評判の食堂に案内してくれていた。

「ははは、でもそれも仕方ないと思うぜ。だってアンタの保証人はあのエルフの姉さんだしな。あらゆる意味でアンタを放っておけないのさ」

フォークを刺した腸詰めをガブリと齧って、ロドナーは笑う。

彼の笑みには嫌味がなく、本当にこの食事と酒と、ついでに僕との会話を楽しんでる事が伝わって来る。

それにしても良い店だった。

建物もテーブルも古めかしいが、掃除はしっかりされていて床も綺麗だ。

テーブルは頑丈で、凭れ掛っても不安がない。

腸詰めを齧れば口の中に肉汁が溢れて広がるし、エールも全く酸っぱくなかった。

ついでに看板娘は、人間の基準で言えば美人の部類だろう。

愛嬌のある笑みを浮かべてテキパキと料理を運ぶ様子は、見ているだけで心地が好い。

「それにしてもさ、あのエルフの姉さん。エイサーにはえらく恭しく尽くすよな。白の湖のアイレナと言えば、貴族にすら頭を下げなかったって語り草なのにさ」

テーブルの横を通った看板娘に手を振って、ロドナーは僕を窺うように見る。

探るような視線……、というよりは、もう本当に単純に気になっているのだろう。

確かにアイレナの態度はあまりにも露骨だから、同じ疑問を抱いているのはロドナーだけではない筈。

しかし敬意を求めた貴族にはそれを向けず、そんな物を求めてない僕には敬意を向けるとは、アイレナも難儀な生き物だ。

僕は空になった皿を翳して、看板娘に注文を取りに来てくれとアピールする。

「見ての通りさ。ちょっと変わり者とは言われるけれどね。あ、骨付き肉が二人前と……、ねぇ、揚げ芋ってない？　あ、やっぱりないのか。じゃあ腸詰めもう一皿と、エールおかわり」

僕の注文に、看板娘は笑顔を一つこちらに向けて、それから厨房にオーダーを届けに歩いて行く。

お尻をフリフリ振りながら。

だけどやはり、こんな風に麦の酒を飲むなら、揚げた芋や唐揚げが食べたいと思う。

残念ながらこの世界には、少なくともこのヴィストコートの町には、揚げ物文化はないらしい。

フライヤーって、頼んだらクソドワーフ師匠が作ってくれたりしないだろうか？

酒と一緒に揚げ物を出したら、クソドワーフ師匠なら確実に気に入ると思うのだけれど……。

まぁさておき、見ての通りとの言葉には、人間とエルフで全く違う意味がある。

というのもエルフは一目でハイエルフを見分けるが、人間にはエルフとハイエルフの違いがわからないからだ。

だからエルフのアイレナにとっては、僕は見ての通りハイエルフで、人間のロドナーにとっては、僕は見ての通り単なるエルフであった。

なので別に嘘はついていない。

「ふぅん、ま、良いけどさ。まぁどうしても宿を出たいなら、相談してくれたら治安の良い物件を探して来てやるぜ。それならあのエルフの姉さんも少しは安心するだろうしさ」

ロドナーの言葉に、僕は頷く。

多分きっと、彼の世話になるだろう。

愚痴を聞いてくれるだけでも有り難かったのに、解決策まで提示してくれて、しかもそれを押し付けて来ないなんて、ロドナーは本当に頼れて、気の良い奴だ。

アイレナに、クソドワーフ師匠。

それからロドナーと、僕は本当に、人の縁に恵まれていると、心の底からそう思う。

炉に燃料の木炭を投入し、火の精霊の機嫌を窺う。
二、三言程声を掛ければ、火の粉がボッと舞い散って、今日も炉に住む火の精霊が張り切る様子をアピールして来た。
鍛冶を学び始めて半年程が経った頃、クソドワーフ師匠から、好きに引き受けて良いと任された仕事がある。

それは釘の製作だ。

僕が鍛冶屋で働くようになってから、付近の住民にも少しずつ知り合いが増えてきた。

すると彼らが、実は釘や包丁、鍋といった金属製品が不足して生活に不便をしている事があると知る。

鍛冶屋の近くに住んでて何故？

と僕は不思議に思ったが、クソドワーフ師匠は町一番の鍛冶屋として知られており、その仕事は兵士や冒険者相手の武器防具作りである。

またドワーフという種族が頑固で知られ、見た目も筋骨隆々で厳(いか)つい とあって、付近の住民は日用品を頼み辛い、頼んじゃいけないと思ってたそうだ。

でも鍛冶屋で僕が、ドワーフとは相容(あいい)れない筈のエルフが働くようになったのを見て、その印象も緩和されて来たらしい。

クソエルフ、クソドワーフと罵(ののし)り合いながらも、お互いにとても楽しそうだからと。

そこで付近の住民を代表して、顔役でもある地主が、僕にこっそり相談して来たのだ。

包丁や鍋までとは言わないから、釘だけでも何とか融通して貰えないだろうかと。

そしてその話をクソドワーフ師匠にしたところ、彼は少し考えて、

「……お前が来た事で増えた客なら、クソエルフ、やってみろ。作り方は教えてやる」

僕にそう言ったのだ。

という訳で、今日も僕は釘を作る。

実は釘と一口に言っても、その種類は様々だった。

数が必要とされる物は型に溶けた金属を流し込み、冷やし固める鋳造、鋳物で作るけれども、必要数が少ない特殊な形の物は、ハンマーで叩いて熱した金属の形を変える鍛造で作製していく。

しかも使用される目的次第では、その素材も変わる。

例えば鉄釘以外にも、金色に光る黄銅、真鍮釘はその見目の良さから、地主等の富裕層からの需要が高いだろう。

だけど作った釘が、全て商品として売れる訳では決してない。

商品として付近の住人に引き渡される前に、この鍛冶屋で扱う品として合格か否かを、クソドワーフ師匠にチェックされるからだ。

まぁ当然の話ではあるのだろうけれど、そのチェックがまた厳しい。

鋳物の釘は兎も角として鍛造の釘は、暫くの間は作った物の一割も合格が貰えなかった。

でも妙に甘くされるよりは、そうやって厳しくチェックをしてくれた方が、実際に客に商品を引

き渡す時には安心だ。

クソドワーフ師匠の検査にも合格した品だと、胸を張って商品を引き渡せる。

それに少しずつでも検査を潜り抜ける合格率が増えて行けば、自らの進歩がハッキリと形になって見えるし、自身の苦手な所、改善すべき点も次第に浮き彫りになっていく。

だからこの釘の作製は、なんと言うか本当に楽しい。

引き渡しの時に喜んでもらえるのが嬉しいし、付近を歩いてる時に、僕が作ったと思わしき釘が使われてるのを発見するのも驚きがあって面白い。

このまま百年も釘を作り続けたら、周囲の家の建て替えなんかも進んで、この辺りで使われる釘の殆どを僕が作った物に変えられてしまうんじゃないだろうかと想像すると、そんな生き方も良いかなとうっかり思ってしまう。

尤も今は楽しくても、百年も釘を作り続けられるかどうかは微妙な所か。

多分僕は飽きっぽいから十年か二十年もしたら、次第に飽きて来るだろう。


一ヵ月程も釘を打ち続けたら、合格率は三割に上がり、三ヵ月で五割を超えた。

鍛冶屋はドンドン忙しくなってきて、従業員もようやく増やす事になる。

増えた従業員は二名で、二人とも付近の住人で、子供を抱えた主婦だった人だ。

週に三日ずつ、一日交代で働きに来ていて、休んでる方が働いてる方の子供も預かって、二家族分の面倒を見る形にしてるらしい。

僕も週に一度の休みの日には、時折だが彼らの家に招待されて、子供達の遊び相手になる事がある。

人間の子供は成長が早くて、見ていて本当に面白い。

数週間ぶりに見るだけで、ほんの少しだが確実に大きくなっている風に見えるのだ。

子供達は僕の事を、クソエルフの兄ちゃんと呼んで慕ってくれる。

けれども子供のうちからあんまり口が悪いと、ろくな大人になれないから、そこは直した方が良いと思う。

僕やクソドワーフ師匠のように成長してしまって、それでも捻（ひね）くれて頑固なのは、もうどうしようもないけれど。

最近は、教わった以外の釘の作製にも手を出していた。

例えば、そう、又釘だ。

この世界には、少なくともヴィストコートの町には又釘、或いは鎹（かすがい）がなかったらしく、作って見せたらクソドワーフ師匠が目を見開いていた。

技術的な問題であまり小型の物は作れないけれど、大きな物でも木材同士の接合には使えるだろう。

釘の作製を引き受けるようになって、仕事はとても増えたが、同時に給料も随分と増えてる。

僕は未だに生活費の多くをこの町で一番の冒険者、アイレナに依存してる状態だが、もうそろそろ本当にいい加減に自立したい。

彼女もやはりエルフだけあって、『あと少しは面倒を見る』の、あと少しが本気でやたらと長いのだ。

ずっと家を借りようと思っていたけれど、もう既に家を買える程に金は貯まっているから、今では購入を検討している。

この鍛冶屋の近くなら周囲も顔見知りばかりだし、そんなに治安も悪くないし、ここなら住んでも大丈夫だと思うのだ。

アイレナは今、長期の依頼を引き受けて遠征に出かけているけれども、彼女が帰ってきたら今度こそ、話し合いに応じて貰おう。

「お願い、狂った水の精霊を止める為、貴方の力を貸して欲しい」
僕にその一言を告げたのは、この町で一番の冒険者チームと言われる白の湖に所属する女司祭、マルテナだった。
まぁ要するに僕の知人であるアイレナのチームメンバーである。
長期の依頼に出かけると言って、ヴィストコートの町を離れた白の湖だったが、一ヵ月以上も経って帰って来たのはマルテナのみで、彼女は帰って来るなり真っ直ぐに鍛冶屋で働く僕を訪れ、そう言って頭を下げたのだ。

しかしそんな事を急に言われても事情は全く摑めなかったが、冒険者がよく訪れるこの鍛冶屋で、この町で一番と言われる冒険者チームのメンバーが頭を下げてる姿は、あまりにも悪い意味で目立ち過ぎるだろう。

ちらりと横を見れば、クソドワーフ師匠が頷いて顎をしゃくるので、僕はマルテナを連れて鍛冶屋を出る。

事情はさっぱりわからなかったが、彼女は僕が世話になってるアイレナの仲間だ。

もちろん内容次第ではあるけれど、その頼みを無碍にする心算は、僕にはない。

だがマルテナの頼みには、よくわからない言葉が含まれていた。

そう、狂った水の精霊だ。

前にも言ったと思うが精霊は実体のない不滅の存在である。

その不滅性は精神にも及び、狂うなんて事はないと思うのだけれど……。

取り敢えず宿に戻った僕は、改めてマルテナから詳しい話を聞き出す。

彼女とその仲間、白の湖も僕と同じ宿を利用していて、しかも常宿として年間契約をしているので、長期依頼で町を出てる間も彼らの部屋は維持されている。

周囲の目を気にせずに話をするには、この町では宿が一番適した場所だった。

……マルテナの話を聞き終えた僕は、あまりに面倒なその内容に、思わず頭痛を感じてこめかみを押さえる。

関わるにはあまりに厄介過ぎるけれども、解決できそうなのが僕しかいない。

また放置をした場合、こちらに及ぶ影響も多分皆無じゃなかった。

白の湖が赴いていた依頼とは、このヴィストコートの町からは二週間以上も離れた場所にある、ガラレトの町から彼らを指名して出された物だったそうだ。

本当ならば、これは少し不思議な話になる。

何故なら、確かに白の湖はヴィストコートの町で一番の冒険者ではあるけれど、別に国で一番腕利きの冒険者という訳ではないから。

ガラレトの町にだって腕の立つ冒険者は居るだろうし、周囲の町も含めて考えたなら、他に六つ星ランクの冒険者チームは存在する筈。

だけどそれでも、ガラレトの町は白の湖を指名して依頼を出した。

その理由はたった一つ。

白の湖には腕の立つ精霊術師である、エルフのアイレナが居るからだ。

またその依頼内容は、ガラレトの町が水源として利用する川にかけられた、狂った水の精霊の呪いを解除する事だったと言う。

ここまでは、まぁ理解できなくもない話である。

そのガラレトの町に住む誰かが、余程に水の精霊を怒らせる何かをしたのだとしたら、町の住人が水を飲めば病を発するといった呪いが掛かる事は、あり得なくもない。

人が自分達に害を及ぼす精霊を、その原因を知ろうともせずに狂った呼ばわりするのは理解もできた。

そしてその解決に、安易にエルフを頼ろうとした心理も。

けれども同時に件の川で魚が大量死したり、周囲の草木が弱るといった被害も出てるという辺りで、僕は問題がもっと根深い物である事を知る。

町に向かってかけられた水の精霊の呪いで、魚が死んだり草木が弱ったりする筈はない。

もしも町の住人にも魚にも草木にも、等しく被害が発生するなら、それは川の水が汚染されているからに他ならないだろう。

すると当たり前の話ではあるが、水の精霊が自らが宿る水を、川を汚染しようとするなんて、絶対にありえない事だった。

だが問題はここから先で、川の水が汚染されてる原因だ。

それはガラレトの町がどういった場所なのかを知れば、現地を見るまでもなくわかる事で、ガラレトは十年前に見つかった鉱山を開発する為に作られた新しい町だった。

そう、つまり今回の問題は、鉱毒による汚染被害を、それに怒った水の精霊に対して責任転嫁した物である。

ガラレトの町を任されている領主は、新しく家を興したばかりの新興貴族なんだとか。

恐らくその貴族は、王に任された鉱山開発の役割に張り切るあまり、生産性ばかりを重視して、環境対策を怠っているのだろう。

その責任を水の精霊に擦り付けようとしているのか、それとも本当に環境問題が起きている事に気付いていないのかはわからないが、いずれにしてもその貴族に問題を解決する気がなければ、この問題は解決しない。

現地の水源に向かったアイレナは、ガラレトの町を滅ぼさんとばかりに怒る水の精霊を宥(なだ)めるのが精一杯で、その場を長く離れられなくなってしまった。

そこで白の湖は、その事態を解決できそうな唯一の存在である僕に、助けを求めると決めたそうだ。

仲間であるクレイアスは万一の場合に備えてアイレナの護衛として残り、マルテナだけがヴィストコートの町まで、馬車を乗り継いで大急ぎで帰って来た理由がこれである。

……成る程、こんなクソ面倒な事態ではあるが、アイレナが知り合った頃よりも着実に精霊術師として成長していると知れて、僕は少しだけ嬉しく思う。

依頼を果たすだけならば、狂ったと言われた水の精霊を討伐、正確には水の精霊が宿る汚染された水を破壊する事で、一時的にこの世界に干渉できない状態にもできただろう。

尤もそれをした所で問題は何も解決しないどころか、汚染が更に進んだ状態になってから、再び怒り狂った水の精霊が現れるだけだ。

だから正しく問題を把握しようとし、解決せんとするアイレナの姿勢は、精霊を友とする者として好ましい物だった。

なので協力は吝(やぶさ)かではないのだけれど、……単独では問題を完全に解決する事は難しい。

やはりここは、金属の専門家であるクソドワーフ師匠も巻き込むとしよう。

ガラレトの町の汚染問題は、この国で金属を扱う全ての鍛冶師にとって、決して他人事ではないのだから。

古来より金属を取り扱って来たドワーフは、だからこそ金属が持つ害に関しての知識も深かった。

僕からガラレトの町で鉱毒被害が出ていると聞いたクソドワーフ師匠は顔色を変え、即座に対策を取る為に動き始める。

この国、ルードリア王国で働くドワーフは、クソドワーフ師匠だけじゃない。

ドワーフという存在は王国の鍛冶師組合に強い影響力を持ち、彼らの意見は王にも届く。

もちろんそれ等は鍛冶師組合の人員がガラレトの町に送られ、調査が行われてからの話だが、

……どうやらクソドワーフ師匠は自分がその調査員に名乗り出る心算らしい。

何でもクソドワーフ師匠以外のドワーフは、僕の話なんてまともに聞こうとしないだろうからと。

……うん。

まぁそうかもしれない。

今の段階で鉱毒を疑うのは、僕の状況からの推察だ。

鍛冶師組合からの調査員がドワーフだったら、僕の話をまともに聞いてくれるとは限らなかった。

酒を飲んだり殴り合ったり鍛冶に関して語り合えば、他のドワーフとも仲良くなれる気はするの

だけれど、今はその時間も惜しい。

その点、クソドワーフ師匠が動いてくれるなら、鉱毒に関する政治的な問題は彼が一手に引き受けてくれる。

僕の役割は水の精霊を落ち着かせ、それから汚染された場所を見分けたり、土や水を動かしての除染作業になるだろう。

問題があるとすれば、僕は兎も角、クソドワーフ師匠が居なければ、鍛冶屋は完全に休業せざるを得ない事だが、……従業員のおば様達は、笑って理解をしてくれた。

ガラレトの町の問題が大きくなり、鉱山が閉鎖されるような事態になったなら、金属資源の値は間違いなく上がってしまう。

それどころかその話が広まれば、今後は新たな鉱山が見つかったとしても、その開発には強い反発が起きるかもしれない。

故に鍛冶屋で働いてる以上は決して他人事ではないのだと、彼女達は休業を受け入れてくれたのだ。

僕は事態が思っていた以上に大事だと知って顔を白くしてるマルテナを連れて、ガラレトの町に向かう。

クソドワーフ師匠も一緒にヴィストコートは出るのだが、彼はまず王都に向かって鍛冶師組合を動かして、それからガラレトの町にやって来る事になる。

ヴィストコートの町からガラレトまでは、馬車を乗り継いでも二週間は掛かる距離だ。

道中も決して安全とは言い難く、時には盗賊や魔物だって襲って来る事があるそうだけれども、定期便として運用されてる乗合馬車には、当然ながら護衛がしっかり付いていた。

また乗合馬車には人しか乗って居ないから、荷を運ぶ商人に比べれば襲っても旨味が少ないからと、わざわざ狙う盗賊はあまり居ないらしい。

故に時折襲って来る魔物以外は大過なく、馬車はガラレトの町に辿り着く。

問題があったとすれば、そう、僕が馬車に酔った事くらいだろう。

馬車が街道を走る不規則な振動は、僕の平衡感覚を大いに掻き乱して狂わせてくれた。

そう言えば少し思い出したけれども、僕は前世でも確か車酔いをしていた筈だ。

マルテナに関しては、応援として僕を連れ出せた事に安堵したのか、ヴィストコートの町に戻って来たばかりの時に比べれば、むしろ随分と穏やかな顔になっている。

何だかちょっとズルいと思う。

まぁそれはさておき、僕らはガラレトの町に辿り着いたが、しかしゆっくりはせずに直ぐに町を出る。

マルテナを含む白の湖は、まだガラレトの町で引き受けた依頼を果たせていないし、何より町側の問題に関しては、下手に僕らが動くよりもクソドワーフ師匠に、鍛冶師組合に任せた方が良いだろうから。

エルフの僕は町ではどうしても目立ってしまうので、性に合わないがこそこそと動く事も受け入れた。

　そうして向かうは件の汚染被害が出ている川の、その上流にある水の精霊の住処。

　……マルテナに案内されて、川沿いを歩く。

　川を流れる水は、一見するとまだ普通に見えるのだけれど、その周囲に生えた植物達は苦痛の声を上げて死に掛けている。

　否、金属の耐性が低い植物は既に死んでしまって、その声を上げる事すらもうないのだ。

　やはり鉱山からの排水が、直接川に流されているのだろうか？

　僕は森の中よりも町で暮らす事を選ぶ、普通のエルフやハイエルフからすれば、紛れもないクソエルフではあるけれど、それでも流石にこの光景は忌々(いまいま)しい。

　水の精霊がガラレトの町を滅ぼすと言うなら、むしろそれで良いんじゃないかとすら思ってしまう。

　けれども僕は知っていた。

　鉱山で働く人の多くは、自分達の流す排水が川を汚染し、食物連鎖による汚染濃縮の果てに自分だけでなく我が子を苦しめ殺すなんて、欠片も知りはしないのだと。

　町に住む多くの人は、ただ生きる為に懸命に働いてるだけで、滅ぼし殺し尽くされる程の悪では決してないという事を。

　前世の知識で、また今生をヴィストコートの町で暮らした時間で、僕は人間達を見て来たから。

だから水の精霊は僕が止めよう。

ガラレトの町は、その領主は、鉱山は、僕の友人にして師匠である、あのクソドワーフがきっと何とかしてくれるから。

僕は人の世界に生きるハイエルフ、クヽソヽエヽルヽフにしかできぬ事をするのだ。

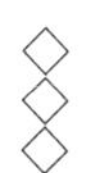

そこは川の上流にある水源、豊かな水が湧き出る泉だった。

あぁ、成る程。

確かに泉に宿った水の精霊なら、時に信仰の対象になる事すらある程に、その力は大きいだろう。

そしてその精霊が怒り狂ったなら、ただの人には到底近付けないだろうし、町一つくらいなら簡単に滅ぼせる。

泉の周囲は濃い霧が立ち込め、人の進入を拒んでる。

人を拒む霧と言えば、惑わし追い返す物が多いが、この霧はそんな生易(なまやさ)しい物ではない。

もしも人が泉に近付こうと霧の中に踏み込もうものなら、霧は意思を持って呼吸器に入り込み、水となってその者を溺死させてしまうだろう。

つまりそれ程に、この泉に宿った水の精霊は、人に怒りと拒絶の心を抱いているのだ。

故にその霧の中に踏み込めたのは、エルフの精霊術師であるアイレナのみ。

この場に残った仲間である人の戦士、クレイアスは、霧の前でテントを張って、泉に日参する彼女を守っていたそうだ。

それは心を削られる日々だったのだろう。

仲間をただ一人で水の精霊の住処に向かわせ、自分は帰る場所を守るしかない。

無力感に苛まれながらも、夜中に休むアイレナを守る為に神経を張り詰め続けた彼は、消耗にこけた頬と血走った眼をしていた。

だけどその目が、僕を連れ戻ったマルテナの姿を見て、安堵に緩む。

マルテナもまた、疲労が限界に近いクレイアスの姿に思わず駆け寄り、彼の肩に触れて支える。

信頼し合う二人の様子に、僕は思わず笑みを浮かべてしまう。

何というか、少しだけ羨ましい。

もちろん僕にだって仲の良い人達は居るけれども、彼らのような信頼し合う戦友といった間柄とは違うから。

……あぁ、でも今回の件で、ガラレトの町やその領主への対応は、クソドワーフ師匠が何とかしてくれると僕は信じてる。

だからもしかしたら、彼の事は戦友と呼んでも良いのかもしれない。

だって白の湖の仲間達と同じように、僕とクソドワーフ師匠は一つの目的の為に、違う場所で、各々の役割を果たそうと戦うのだから。

そんな風に考えると、なんだか少し楽しくなってきた。

「二人とも、ご苦労様。後はアイレナが戻り次第、もう少しましな場所に移動して休んで。ここは、人間には厳しい環境だからね」

霧の外であっても、水の精霊の怒りがピタリと届かない訳じゃないのだ。

間近にどうにもならない脅威を感じながらでは、人の心と体は休まらない。

それ故に僕は、彼らに速やかな撤退を勧める。

尤もそれも僕がアイレナと交代してからの話だから、取り敢えず泉に急ぐとしよう。

二人を置いて僕は霧に踏み込む。

人を溺死させる霧も、僕には害を及ぼさない。

それどころかむしろ、僕が進む先の霧は割れて道が作られていく。

どうやら僕の到着を、向こうも待っててくれたらしい。

何というか本当に、アイレナは優秀になったんだなぁとしみじみ思う。

「エイサー様っ！」

泉の前に立った僕に、振り返ったアイレナが安堵と喜びの声を上げる。

マルテナがヴィストコートの町に戻るのに二週間、それからガラレトの町に来るのに二週間。

つまり一ヵ月近くも、アイレナは僕を待っていた。

これがデートだったなら、幾ら何でも待たせ過ぎだと、流石に振られてしまうだろう。

まぁ僕に振られるような相手はいないのだけれど。

「やぁ、お待たせ。随分と頑張ったんだね。君と知り合いである事を誇りに思うよ」

僕は前に進んでアイレナの隣に並び、彼女の肩に手を置く。

選手交代の時間だ。

「私、エイサー様が来るまでは待って欲しいとずっとお願いしてたので……、その……」

申し訳なさそうに、悔しそうに、アイレナは言う。

しかしそれで良い。

そうでなければ水の精霊は僕の到着を待たずにガラレトの町を攻撃したかもしれないし、何より
これから話を引き継ぐのに余計な手間も掛からなかった。

何より一ヵ月もの間、ずっと水の精霊を抑えていたのは、間違いなくアイレナに精霊術師として
の実力があったからこそだ。

彼女はそれを誇るべきだと、僕は心底そう思う。

「大丈夫。後は任せて。アイレナに払って貰ってる宿代分くらいは働いて見せるから。二人が待っ
てるから、早く戻ると良いよ」

僕はアイレナにそう言って、彼女よりも前に出る。

そう、そしてちゃんと頼りになる所を見せて、そろそろ宿を出て家を買っても大丈夫だとアイレ
ナに納得して貰うのだ。

目の前には澄んだ水を湛える泉と、その水で作った裸身を惜しげもなく晒す女、美しい水の精霊。

だけどその周辺には彼女の怒りを示すかのように、やはり水で作られた蛇体の大蛇が蜷局を巻い

て浮いている。

もしもあの大蛇が感情のままに暴れれば、辺りの全てを薙ぎ倒してしまう事だろう。

尤も僕は、水の精霊が自分の住処を荒らして破壊してしまう程に馬鹿ではないと確信してるから、あの大蛇には全く脅威を感じない。

振るえもしない武器をチラつかされた所で、それは滑稽なだけだった。

僕はアイレナが静かに下がって、この場を離れるのを確認してから、スゥと大きく息を吸う。

精霊がエルフの言葉に耳を貸すのは、彼らを己に近しい未熟な者、つまりは子供のように思うからだ。

それは人間の中に稀に生まれる、精霊に声を届かせられる者に関しても同様である。

だから精霊はエルフの声に手助けをしたり、和んだり、或いは宥められはしても、その言葉に諫められる事はない。

子供が幾ら理を解いても、大人がそれに耳を貸さないのと同じく。

もちろんこれはたとえ話であって、精霊の感覚は人とは全く違う物だから、子という概念がハッキリと存在する訳でもないだろう。

但し今回のような強い力を持った精霊の場合は、エルフや一部の人間を、愛しい子と表現する事は度々あった。

……しかしこれがハイエルフとなると、少しばかり話は変わる。

ハイエルフは死後、魂がその肉体を離れると精霊になるとされていた。

それが真実であるかどうかは、実際にハイエルフの死を目の当たりにした訳ではない僕にはわからないのだけれども。

要するにハイエルフの魂は、精霊と同じ階梯にある不滅の存在なのだ。

故にハイエルフの言葉は、対等な存在として精霊の耳に届く。

精霊は同胞としてハイエルフに助力し、友情を育み、相互理解を深める。

今回、アイレナが自力での説得を諦めて僕に助けを求めたのは、ハイエルフの諫めの言葉なら、怒り狂った精霊にも届くだろうと考えたから。

尤も彼女が知ってるかどうかはさておいて、他にもエルフが諫めの言葉を怒る精霊に届ける方法が、実はあった。

それは自分の言葉を直接精霊に届けるのではなく、他の強い力を持った精霊に頼み、諫めて貰う方法だ。

但しその方法は、感性が人と異なる精霊を間に挟む為、伝わる言葉が意図した物とは全くの別物になってしまう可能性や、今回のようなケースでは他の精霊にまで怒りが伝播し、逆に被害を大きくしてしまう危険性がある。

なので仮にアイレナがその方法を知っていた、または思い付いていたとしても、それは本当の本当に、どうしようもなくなった場合の最終手段であっただろう。

「そういう訳で、美しい泉に宿る貴女。何をそんなに怒ってるのか、聞かせて貰える？」

精霊と話す場合でも、相手を褒め称える心は決して無意味じゃない。

だけど精霊に対して褒めるべきは、本人じゃなくて彼、彼女が宿りし環境だ。

だから清き水を湛えし泉に宿る精霊や、豊かな水を生み出す泉に宿る精霊との呼び掛けは、相手に対する深い敬意を伝える言葉となる。

でも今回の場合、地下水に重金属が染み出して汚染されていたなら、逆に怒りを煽りかねないのでシンプルに美しい泉と称した。

また言葉の表現以上に重要なのが、そこに込めた感情だ。

精霊との会話では、言葉を発する際の感情は見透かされるし、むしろそれを隠さずに伝えようとしなければ、信用なんて到底されない。

当たり前の話だが、心にもない事を言った場合は、逆に怒らせる場合すらあるだろう。

「————————！」

泉に宿った水の精霊の口が発したのは、言葉にならぬ怒りの声、或いは高い音としか言えないような物。

だがそれは確かに意思を伝えようとする精霊の言葉で、僕の耳は彼女が発した声から思いを読み取る。

それは極シンプルに、僕の問い掛けに対する返事だった。

この水の精霊は、単に鉱山からの排水が川の水を汚染している事だけに怒っている訳ではなかったらしい。

何でもこの辺りには以前、……と言ってもどれ程に昔の話なのかは精霊が相手なのでわからないけれども、自然を敬う少数民族が暮らしていたそうだ。

彼らは狩りをして獲物が獲れれば森に感謝し、魚を獲れば川に感謝し、水を口にしては水源の泉に感謝していた。

そしてその敬いは泉に宿る水の精霊にも及び、彼らは彼女を特別な存在として丁重に祀ったそうだ。

水の精霊も己を慕う者達を憎からず思い、大雨が降っては川の増水が過ぎて彼らの生活を脅かさぬようにと心を砕いたと言う。

どうやら彼女は、怒り狂う今の姿からは想像もしがたいくらいに、優しい水の精霊だった様子。

しかしその優しさが深い程、転じた時の怒りもまた深い物なのだろう。

互いに良い関係を築いていた水の精霊と少数民族だが、ある時、この地に他所から来た人間が侵略の手を伸ばした。

少数民族は争いに敗れ、その数を大きく減らし、生き残りは他所から来た人間の群れに吸収されてしまったと言う。

水の精霊はその事に深い悲しみを覚えたが、群れと群れが争うのは獣とて同じ。

乞われぬのに勝手に関与はできぬと力を振るわず、少数民族もまた、敬う水の精霊を争いに巻き込む事を厭（いと）うたから。

それが今の王国にであるのかどうかは、……ちょっと精霊の話からはわからないが、この地は征服されてしまう。

それでも生き残った少数民族の子孫は、他の人間の中に混じりながらも、細々と水の精霊を敬って信仰し続けたそうだ。

だがその生き残りの末裔達は鉱山開発に強く抗議した為、この地を追放されてしまったらしい。

心を砕いた民の末裔が追いやられ、後から来た人間は水への敬いを持たずにそれを汚染する。

魚は死に、草木は枯れた。

水の精霊の怒りは、こうなるまで動かなかった自分への怒りでもある。

こんな事ならあの争いの時に、自ら動いて敵軍を押し流してしまえば良かったと。

己を慕う彼らに恐れられようと、気にせずに守るべきだったと。

失った物は取り戻せない。

だけどこれ以上、自らが愛し、彼らも愛したこの地を汚されぬ為、今からでも侵略者を押し流してしまおうと、彼女は決めたのだ。

そんな時、己を慕い止める愛しい子が現れた。

その存在に心和まされた水の精霊は、だからこそ強く思ってる。

この子が生きる世界の為にも、悪しきモノは押し流してしまえと。

つまりは、そう、……ヤバイ。

相変わらず、精霊の言葉は短いのに情報量が多くてヤバイし。

水の精霊は完全に気持ちを決めてしまっていてヤバイ。

そこまで因果が重なってしまっていたら、もう止めるのは無理なんじゃないだろうか。

だって鉱山だけの問題じゃないし。

それに僕の気持ちも、話を聞いて水の精霊に同調しかかってる。

こんな状態じゃ幾ら話しても、彼女を翻意(ほんい)はさせられない。

だったら止めるのではなく、流れを変えよう。

相手は水だ。

流れると決めた水を押し留めるのは、途轍(とてつ)もなく困難で、多分不可能である。

しかし水は流れを変えてやる事で、被害を大きく減らせるのだ。

そう、それは治水と呼ばれる概念に含まれる方法の一つ。

ハイエルフの僕が治水だなんて言い出す事になるとは思わなかったが、……いやまぁそれも良い経験だろう。

「貴女の気持ちはよくわかったよ。僕はそれを押し留める言葉を持たない。だけどそれでも言わせて欲しい。このままでは貴女の水に押し流されるのは、怒りを向けるべき相手じゃないんだって事を」

僕が水の精霊の言葉を受け取り、間違いなく理解して気持ちを同調させた事で、彼女もまた僕の言葉を聞く気持ちになってた。

だから僕は語る。

水に流され困るのは弱き者だと。

何も知らずに懸命に働き、それが悪しき事であるとも知らずに命令に従わされてる者。

子を育てるのに必死な母親に、善も悪も知らぬ無邪気な子。

特に罪も敬意も知らぬ赤子は、今そこに生きる子も、水の精霊を敬った少数民族の子も、何の違いもない生き物なのに。

それを押し流してしまっては、彼らが慕った彼女でなくなってしまう。

そして何よりも、今回の件を引き起こしてる強き者は自らの安全を確保しているから、単に水で全てを押し流そうとした所で、多少困りはしても消え去りはしない。

鉱毒による汚染に対しては、僕の友人が動いてくれてる。

それはもちろん、すぐさま解決するという訳ではないけれど、良い方向に向かってくれる筈だから。

「故に水の精霊よ。どうかその怒りを向ける先を、間違わないで欲しいと、僕は願う」

……結果を語るとするならば、ガラレトの町が押し流されてしまう事態は、避けられた。

クソドワーフ師匠が調べる事で鉱毒の件も明るみに出て、鍛冶師組合の主導によって、より正確にはそこに所属するドワーフ達の指導で、対策が練られていると聞く。

また同様の事態を防ぐ為、鉱山開発の際には鍛冶師組合からの協力と調査が行われる取り決めが成されるんだとか。

原因が鉱毒であり、水の精霊は無関係でむしろ被害者だと判明した為、アイレナ達、白の湖への依頼も無事に達成扱いとされたらしい。

つまり全ては平穏に、大過なく事は終わる。

鉱山開発の失敗の責任を問われ、ガラレトの町の領主が解任された事により、開発に反対して追放されていた人々の処分は取り消された。

既に新しい生活を始めているだろう彼らが、この地に帰って来るかどうかはわからないけれども、……帰って来ると良いなと、僕は思う。

そしてそれから少し後、元ガラレトの町の領主が浴槽に顔を突っ込んで自殺し、彼を任命し、解任したルードリア王国の国王が、その三日後に風呂場で溺れ死んだと言う。

解任された元ガラレトの町の領主が国王を恨み、自らの命と引き換えに呪いをかけたのだと国中で噂されたが、真相は全て深くて暗い水の中。

◇◇◇

クソドワーフ師匠に弟子入りしてから三年が経ち、釘だけでなく日用品全般の鍛冶も引き受けるようになってた僕は、ようやく武器や防具を作る練習を許されるようになっていた。

と言っても基本的な事は、日用品も武器や防具も変わらない。

用途が戦いに用いられる物だけに、より頑丈に作る為に特別な技法を使う場合もあるけれど、基本的には今まで学んだ事の延長だ。

何の為に、どういった風に使われるのかを常に考え、金属を加工し、目的に沿う形に変えていく。

言葉にするとたったそれだけなのだけれど、それを成すのは難しく、同時にとても楽しい。

それからこの三年間、鍛冶に没頭してたせいなのだろうけれど、僕の身体は大分と筋肉が付いていた。

そりゃあもちろん、ドワーフである師に比べればまだまだひょろ長いけれども、多分ハイエルフの中では並ぶ者がないくらいに筋肉質になったと思う。

鍛冶の修業がひと段落したら、今度はこの筋肉を活かす為に、何か武器の扱いを学ぶのも面白そうだ。

知人で剣を扱う人間と言えば、まず思い浮かぶのがアイレナの仲間の一人である戦士、クレイアス。

もしも僕が剣を教えてくれと頼めば、彼は笑って引き受けてくれるだろう。

だけどクレイアスは、というよりも白の湖が、少し前に七つ星にランクが上がったとかで、遠くの町からも指名依頼が舞い込むようになった為、非常に忙しそうに飛び回ってる。

そんな状態の彼に、別に何らかの目的がある訳でもないのに、単なる興味で剣を教わるというのは、流石に申し訳がなかった。

しかしそんな事を考えていたからだろうか？

打った剣をクソドワーフ師匠に見せたら、ハッと鼻で笑われてしまった為、今日の鍛冶練習は終わりにした。

まぁ笑われた事に腹は立たない。

だって見せる前から、これはないなぁと自分でも少し思っていたから。

むしろハッキリと駄目だと態度で示して貰えたからこそ、無駄に足掻かず練習を切り上げようと決意ができた。

腹が立たないって事は、今の僕がそれだけ中途半端だって意味でもあるけれど。

集中できない時に何をやっても、時間の無駄だ。

それどころか下手をすれば怪我をするかもしれないし、妙な癖を付けて腕が鈍(なま)る可能性もある。

だったらきっぱり諦めて切り替えて、店番でもしてた方がずっと良い。


そうして僕が店番をしていると、夕方近くになって入って来たのは、一人の少年。

身なりは見すぼらしいが、身に纏う雰囲気は窮した野良犬の物じゃない。

己の手で糧を稼ぎ、生活は苦しくとも人に恥じぬ生き方をしてるとの自負を感じさせる、真っ直ぐに背筋を伸ばした若木だった。

彼は興味深げに店内を見回した後、安売りの品が並べられている棚へと向かう。

クソドワーフ師匠が打った品は安売りなんてしないけれども、あそこに並べられてる物は、僕が打った中でも出来が良く、実用にも耐えると判断された物だ。

習作ではあるけれど、それが故に安値を付けた、駆け出し冒険者向けの品である。

つまり彼は、そう、町中の雑用依頼で貯めた金を握り締めて買い物に来た、駆け出し冒険者なのだろう。

ヴィストコートの町の冒険者と言えば、やはり傍(かたわ)らにあるプルハ大樹海に踏み入って採取をしたり、魔物を狩って稼ぐのが定石だった。

白の湖は依頼に引っ張りだこで忙しそうだが、それでもやはり、時間に余裕がある時はプルハ大樹海に踏み入る計画を練っている。

そんなに稼いでどうするのだろうと不思議にも思うのだけれども、彼らはもう稼ぎよりも、冒険をする事自体が目的になってるのかもしれない。

だがたとえ採取の為であっても、魔物が多く出現するプルハ大樹海に踏み入るならば、護身用の武器くらいは必須だ。

なので駆け出し冒険者はその武器を手に入れる事を目標に、町中で細々とした雑用依頼をこなして金を貯める。

僕が打った安物の武器であっても、そんな駆け出し冒険者にはとても大きな買い物で、選ぶ目は真剣そのもの。

だから僕も、横から余計な口出しはしない。

聞かれればもちろん、特技や希望、予算を聞いて、最善と思わしき選択を勧めよう。

しかし他人に勧められた選択ではなく、自身で選んだ品に命を預けたいと思うなら、それに口を挟むのは野暮（やぼ）である。

いやまぁ流石にどう見ても扱えない物を購入しようとしたり、考えがあまりに足りてなさそうな場合は、命の懸かった事でもあるから、口を出す場合もあるけれど。

そして待つ事暫く、彼が選んだのは一本の槌矛（つちほこ）。

それは良い選択だった。

槌矛は刃を持たない先端が金属製となった打撃武器の一種で、メイスと言った方が通りが良いかもしれない。

その特徴は、まず何よりも頑丈である事。

また重心が先端に近い部分にある為、振り回した際の威力が出やすい。

但しその分、剣に比べて取り回しに難があり、フェイントを掛けるには向かないだろう。

つまり人間を相手にする際に必要な細かな駆け引きはし難（にく）いが、魔物を思い切りガツンとやるには向いた武器という訳だ。

或いは刃を通さぬ全身鎧を着た人間でも、メイスならば殴り倒せる。

扱い易く、威力も大きい。

筋力さえ足りるなら、駆け出しの冒険者にも十分勧められる代物だった。

尤も、戦士と言えば剣と思い込みがちな駆け出し冒険者は、あまりこういった打撃武器を手に取ったりしないのだけれども。

「あのっ、すいません。これが欲しいんですけど、一緒に買った方が良い防具って、何かありますか？ ……あの、予算はこれぐらいで」

そう、槌矛を手に持った少年が、少し恥ずかしそうに僕に問う。

あぁ、確かに槌矛は刃を付けない分、多少値段は手頃である。

「それ、片手で簡単に振れる？ 重さに振り回されたりしない？ しないなら盾も持った方が良いけれど、そうでないなら盾を持つよりしっかりと握る事を考えた方が無難だね。後はプルハ大樹海に入る心算なら、足回りは革製品で良いからきちんと守った方が良いよ」

少年がやっと頼ってくれたので、僕は少し嬉しい。

そう、こんな風に頼られると、できる店員って感じがしないだろうか？

僕はする。

ハイエルフである僕は、森の中で防具なんて必要としないけれども、同じ事を人間に求めるのは明らかな間違いだ。

なので本当は、革製の兜(かぶと)に籠手(こて)、脚絆(きゃはん)と、露出は極力減らした方が良い。

森の中を慌てて走れば、草木の枝葉すら人の肌を傷つけるから。

但し彼の予算的には、上半身は厚手の服で守り、下半身を防具で守った方が無難だろう。

二足歩行の人間に対し、魔物の多くは四足歩行か、地を這っている。

故に高さとしては、人間に比べて彼らは低い場合が多い。

また手に武器を持つ人間は、上半身は武器を振って守れるけれど、下半身を、特に脛（すね）から下は武器が届かずに守り難いと思われる。

足を傷付けられて転んでしまえば、そのまま為す術もなく殺されるのが人間という生き物だ。

だからまずは足回りを防具で守り、稼ぎが入り次第、上半身の防具も整えていく。

それがベターであるように、僕は思う。

もちろんベストは全ての防具が揃うまで町中での雑用依頼を続ける事だけれども、それを選ぶかどうかを決めるのは少年だから。

僕は問い掛けにのみ答えよう。

勝手な直感だけれども、彼は良い冒険者になると思うのだ。

空きスペースで軽く槌矛を振った感じを見る限り、駆け出しの割に筋力があって、体幹もしっかりとしている。

それは単に生来の物でなく、キチンと訓練を積んでる証左であった。

そんな彼を見ていて、僕はふと思い付く。

仲間に恵まれるか否かといった運もあるだろうが、順当に行けば彼は金を貯めて、もっと良い武器を買いに再び訪れるだろう。

いやまぁもちろん、それまでにも武器のメンテナンスで来るとは思うが、何れ（いず）今の武器が物足りなくなったら、買い替える時も来る筈だった。

そしてその時、彼が再び僕の打った武器を選んでくれたら、それはきっととても嬉しくて楽しいだろうと、僕はそう気付いたのだ。

その為には是非とも少年には生き残って貰わなければならないし、僕も鍛冶の腕を上げなきゃならない。

そう思えば、非常にやる気が湧いてきた。

簡単な武器の手入れの仕方や、それでも定期的にメンテナンスが必要になる事を告げると、少年は名乗って礼を言ってから、嬉しそうに槌矛を抱えて店を後にする。

少年の名前はアストレ。

たとえそれがメンテナンスの為ではあっても、次に彼が来るのが楽しみだった。

割と今更かもしれない話をするけれど、僕は無益な殺生があまり好きじゃない。
この無益な殺生がどんな物かと言えば、食べる訳でもないのにわざわざ探しに行って狩る事を言う。
多くのエルフやハイエルフ的には、果実を食べれば良いし、食べる為に獣を殺すのも無益な殺生になるから、僕とは少し感覚が異なる。
これが今まで、幾度か冒険者に向いてると言われながらも、興味が然して持てなかった理由であった。

もちろん魔物を放置すれば人が襲われるから、数を減らす為には狩る必要があり、その為に冒険者という仕事がある事は理解してる。

鍛冶屋で働けば冒険者とは多く知り合うし、冒険者という職業が嫌いな訳でもない。

ただ単に、自分でやる気はあまりしないというだけの話だ。

ちなみに食べる為の狩りは、逆に好きだった。

休みの日には弓を持ち、獲物を探して森やプルハ大樹海に踏み入る事は、趣味のような物だ。

弓を使えば空を飛ぶ鳥を落とす自信もあるけれど、落下で肉が傷むからあまりやらない。

どうしても獲物に巡り会えずに、されど腹具合が肉を求めていたら仕方がないけれど。

しかしプルハ大樹海に踏み入ったなら、こちらから探す心算はなくても魔物に出くわす場合は、時折ある。

食べられる魔物なら歓迎だが、食に向かない魔物だって少なくない。

僕だって素直に魔物に食われる心算はないから、やり過ごし難ければ狩って殺す。

また魔物に襲われてる誰かを見付けた時には、やはり魔物を殺して助けもするだろう。

さて、その日は僕にとって、あまり運の巡り合わせが良くない日だった。

僕は一体自分が何をしてるんだろうかと自問自答しながら、腕の中に抱いたそれが暴れ出さぬように抱え込み、気配を殺して木が持ち上げてくれた根の陰に隠れる。

周囲をうろつき獲物を探すのは、幾匹もの猿の魔物。

彼らの肉は癖があって食べられた物じゃないらしいし、牙や爪、毛皮の使い勝手も悪い。

だから僕にとっては、できるだけ狩りたくない、或いはそもそも関わりたくない類の魔物である。

……あぁ、確か脳だけは珍味として食べられて、胆嚢(たんのう)は薬になるんだったか。

まぁ何れにしても、あまり狩る気が起きない事に変わりはない。

もちろん最終的にどうしようもなくて猿の魔物を狩るのなら、あぁ、脳味噌の煮込みにだって怯(ひる)まずに挑戦しては見せるけれども！

なるべくなら、そうならない方が良いかなとも思う。


鍛冶を学び始めて五年が過ぎ、一通りの仕事にも自信を持ち始め、遂に先日、僕はグランウルフの牙の加工に手を付けた。

と言っても、鍛冶を学び始めた目標である大きな牙をナイフに加工するには、まだまだ腕が足りていない自覚がある。

この牙をナイフに変えるのは万が一にも失敗をしなくなってから……、なんかじゃなくて、更にもっと高い実力を身に付けて、より良い逸品を作り出せるようになってからの話。

尤も上を目指し続けても果てがない事なんて、既に名工でありながらも日々成長してるクソドワーフ師匠を見れば嫌でもわかるから、どこかで妥協は必要になるとしても、それは恐らく僕がこの町を去る時になるだろう。

故にその日、僕が行ったのは小さな牙の加工だ。

まぁ小さなとは言っても、元が大きなグランウルフの牙だけあって、どれもそれなりのサイズではあるのだけれども。

いつか来る日に最も大きな牙でナイフを作製する事に備えての、素材の特性を摑む為の練習でもある。

だが当然ながら、練習とは言っても僕は自分が殺した魔物の一部を無駄にする心算は一切ない。

僕は慎重に、慎重に、恐ろしい程に強度が高いその素材を、少しずつ削って、研いで、形を整えていく。

一つが納得行く形で終われば、それで満足し切れずにもう一つの小さな牙に手を伸ばし、再び作業に没頭する。

途中でクソドワーフ師匠が僕の様子を見に来て、ついでに完成したそれを一つ、子細に眺めていたけれど、彼は何も言わなかった。

まず最初に完成させたのは、五つの鏃（やじり）。

そう、矢の先端に装着する殺傷力を増す為の部品だ。

グランウルフの口の中にあった頃よりも格段に鋭さを増したであろう牙、鏃を付けた矢は、軽く試し打ちをしてみたら、音もなくあっさりと的を貫通してしまう。

……何というかあまりに威力が高過ぎて危なっかしく、気軽には使い難い代物となった。

次に完成させたのは、先程の鏃とは逆に鋭さを削いだ装飾品。

見た目は鋭く力強い印象を残したままに、けれども身に着けても己の肌を傷付けぬように、実際の鋭さは削ぎ落とす。

そうして安全になった牙と爪に穴をあけ、紐を通せば武骨だが首飾りの完成だ。

面白い事にこの首飾りは、パーツである牙や爪同士がぶつかり合っても、カチャカチャとした音を立てない。

恐らくグランウルフが、森の中で音もなく獲物に忍び寄る為に備えた音を消し去る力が、牙や爪にも及んでいるのだろう。

要するにこれも、素材の特性の一つである。

……という事は、もしもグランウルフの牙でナイフを作れば、鞘から抜く時にも音のしない、実に暗殺者向けの武器ができてしまうんじゃないだろうか？

既に作ってしまった鏃を付けた矢が、的を射貫く時に音を立てなかったのも、素材である牙や爪が音を吸収してしまったからだったり、するんだろうか？

いやまぁ、うん、でも別に良いかな。

幾らグランウルフの爪や牙で作った武器が暗殺者向けの性能になるとしても、僕が暗殺者になる訳じゃない。

誰かにそれ等を譲る気もないし、誰かに暗殺者ではないかと疑われた所で、笑って否定すれば良いだけだ。

僕には後ろ暗い所なんて、何一つとしてないのだから。

しかしそんな風に開き直っていたからだろうか。

折角作った鏃を使いたくなって、鍛冶屋の休日の狩りに、プルハ大樹海へ入った僕は、そこで思わぬ事態に巻き込まれる。

食用に適さぬ、または食べようと思わない魔物をやり過ごし、大樹海の奥へと進む僕。

ちなみにこのプルハ大樹海の、ヴィストコートの町付近で狩れる最高の獲物は、蒼銀の大角鹿と呼ばれる魔物だ。

蒼銀の大角鹿は蒼白い体色の鹿の魔物で、名前の通りに大きな角と、背中に一列の銀色の毛が生えている事が特徴である。

多くの種が棲むプルハ大樹海でも、指折りに優美な姿をした魔物と言われ、その毛皮は大金貨を積み上げて取引されるらしい。

だが僕的に重要なのはその毛皮よりも、蒼銀の大角鹿は肉の味も絶品だと言われる話だった。

蒼銀の大角鹿の話を聞いて以降、僕はプルハ大樹海に入る度に一応は探してみているけれど、未だに遭遇した事はない。

いやなんというか、ハイエルフである僕が探して出会えないなんて、本当に存在するのかを疑うレベルの話なのだけれども。

木々に聞いた所によれば確かに蒼銀の大角鹿は存在していて、だけど動きが速くて警戒心が強いから、どんな小さな物音でも聞き逃さずにサッと逃げてしまうそうだ。

仮に人間が蒼銀の大角鹿を狩れるとすれば、何らかの理由で足を怪我した個体を、偶然にも他の魔物よりも先に発見した場合のみだろう。

まぁ、そんな探しても出会えない魔物の事はさておいて、その日、僕が大樹海で出会ったのは、群れから逸れたらしい一匹のフォレスト……、否、恐らくはグランウルフの幼体。

それも他の魔物、木々の間を飛び交う猿の魔物に襲われて、絶体絶命の窮地に陥っている状態での出会いだった。

蜘蛛の巣に捕らわれた蝶を逃がす事は、果たして正しいのだろうか？

それは確かに優しさから出る行為ではあるが、蝶は助かり、されど餌を口にできなかった蜘蛛は飢える。

その結果として、蜘蛛は弱って死ぬかもしれない。

そう考えれば、その優しさは他者の運命を自由にできてしまう強者のエゴだ。

もちろん他人が蝶を助けたとしても、それを責める事はしない。

エゴに思えようが何であろうが、それは優しい行為である。

まぁ単に、蜘蛛が嫌いなだけの場合もあるかもしれないけれど、そんな捻くれたケースは考えても仕方ないし。

またこれが蜘蛛と蝶でなく、魔物と人であったなら、その場合は僕も迷わず人を助けるだろう。

別にこれも蜘蛛と蝶となんら変わりはしないのだけれど、僕は人が好きだから。

つまりはこれも僕のエゴである。

さてしかし、これが魔物同士という事であれば、関わるべきではないと誰もが口にする筈。

魔物は時に例外もあるけれど、基本的には人の敵で、魔物同士の争いなんて関わっても益はない。

グランウルフの幼体だって、今は幼く憐れに見えても、長じれば間違いなく人を襲う。

一部の魔物は飼いならせたケースもあるとは聞くが、僕にそんな心算はなかった。

だから、そう、僕はその現場に出会ってしまったけれど、関わる気なんて少しもなかったのだ。

その襲われているグランウルフの幼体が僕を認識し、まるで庇護者を見付けたかのように鳴いて助けを求めなければ。

そしてその鳴き声を聞いた途端、僕の身体は考えるよりも先に動いてた。

まるで何かに突き動かされるように地を駆け、猿の魔物の爪がグランウルフの幼体を引き裂くよりも早く滑り込んで、その小さな身体を抱え込む。

かわりに僕に向かって降り注いだ猿の魔物の爪は、突如巻き起こった風の渦に逸らされる。

完全にやらかしてしまった自分に、僕は思わず呆然としてしまうけれど、眼前の猿の魔物が怒りと共に放った咆哮(ほうこう)で我に返り、大樹海の中を駆け出した。

憎たらしくも愛おしい事にグランウルフの幼体は、すっかり安堵したかのように僕に身体を預けてる。

一体何だというのだろうか。

樹上を跳んで追って来る猿の魔物は、ただ駆けるだけでは振り切れない。

木々に叩き落として貰えば話は別だが、それは余りに猿達が可哀想だ。

だってどう考えても、理不尽に獲物を掻っ攫った僕が悪いのだから。

風の精霊に頼んで強風を吹かせ、猿の魔物達の意識が逸れた隙に気配を消して隠れ潜む。

逃げ込み、隠れた先は、大きな木が持ち上げてくれた根の下。

そこに逃げ込んだ後、僕らを隠すように草木が覆ってくれたから、そう簡単には見つからないだろう。

もちろんそれは、グランウルフの幼体が暴れたり鳴き出さなければの話だが、……彼、または彼女にその様子は欠片もない。

むしろ腕の中で安らぐように僕の、否、僕が首から下げた首飾りの、爪や牙の匂いを嗅いでる。

あぁ、あぁ、そういう事か。

僕は納得し、大きく息を吐いて、甘える幼体の背を撫でた。

だったらこれは一度だけの偶然だ。

僕は以前、襲われたからではあるけれど、一匹のグランウルフを狩った。

故に一度だけだが、一匹の、この小さなグランウルフを助けよう。

何しろ僕が狩ったグランウルフが、どうやらそれを望んでいるようだから。

狼は人を襲うが、同時に慈悲深い生き物でもあるという話を、……今生だったか前世でだったかは忘れたけれど、聞いた事がある。

僕に狩られた群れのリーダーだったグランウルフが、同種の子供をどうしても助けたいと願ったのなら、それに突き動かされてしまうのも仕方のない話だろう。

腕の中で甘える幼体の背を撫でながら、一体どれ程の時間が経っただろうか。

猿の魔物達はしつこくて諦めが悪かったけれど、やがて周囲から狼の遠吠えの声が幾つも幾つも聞こえて来ると、危険を察したのか慌ててこの場を逃げ出していった。

僕は木の根の下を這い出て、グランウルフの幼体を地に下ろしてから、ウンと大きく伸びをする。

遠くから、幾つもの視線が僕を見ていた。

足元に纏わり付いて来る小さな存在に対して、

「さぁ、そろそろお行き。迎えが来てるよ。もう二度と、遭わない事を祈ってる」

僕は目を合わせずにそう声を掛ける。

これ以上に情を移せば、それはお互いにとっての不幸だろう。

全く、碌(ろく)でもない一日だ。

折角の休日が台無しである。

今、この時間からでは、碌に獲物も狩れないだろうし。

グランウルフの幼体は暫く僕の足元をちょろちょろとしていたが、やがて満足したのか、諦めたのか、チョコチョコと走って木々の向こうに姿を消した。

再び、狼達の遠吠えが、あちらこちらから聞こえて来る。

僕は助けてくれた木の幹を撫でて礼を言ってから、その場を後にした。

そしてその次の週、今度こそとばかりに再び挑んだプルハ大樹海で、足を怪我した蒼銀の大角鹿に出会ってこれを仕留めたのだけれども、果たしてこれは偶然だろうか。

いやいや、そんな偶然はきっとない。

グランウルフの幼体を救った貸しを、他の成体達が返してくれた。

そんな風に考えた方が嬉しいし、貸し借りも清算できて後腐れがないだろう。

それから最後に、蒼銀の大角鹿の肉で作った干し肉は、クソドワーフ師匠も絶賛の酒の肴になりました。

老いとは無縁な肉体を持つハイエルフは見た目から年齢の判別は難しい、というか不可能だ。

けれど、老いも若いも髭もじゃな男のドワーフもまた、負けず劣らず年齢のわかり難い生き物である。

だからその話を聞いた時、僕は顎が外れそうなくらいにポカンと大きな口を開けて、呆然とした間抜け面を晒してしまう。

僕がクソドワーフ師匠に弟子入りして、そう、十年目の事である。

彼の故郷であるドワーフの国から、クソドワーフ師匠に『婚約者と結婚をして家を継げ』との手紙が届いたのだ。

ヴィストコートの町だけでなく、ルードリア王国でも有数の鍛冶師との名声を得たのだから、人間の世界での修業はもう十分だろうと。

要するに、それはドワーフの国からの、帰還要請だった。

ドワーフの寿命はおよそ人の三〜五倍、およそ二百年から三百年程になるらしい。

そしてクソドワーフ師匠はもう数年で九十歳。

つまり人間で言うならば、二十代の後半から三十代の若者だったのだ。

その自信と威厳に満ちた振る舞いや、優れた鍛冶の腕から、てっきり老齢間近だと思ってた僕には途轍もない衝撃だった。

しかも婚約者って、あまりに似合わなさ過ぎて、失礼だとはわかっていても腹を抱えて笑ってしまう。

うん、もちろん笑ったら即座に思い切り殴られた。

まぁさておき、確かに良い頃合いではあるのだろう。

この十年で僕以外にも、クソドワーフ師匠には何人もの人間が弟子入りして来た。

物にならずに出て行った者も皆無じゃないが、それなりの腕になって独立した者も多い。

……というか、ドワーフに弟子入りをする人間は、実はもう既にどこかで鍛冶を学んで、一人前と認められている者ばかりだった。

全くの未経験者がドワーフに教わろうなんて、不遜にも程があるというのが、鍛冶の世界の常識なんだとか。

いやだってそんなの知らなかったし。

後から弟子に入った人間には呆れられたけれども、クソドワーフ師匠はそれでも僕を受け入れてくれたのだから、僕達の関係はそれで良いのだ。

兎に角、もうこの町、ヴィストコートからクソドワーフ師匠が居なくなっても、鍛冶師が不足するって事はないだろう。

彼が蒔いた種は芽吹き、この町で立派な木になっているから。

少し寂しく感じるけれど、僕にとっても頃合いだ。

この十年での変化は、鍛冶屋が増えた事ばかりじゃない。

例えば町で一番の、冒険者としては最高位である七つ星にまで上り詰めたチーム、白の湖は三年前に解散してる。

戦士であるクレイアスと、司祭であるマルテナが、結婚して子供を儲けたからだ。

そして何より、人間である彼らは、肉体的な性能の絶頂期が短い。

衰えて取り返しのつかないミスをする前に、引退して次代を生み育てる。

それは正しい判断だっただろう。

エルフである為に衰えとはまだまだ無縁なアイレナは、解散しても刺激的だった冒険の日々が諦め切れずに、新たな仲間を求めて旅立った。

もしかしたら彼女は、僕に付いて来て欲しかったのかもしれない。

だけど僕が鍛冶を中途半端に投げ出さないだろう事は知っていたから、笑顔で別れを、それから母親かってくらいに日々の生活の注意を告げて、旅立って行った。

僕が町に来た時に門番をしていたロドナーは、この十年で出世して、町の衛兵隊長になっている。

彼が門を守る為に番をする事はもうないけれど、町の住民からの信頼には少しも陰りはなかった。

今でも時折、ロドナーとはあの食堂で、酒と食事を共にしている。

少年だったアストレもすっかり一人前の戦士で、確かつい最近、五つ星に昇格したとか。

白の湖のような超一流にはまだ遠いけれど、十分に成功してる冒険者の一人と言って良かった。


十年という月日は、ハイエルフである僕にとっては決して長い物じゃない。

でもこの十年は、僕が生きた他の百五十年の全てと比べても勝るくらいに、圧倒的に濃い時間だったと思う。

そしてその多くは、クソエルフと罵りながらも僕を弟子にしてくれた、クソドワーフ師匠のお陰だ。

「……で、儂はドワーフの国に戻るが、お前さんはどうするんじゃ？」

そんな恩人が、僕に問う。

そう、一体僕は、どうしようか？

興味のある事は、色々とあるのだ。

「剣と……、それから魔術かな。王都で道場か、魔術学院に通おうと思うよ。……幸いお金は大分と貯まってるしね」

この十年、この店で働いて貯めた金もあるし、……僕が宿を出て家を買った後、何故かそれでも心配だからと僕の家に住み着いたアイレナが、家賃として置いて行った金が大量にある。

だから無理に働かずとも、剣や魔術を学べるだけの資産は十分にあった。

「はっ、精霊の力を借りる事ができるのに魔術か。相も変わらずようわからん奴じゃの。まぁ、えぇわい。お前さんが何をしてようとクソエ……、いや、エイサーが儂の一番の弟子にして、友人である事は変わらんからな」

驚いた事に、そう言って彼は、初めて僕の名前を呼んだ。

照れ臭そうに顔を背けて。

うん、笑える程に、似合わない。

でも僕は笑えなかった。

それまで少しも知らなかったのだけれど、本当に嬉しくて、嬉しすぎる時、どうやら出て来るのは笑みじゃなくて、涙だったらしい。

彼に呼ばれて初めて、僕はこのエイサーという呼び方が、自分の名前なんだと心の底から、認識する。

「あっ、ははは……。何それもう、似合わない。エルフである、……ハイエルフである僕は、ドワーフの国には行けないけれど、貴方が、アズヴァルドが僕の師匠で、友人である事は絶対に忘れな

い」

　震える声でそう言って、僕が右手を差し出せば、その手は力強く、僕の友であるアズヴァルドに握られた。

　それから彼は、ニカッと笑う。

「なんじゃい、似合わん。お前さんの良い所は、自分が行きたいと思った場所には、躊躇わずに突っ込める気狂いな所じゃろう。……しかしエイサーよ、お前さん、ハイエルフだったのか」

　笑いながらアズヴァルドは、握った手を離してから、僕の胸を拳で突く。

　いてぇ。

　だけど何故だか、その痛みは優しくて心地好い。

　こんなやり取りも、もう何度もは交わせないだろう。

　しかし彼は笑みを崩さず、

「良かろう。ならば五十年じゃ。五十年経ったら、ドワーフの国に来い。儂がドワーフの国で一番の鍛冶師になって、王座を得て、エルフが遊びに来られるようにしてやろう。だからその時は、胸を張って儂の弟子だと名乗って来い」

　そう言い切った。

　ドワーフにとって最も重要な物は、鍛冶の腕だ。

　鍛冶の腕が良ければ周囲の敬意も、社会的な地位も、全てが得られるだろう。

　その中には、驚くべき事に王位すらも含まれる。

そう、つまり僕は、未来のドワーフの王の、友人にして一番弟子なのだ。

あぁ、それは、なんて光栄な事だろうか。

「……なら腕が鈍らないように、いや、一歩でも前に、進んでおくよ」

僕の言葉に彼は頷き、それから一ヵ月後、ドワーフの国へと帰って行った。


アズヴァルドが、師が残した鍛冶屋は、弟子の一人が引き継いだ。

そして僕の手には、鍛冶師組合が発行する上級鍛冶師の免状が。

これはルードリア王国だけでなく、この辺りの国ならどこでも通用する物で、一流の鍛冶師であるとの証明のような物だった。

ドワーフの影響力が強い鍛冶師組合では、エルフである僕にこの免状を出す事には強い反発があっただろう。

だけど師は、その反発を腕と口と拳で黙らせて、僕に上級鍛冶師の免状をもぎ取って来てくれた。

要するに、そう、これは僕の誇りだ。


僕はそれから数週間、店を引き継いだ弟子に鍛冶場を借りて、グランウルフの牙から一本のナイフを削り出す。

丁寧に、丁寧に、少しずつ、少しずつ。

そうして完成したナイフを腰に吊るして、僕はヴィストコートの町を後にした。

僕は荷から久しぶりに、摘んでから十年経っても朽ちぬアプアの実を一つ取り出して、齧る。

王都までは馬車を使って約十日。

歩けばそれ以上に時間はかかるだろう。

しかし折角なのだから、僕はこの十年で最高の傑作が完成した余韻（よいん）に浸りながら、王都までの道を歩く心算だ。

第二章　ハイエルフと剣の姫

ルードリア王国の王都、ウォーフィールは、ヴィストコートの町から馬車で十日程の場所にある。

プルハ大樹海に接するヴィストコートは、ルードリア王国の中でも最も西寄りの辺境で、以前に訪れたガラレトは北の辺境。

そして王都であるウォーフィールはルードリア王国の中央といった位置関係だ。

正確な所はわからないけれど、馬車が一日に八十から百キロ程の距離を移動すると仮定すれば、ルードリア王国の端から端まではおよそ千五百から二千キロくらいの広さがあるのだろう。

これは本当に大雑把な計算だけれど、ルードリア王国は大国という程ではなくとも、それなりに広い国だとの印象を受ける。

故にその国土から人と物が集まる中枢である王都は、当たり前かもしれないが、ヴィストコートの町と比べても非常に栄えていた。

国の真ん中にあるのだから本来は必要ないと思うのだが、王都は高い防壁に、それも何重にも囲まれている。

仮にこんな場所まで攻め込まれてしまう事になったら、王都を守ろうが守るまいが、国は滅びると思うのだけれど……。

まぁ僕には関係のない話だ。

王都の市民はその防壁の内側に住むが、市民権を得られない貧しい者達はその外側に、貧民街を築いて暮らしているらしい。

ウォーフィールの貧民街の規模は、王都であるだけあってルードリア王国で一番大きく、防壁の門の付近の治安は然程に悪くはないという。

但し貧民街の深い所にまで踏み込んでしまえば、そこはあらゆる犯罪が横行する無法地帯になってるんだとか。

少し興味が湧かなくもない話だが、今の僕には一応、他に目的がある。

危ない真似は王都に十分に慣れ、飽きてからでも良いだろう。


ルードリア王国の町ではどこであっても、門を越えて中に入る時には税を取られる決まりだ。

そう、身分証があれば銅貨二十枚、なかったら銀貨一枚という奴である。

僕はヴィストコートの町に長く住み、納税を行い続けたので市民権を持っていた。

もちろんそれはヴィストコートの市民権ではあるのだけれど、僕の身分を保証するには十分な代物だろう。

それからもう一つ、鍛冶の師であるクソドワーフことアズヴァルドから与えられた、上級鍛冶師の免状も立派な身分証だ。

本当はどちらか一つで十分なのだけれども、僕は王都には長期の滞在をする心算である。

なのですぐさま鍛冶師として働く心算はないから、納税の記録などが記されたヴィストコートの市民権を。

だけどやっぱり時には鍛冶場に立ちたいし、隠していると後々面倒臭いからと上級鍛冶師の免状を。

王都に滞在する理由を述べて、門を守る衛兵に提出した。

衛兵はそれ等の書類と、僕の顔を三度くらいは見比べて、

「町に住んでるエルフで鍛冶師で、……でも王都には剣と魔術を習いに来たのかい。言っちゃあ悪いが、変わり者だね。あ……、変わりエルフか」

なんて風に笑う。

笑うというか、苦笑いかもしれないけれど、悪意と敵意が感じられないので別に良しだ。

しかし変わりエルフはないだろう。

もうそんな珍妙な言い方をされるくらいなら、変なエルフ呼ばわりでも怒りはしない。

鍛冶師をしてる時に知り合った商人が言っていたが、門番が健全な町は安心できるそうだ。

逆に門番が賄賂を要求して来るような町なら、中の治安も乱れてるから注意が必要なんだとか。

門番の態度は、領主の統治や、市民の心の乱れを映す鏡である。

そこから考えるとこの門を守る衛兵の態度は、非常に良い部類だろう。

だけど好意的な物言いはしているが、常に一定の警戒を僕や周囲に払っているから、それは逆に言えば警戒せねばならない危険がそこ等に転がっているという証左であった。

近くに貧民街があるから警戒しているのか、王都に禁制品を持ち込もうとする輩が多いから警戒

してるのか、門の中でも危険があるから警戒してるのか、その辺りはわからないけれども。

あまり油断はしない方が良さそうだ。

「ようこそ、王都ウォーフィールへ」

衛兵は身分を証明する書類を僕に返し、笑みを浮かべてそう言った。

まぁ色んな事はさておいても、彼は多分良い奴だろう。


人通りが非常に多い王都で、まず探すべきは滞在する宿である。

この先、このウォーフィールでどのように過ごすにしても、滞在場所は必要だ。

それからこれは結構大事な事だけれど、右も左もわからない状態で宿を決めるなら、取り敢えず安宿は避けた方が良い。

というよりも、むしろ最初は高い宿に泊まった方が安心だろう。

何故なら高い宿賃は、客へのサービスの対価だからだ。

もちろんそのサービスの中には、宿の設備が良い事や、出される食事の味が良い等も含まれる。

だけど一番大事なのは、そのサービスの中に安心が含まれ易いって所にあった。

尤もこれも絶対の話ではないから、宿の防犯体制や従業員の人柄は見なければならないが、安宿に比べれば間違いなく高い宿の方がその辺りに安心できる確率は高い。

森から外の世界に出て来たばかりの僕を、エルフのアイレナが執拗に高い宿に泊まらせ続けようとした理由も、今なら少しわかる。

それに一度宿を決めたからと言って、移動してはいけない訳じゃなかった。

最初は高い宿に泊まっていても、サービス、安心、料金の点でもっと良い宿を見付ければ、そちらに移れば良いだけだ。

また僕の目的である、剣の道場や魔術の学院に関しても、できれば近い方が良い。

つまり本格的な拠点は王都での過ごし方が決まってから、改めて決める事になるだろう。

でも僕は、その宿を探す最中に、大通りで非常に心惹かれる物を目にする。

それは一人の大道芸人。

……否、剣士。

手にした剣は鈍らとまでは言わないが、お世辞にも良い代物とは言い難い。

だが彼女は、そう、女の剣士は暫く精神を集中した後、迷いなく剣を横に振り抜くと、スパリと台の上に置いた果実を切って見せる。

ちょっとそれは、僕にとってあり得ない光景だった。

鍛冶師としての経験があるからわかるけれども、あの剣ではまともに振った所で、果実を叩き切るのが精々で、悪ければ叩き潰してしまう筈だ。

あぁ、いや言い方が悪い。

叩き潰せれば良い腕なのだ。

普通ならば果実がホームランになるだろうから。

なのにその果実は切断されていた。

思わず近寄り、剣を確かめたい気持ちになったが、必死に堪える。

遠目であっても、武器の目利きを見間違う筈がない。

素晴らしい技を見せてくれた剣士に対して、疑いを持つのは不誠実だ。

だから僕は銀貨を手に、彼女の前に立つ。

良い物を見せて貰えた。

そう思って、僕は彼女にお捻りとしてそれを渡す。

彼女は渡された貨幣の輝きに一瞬目を見張ったが、僕に向かって深々と頭を下げる。

残念ながら芸としては地味なのだろうか。

僕以外に、その芸に対してお捻りを渡そうって人は居ない。

けれども僕は満足だった。

王都に来て初日に、こんなにも面白い剣技が見られたのだから、きっとここには凄い剣士が沢山いて、僕もそれを学べる筈だ。

そう思うと、胸がドキドキして止まらない。

本当は魔術の学院から探そうと思っていたけれど、今日は宿を見付けるにしても、明日はまず、剣を教える道場を探そう。

そう考えて、僕はその場を後にする。

軽く調べてみた所、今、この王都で剣を教えてる大きな道場は三つあって、三大流派なんて風に呼ばれてるらしい。

何でも少し前までは四大流派だったらしいが、その一つは没落し、今では弟子を取っていないんだとか。

そしてその三大流派だが、一つはこの国の騎士隊が習得してる正規剣術でもある、ルードリア王国式剣術。

王国の名前を冠するだけあって、三大流派の中で最も門下生が多く、その中には騎士や貴族の子弟も多く含まれるという、まさに別格の流派だ。

まぁ騎士隊の正規剣術だけあって非常にオーソドックスな剣技で、剣と盾を用いた攻防にバランスの取れた戦い方が特徴である。

他にも道場では槍や弓の扱いを教えていて、この王都で武を学ぶと言えば、誰もがまずこのルードリア王国式剣術を薦めるだろう。

つまり凄く普通で面白くないので、僕的には却下である。

次に二つ目は、あの白の湖に所属していた戦士、クレイアスも習得していた、ロードラン大剣術。

その名の通り、両手持ちの大剣を振り回して敵を打ち砕く豪快な剣術だ。

また体術も同時に学ぶ事になるので、ロードラン大剣術を扱う剣士は、体当たりに膝蹴りといった、剣以外での攻撃も得意とする。

防御に関しては攻撃を避ける身のこなしの他、肩当てや肘当て等、特定部位に頑丈な防具を装着し、そこで受ける訓練をするらしい。

最後に三つ目は、グレンド流剣術。

このグレンド流剣術も、ルードリア王国式剣術と同じく、剣と盾を用いて戦う。

しかしルードリア王国式剣術が攻防にバランスの取れた流派なら、グレンド流剣術は防御に比重を置いた流派だ。

というか剣術を名乗っているが、最も重視されるのは盾の扱いらしい。

盾で殴り、盾で相手の武器を弾き、崩れた所を剣で一刺しして仕留める。

それがグレンド流剣術の理想の戦い方だという。

これも多分性に合わないので、僕的には却下である。

要するに三つの中から選ぶなら、ロードラン大剣術が一番好みだった。

広い王都には他に剣を教える道場が皆無な訳ではないけれど、クレイアスも学んでたというロードラン大剣術なら間違いはないだろうから。

僕はロードラン大剣術を教える道場へと見学の為に足を運んだ。

……けれども。

もしかすると、僕は運が悪いのかもしれない。

仮に昨日、あの剣士の技を見ていなければ、僕はロードラン大剣術を疑問なく学ぶ道を選んだ可能性が、……無きにしも非ずだ。

だけどあの時に振るわれた剣士の技が、僕の目には焼き付いていたから、ロードラン大剣術の道場で大きな剣を振るう門下生や師範代の技は確かに剛剣ではあったが、あまり美しく見えなかった。

いやむしろここでロードラン大剣術を学ぶなら、ヴィストコートの町に戻ってクレイアスに教わった方が良いだろう。

だって門下生はもちろん師範代ですら、クレイアスの実力に及んでいそうにないのだから。

そう考えると僕は運が良いのかもしれない。

初日にあの剣士の技を見ていたから、ロードラン大剣術の道場を見て、ここで良いかと妥協せずに済んだのだ。

しかしこれは困った事になってしまった。

今、僕の基準は、あの時にあの剣士が振るった剣技だ。

正直、果実を綺麗に切れたからと言って、特に大きな意味はない。

あの剣士は技を繰り出す前、それなりに長い時間、精神を集中させていた。

それは大きな隙であり、実戦であんな風に精神を集中させる暇はないだろう。

だからあの剣は、美しかったが実用的ではなかった。

でも僕は、あの美しい剣を振ってみたい。

あぁ、なんという事だろう。

だったらもう、取るべき手立ては一つしかないじゃないか。

僕はロードラン大剣術の道場を後にして、昨日、あの剣士が大道芸をする為に立っていた大通りへまっすぐ向かう。

辿り着いた現場にあの剣士、彼女の姿はなかったけれど、僕はその場に座り込んで、その時を待った。

結局その日はあの剣士が現れなかったから、次の日も。

他の大道芸人に金を握らせて聞き出した所、彼女は数日に一回、この場所に来て技を披露するそうだ。

凄い事は凄いが本当に地味な芸だから、あまりお捻りも貰えてないらしいけれども、この一年程はずっと、定期的に。

そして僕は待ち続けて、その人は遂にやって来る。

「あの、エルフの方、そこに座り込んでおられますが、どうかなさいましたか？　以前にもお見かけした方だと思うのですが……」

どうやら彼女は、僕を覚えていてくれたらしい。

森の外の世界ではどうしたってエルフは目立つからだろうけれど、今はそれがとても有り難かった。

僕はその声に立ち上がり、目の前にいるあの剣士を見据えて、スゥっと大きく息を吸う。

さぁ、戦いの始まりだ。

「あの時に見た、貴女の剣技に惚れました。どうか僕を弟子にして下さい。僕もその剣を、振るってみたい」

そう言って頭を下げる。

もちろんその剣とは彼女が持つあまり質の良くない剣じゃなくて、剣技の事だ。

仮に僕があの剣を渡されたなら、そのままどこかで鍛冶場を借りて、鋳潰して新しく打ち直すだろう。

「えっと申し訳……」

「謝礼はお支払いします。雑用もします。どうかお願いします！」

相手が断ろうとするタイミングで、言わせずに言葉を重ねて、もう一度頭を下げる。

剣に惚れたと言った時、彼女は間違いなく少し嬉しそうな顔をした。

なのでそれでも弟子入りを断ろうとするなら、何か事情があるのかもしれない。

でもそれは彼女の事情であって、僕の事情ではないから知った事ではないのだ。

僕は今、あの剣技が学びたい。

故にそれが駄目な事情があるなら、そんな物は蹴っ飛ばす。

絶対に退かない。

そう、これは戦いだから、一歩でも退けば負けである。

彼女は断りの言葉を潰され、パクパクと口を開いては閉じて、少し困った顔をした。

つまり一歩退いたのだ。

だからこの戦いは、間違いなく僕が勝つ。

「その剣の名前を、僕はまだ知りません。だけど僕は、その剣を振るう剣士になりたい」

もう一度重ねて、彼女が退いた分だけ僕は踏み込む。

彼女は表情に迷いの色を浮かべ、暫し悩んだ。

「……わかりました。お話は、私の道場で伺います。きっとそれを見れば、貴方の考えも変わるでしょうから」

そして躊躇いがちに、迷いの色は消えなかったが、彼女はそう、口にした。

もしもこの場にアズヴァルドが、僕のクソドワーフ師匠が居たならば、彼はきっと同情の視線を彼女に向けた事だろう。

そう、今、僕はすっごい楽しい。

さぁでは彼女の道場へ、そしてこれから僕が学ぶ道場へ、向かうとしよう。

彼女に連れられてやってきた道場は、敷地は広かったがボロ……、って言い方もできない程に廃墟だった。
見る限り、大勢に打ち壊されたのだろう。
扉は破られ、穴の開いた屋根からは雨風が吹き込み、多分柱も腐ってるから何時倒壊してもおかしくない。

尤も壊されてるのは道場だけで、その奥にある住居は極々普通の状態だ。

「ここは元は四大流派の一つに数えられた、ヨソギ流の道場でした」

廃墟に悲し気な目を向けて、彼女はそう口にする。

まるでそう言えば全ての事情が察して貰えるとでも言いたげに。

うん、もちろん僕は、全てを察した。

実はヨソギ流に関しては、王都の道場に関して調べた時に、少し話を聞いたのだ。

当主が剣術の試合でロードラン大剣術に敗れ、しかも刃を潰した試合用の武器を使っていたにも拘らず、打ちどころが悪くて死んでしまったという話を。

いやまぁ、たとえ刃を潰してようが、大剣で力一杯殴られたらそりゃあ死ぬ。

だけどヨソギ流にとっての不幸はそこから先で、師である当主を失った高弟達は、ロードラン大剣術の道場に仇討(あだう)ちとばかりに殴り込み、そして返り討ちにあってしまったらしい。

勢力的には両者は拮抗していた筈なのだけれど、ヨソギ流の高弟達は誰が後を継ぐかで内輪揉め状態でもあったから、万全の状態で迎え撃ったロードラン大剣術には敵わなかったのだろう。

そして殴り込みの報復として、ロードラン大剣術はヨソギ流の道場を打ち壊したそうだ。

「殴り込みに参加しなかった門下生も、ロードラン大剣術に目を付けられる事を恐れて去って行きました。母やまだ子供だった私は見逃され、住居にも手は出されませんでしたが……」

ヨソギ流という流派は、完全に終わってしまったという。

成る程。

よく見れば、彼女はまだ少女と言って良い年齢である。

「私の剣は、子供の頃に父に教わったヨソギ流の一部を、自分なりに発展させた物です。かつてのヨソギ流には遠く及びません。見世物にするのが精々の、いえ、見世物としてすら結果の出ない代物です。ヨソギ流は途絶えました」

そう言う彼女の声は、本当に、本当に悔しそうだった。

納得なんてとてもできないけれど、それでもどうしようもない。

無念の滲む、絞り出すような声。

「そのような剣を学び、ロードラン大剣術に目を付けられるのは、とても割に合わないでしょう。ご理解いただけましたら、どうかお引き取りを」

その言葉は、僕を案じての物だろう。

しかしそれは、少し僕を侮り過ぎだ。

ヨソギ流は途絶えた？

そんなの関係ない。

ロードラン大剣術に目を付けられる？

そんなのもっと関係ない。

「大丈夫。僕が学びたいのは消えてしまったヨソギ流じゃなくて、貴女が見せてくれた剣です。それにロードラン大剣術は見て来たけれど、あのくらいの剣士が幾ら来た所で、別に怖くもなんともないですし」

そう、僕が欲しいのは、彼女の剣だ。

彼女が自分なりに発展させたというそれだった。

元のヨソギ流に及んでるか及んでないかなんて、関係がない。

それからクレイアス級の剣士なら兎も角、あの道場で見た程度の剣士が何人来た所で、風の精霊に一言頼めば纏めて丸裸にしてしまえるだろう。

もちろん僕にそんな趣味はないけれど。

「あ、でも貴女の剣って、貴女の剣技って意味ですよ。というかその剣は、貴女の剣技に付いて来られてない。できれば打ち直したいから、一週間くらい預けてくれません？」

呆気に取られたような彼女に、僕は言葉を畳みかける。

退く気はないったら、退く気はないのだ。

だがこの状況から始めるとなると、まずは道場の建て直しからだろうか？

金はどうにでもなるけれど、信用できる大工のアテは、王都にはなかった。

まぁ僕と彼女が訓練をするだけなら、こんなに大きい道場なんて要らない気もするし、だったら大工のアテができてからでも良いかもしれない。

そうなるとやはり、彼女が持つ剣をどうにかしたい。

後はついでに自分が使う分も。

上級鍛冶師の免状を使えば、どこかで鍛冶場を借りる事くらいはできるだろう。

ふと気付けば、僕を巻き込むまいとしていた彼女の目は、理解不能な物を見る目に変わっていた。

「えっと、貴方は一体……？」

少し一度に攻め過ぎたかもしれない。

今気付いたが、僕はまだ名乗りすらしていなかったから。

「僕はエイサー。深い森では楓の子とも呼ばれたハイエルフ。特技は弓と精霊の力を借りる事。それからドワーフに鍛冶を十年習ったから、上級鍛冶師の免状は持ってて……」

だったらちょうど良いから名乗ってしまおう。

僕の言葉に、彼女が一つ一つ驚くのが少し面白い。

「そして貴女の弟子だよ。……新しいヨソギ流の一番弟子って言ってくれたら、嬉しいな」

そう言って、僕は右手を差し出す。

彼女は戸惑い、その表情には恐れと喜びと疑念が入り混じっていたけれど、やがて根負けしたのか僕の手を握ってくれる。

そうして僕は、新たに師を得て、剣士への一歩を踏み出した。

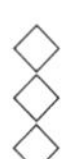

その日のうちに宿を引き払った僕は、新たな師となったカエハ・ヨソギの家の客間に泊めて貰う事になった。

流石にそれはどうかとも思ったが、弟子の面倒を見るのは師の役目だと、物凄く目をキラキラとさせて彼女が言うのでやむなく折れたのだ。

警戒してた割に、一度懐に入ると随分と距離が近い。

恐らく昔、カエハが子供だった頃は、道場で高弟達が寝泊まりをしていて、彼女にとって弟子とはそういう物だとの思い込みがあるのだろう。

……その認識に関しては道場を立て直す、つまり他の弟子を受け入れる前に、速やかに正した方が良い気がする。

家で待っていたカエハの母も、突然連れて来られた僕の存在には、少し戸惑った表情だったし。

それからそのカエハの母だが、彼女は胸を病んでいる。

元々あまり身体が丈夫ではなかったらしく、夫が亡くなり、道場が打ち壊され、残った資産を少しずつ食い潰す生活に、少しずつ身体を弱らせてしまったそうだ。

カエハの大道芸は、そんな母の薬を購入する費用を稼ぐ為だったらしいのだけれど、その薬を見れば森の薬草を煎じた物だったので、次回以降の分は僕が近くの森で採って来る事にした。

一応、僕はこれでもハイエルフなので薬草摘みなんて朝飯前というか、もっと効きの良い薬草だって簡単に見つけられるから。

木々に聞けば教えてくれるし。

取り敢えず今日の所は、アプアの実を擂って飲ませた。

朽ちぬアプアの実は身体を賦活(ふかつ)させるから、少なくとも安物の薬よりは余程によく効くだろう。

それからついでに、ヴィストコートへの手紙も出しておく。

宛先はもちろん、元白の湖の剣士、クレイアスだ。

冒険者の最高位である七つ星まで上り詰めた剣士は、ロードラン大剣術にとって非常に大きな存在である。

故にクレイアスの方から、ロードラン大剣術に釘を刺して貰えるように頼んだのだ。

ヨソギ流が道場を立て直そうとする様を見ても、余計な気を起こさないようにと。

僕としては、別にロードラン大剣術を敵視する理由はない。

もし仮にちょっかいを掛けて来た時は、相応の対処をする心算だけれど、もめ事が起きないならそれに越した事はなかった。

そりゃあもちろん、カエハやその母は、ロードラン大剣術に思う所はあるだろうが、それでも彼女達も、進んで揉めたいとは思っていないだろうし。


次の日は、借りられる鍛冶場を探す為、鍛冶師組合に顔を出す。

上級鍛冶師の免状の効果は覿面(てきめん)で、鍛冶師組合の職員はすぐさま鍛冶場と鉄の手配を約束してくれた。

他にも仕事を幾つか引き受けて欲しいとの事だったが、まず優先すべきは師であるカエハの剣の打ち直しで、次に僕の剣の作製である。

その後で良いのなら、鍛冶の腕も鈍らせたくはないし、多少は引き受けようと思う。

それから帰り道、僕は情報を得る為に、店を渡り歩いてこれからの生活に必要な品を買い揃えながら、店員、店主達から話を聞き出した。

仕入れる情報は、ロードラン大剣術以外の二つの流派、ルードリア王国式剣術と、グレンド流剣術の、ヨソギ流との関係だ。

ロードラン大剣術にはクレイアスが釘を刺してくれるだろうが、他の流派はわからないから。

有象無象の流派が名を上げる為、嘗て(かつ)の四大流派の一つを叩き潰しに来るかもしれないし、ルードリア王国式剣術やグレンド流剣術だってヨソギ流の復興を目障りに思うかもしれない。

何が起きるかわからなければ、それを予測できるだけの材料、情報を手に入れておく事はとても重要だ。

また逆に、エルフである僕の姿はとても目立つから、このような形で情報収集をしていたら、それはすぐに広まるだろう。

ヨソギ流にエルフが肩入れしている。

ヨソギ流にエルフが弟子入りした。

これらの情報が広まれば、ヨソギ流に敵意、害意を持つ誰かが存在するなら、その動きを誘導できる。

要するに僕自身が誘蛾灯(ゆうがとう)になるのだ。

カエハやその母に何かがあれば、これから先の僕の修業に差し障る。

剣を教えてくれるカエハが重要なのは当然として、その母に何かあっても、彼女は剣を教えるどころじゃなくなるから。

僕は二人を守らねばならない。

果たしてそれが弟子の役割かどうかはさておき、僕は僕自身がそうしたいから、僕の為に彼女達を守る。

問題は、そう、これだけ忙しく動き回っていると、並行して魔術を学んでる暇がこれっぽっちもないって事か。

だがこれは止むを得まい。

魔術は何時でも学べるが、カエハの振るうヨソギ流は、放っておけば多分何れは消えてなくなってしまうから。

それに今は、僕の心も魔術より剣に傾いている。

なので魔術に手を出すのは、状況が変わってからでも、或いは十年、二十年後に剣技が僕の中で形になってからでも、別に全然かまわなかった。


その時、不意に風の精霊が耳元で囁き、悪意を持った人間の接近を教えてくれる。

そしてクルリと振り向き、接近してくるソイツをジッと見つめれば、恐らくスリだろう見すぼらしい格好の男は、決まり悪げに愛想笑いを浮かべて、そそくさと足早にその場を去って行く。

王都はやはり、ヴィストコートの町に比べると少しばかり治安が悪かった。

ルードリア王国の各地から色んな人が流れ込んで来て、その中から一定数が身を崩して生活苦に陥る。

生活苦に陥れば、他人から糧を奪おうという考えに流れる者も、決して少なくはない。

ヴィストコートの町は、プルハ大樹海に挑む冒険者が多かったから、決して上品ではなかったしガラは悪かったけれど、暖かい人が多かったように思う。

所変われば人も変わる。

その言葉を噛み締めながら、僕は王都をゆっくりと歩いた。

組合から借り受けた鍛冶場で炉の前に座り、燃える炎の中に踊る火の精霊と対話しながら、僕は精神を集中していく。

うん、とても元気な火の精霊だ。

今日は、というか今日から暫くは、カエハの剣の打ち直しと僕の剣の作製、それからそれ等の剣と同じ重さ、近しいバランスで、刃を付けない練習用の剣を数本ずつ打つ。

カエハは今の剣を、子供の頃に習ったヨソギ流をベースに、自分で発展させたと言っていた。

つまり彼女の現状を考えれば、訓練内容は自然と察しが付く。

即ちただ一人で行える稽古である、素振りと型の訓練だ。

僕はまだカエハから剣を一度も教わらず、ヨソギ流がどういった物かを軽く聞いただけだけれども、多分この推測は間違えようがないだろう。

そしてカエハから預かった剣を見ればわかるが、彼女は素振りや型の稽古も、全てこの剣を使って行っている。

この剣は、カエハの剣技を共に育てた功労者と言っても過言じゃない。

でも彼女が道場を立て直したいと思ってるなら、これから先は訓練には訓練用の道具を使うべきだと思うので、この際だから何本か用意しておく事にした。

カエハの剣は、この辺りではあまり見られない片側にしか刃の付いていない直刀で、ファルシオンやグロスメッサーの一種だ。

何でもヨソギ流はルードリア王国の外から流れて来てこの地に根を張った剣技で、本来はもう少し違う形の武器、恐らくは刀のような物を使っていたらしい。

けれどもルードリア王国ではその刀の類は手に入らない為、この形の剣で代用するようになったんだとか。

実は師がドワーフの名工だから、僕は刀の打ち方も一応は教わってる。

だからそれに近い物は何とか打てるのだけれど、しかしそれを渡しても、きっとカエハは戸惑うばかりだ。

もっと時間が経ってから、彼女に興味があるようならば新しく打っても良いし、何なら先に僕が使い始めても良い。

取り敢えず今は剣の重さやバランスは変えずに、質を高める為に打ち直そう。

早朝に目を覚まし、カエハの母が作ってくれた朝食を食べ、まずは森に薬草を採取に出かける。

肺に効果の高い薬草はそんなに日持ちがしないから、なるべくなら毎日の採取が必要だった。

しかし幾ら王都に近い森とはいえ、気楽な散歩ついでに寄れる場所という訳じゃなく、採取までして帰るとなれば、朝早くに出ても戻るのはもう昼過ぎだ。

故に昼食は屋台で軽く済ませて、そのまま借りた鍛冶場に向かう。

それから夜まで鉄を打ち、カエハの家に戻って食事と風呂を済ませたら、彼女の母の為に薬草を煎じて、薬を一日分用意する。

そしたらもう、翌日の採取の為に睡眠だ。

うん、見事に剣の訓練をする暇が全くない。

とはいえ、これはもちろん一時的な物だろう。

剣が完成すれば鍛冶は週に一度か二度に減らせるし、カエハの母の体調が戻れば、薬草を採取する必要もなくなる。

弟子ができたと張り切っていたカエハには気の毒だし、訓練計画にあれこれ頭を悩ませていた様子なので更に申し訳ないが、もう少しばかり待って欲しい。

まぁ機嫌を取る為にカエハの剣を最初に仕上げ、先に渡したら大層な感動ぶりだったので、多分暫くは大丈夫。

　鍛冶は数週間で終わるだろうし、カエハの母の体調も、アプアの実や薬草が効いているらしく良好なので、多分二、三ヵ月もあれば薬草摘みも不要となるだろう。

元々身体が弱い体質らしいので油断はできないが、咳が止まって顔色が良くなっているから、少なくとも肺に関しては治癒されつつあった。

カエハも、その母も、それを随分と感謝して、僕に色々と良くしてくれる。

訓練はまだ始まっても居ないが、一つずつ問題が解決されて、先が見えるという意味では順調だ。


そして鍛冶の日々もそろそろ終わろうかという頃、ヴィストコートの町から手紙が届く。

そう、クレイアスからの返事だった。

ちなみにこのルードリア王国では、遠方に手紙を届ける方法は二種類ある。

一つは馴染みの商人に任せる方法と、もう一つは冒険者を雇う方法だ。

商人とは、たとえそれが店を構えた商人であっても、仕入れを行う関係上、流通を司る者だ。

例えば近所で麦を扱ってる店は、近隣の村々と取引をし、大きな倉庫を持つ商会の傘下で、彼らから仕入れを行って麦を売ってる。

だから麦を売る店ではあるけれど、そこに幾許かの金と共に手紙を託せば、時間は掛かれど近隣の村々には届く。

逆に返事の手紙も、商会を通して店までは届くだろう。

但しこの方法で手紙が届くのは、村に住む個人にではなく、村長に纏めて渡されたりするので、こっそりと手紙をやり取りするにはあまり向かない。

封蝋をした所で、村長によってはそれを確認する権利があると言い張って、開けてしまわないとも限らないから。

なのであまり他人の目に触れたくない手紙や、なるべく早く届けて欲しい時は、金はそれなりに掛かるけれども、冒険者を雇うのだ。

冒険者が集まる組合に預けた手紙は、町を移動する冒険者の手で運ばれて、そこから更に町で雑用をこなす冒険者の手で届けられる。

或いはより金は掛かるけれども、信用できる冒険者を指名して、手紙を預ける所から届ける所まで、その一人に任せても構わない。

特に指名した冒険者なら、家族でなく直接本人に渡して欲しいとか、何日以内に届けて欲しいといった、細かな条件にも対応してくれるだろう。

クレイアスからの手紙を運んで来たのは、僕も顔を知っているヴィストコートの冒険者だった。

つまりクレイアスはわざわざ指名依頼を出して、この手紙を運ばせたのだ。

僕は手紙を運んでくれた冒険者に礼を言い、ヴィストコートの近況を聞いてから、土産代と称して幾らかの金を握らせる。

手紙を運ぶ料金はクレイアスから受け取っているだろうが、それでもわざわざ王都まで足を運んでくれたのだから、これくらいはしても罰は当たるまい。

さて、クレイアスの手紙には、ロードラン大剣術の道場に釘を刺す役割は引き受けるから、何か問題が起きても道場を破壊する前に連絡して欲しいと書かれてた。

それからすぐに手紙は出してくれるらしいけれど、それ以外にも仕事の都合で半年程先にはなるが、ロードラン大剣術の道場に直接釘を刺しに、王都を訪れる心算だそうだ。

その時には、是非会って話そうとも。

……ふむ。

一体彼は、僕を何だと思ってるのだろうか。

多少腹が立った程度では、行き成り相手の道場を吹き飛ばそうなんて思わないのに。

まぁ余程の事があった場合は話は別だが、その時は手紙で知らせる暇なんてないだろうから、この頼みは無駄である。

しかしクレイアスが直接来るのか。

冒険者を引退した彼は、それでも冒険者に関わろうと、ヴィストコートの冒険者組合で、剣を教える教官をしている。

多分彼は、僕の今の生活環境を見たがるだろう。

だがクレイアスはロードラン大剣術を扱う剣士だ。

彼をカエハやその母に会わせても大丈夫なのだろうかと、悩む。

例の事件が起きた時、彼は既にヴィストコートの町で冒険者をしていたから、その件には全く関与がない。

だけど理屈と感情は別物だから、それで彼女達が納得できるかどうかは、不明だった。

流派は違えどクレイアスは、遥かな高みに登った剣士だ。

仮にカエハが彼と友好的な関係を持てれば、それは彼女にとって大きな糧となる筈だけれども……。

でも僕があれこれと悩んでも、仕方のない話でもある。

取り敢えず会うか会わないかは、クレイアスがロードラン大剣術の道場に釘を刺しに来ると教えた上で、カエハとその母に、本人達に決めて貰おう。

無理そうだったらその日は僕も、クレイアスが泊まる宿に部屋を取れば良い。

自分と誰かの関係なら、僕は時に強引に物事を押し進めるけれど。

誰かと誰かの関係は、あまりに繊細で触る事が難しい。

エルフやハイエルフが外を厭うて内に籠る気持ちも、こういう時ばかりは少しだけ、わかる。

そう、ほんの少しだけ。

だけどカエハが、新しくなった剣を渡した時、はしゃいでそれを振り、色々と切ってはご満悦な笑みを浮かべてた事を思うと、僕はやっぱり人と関わりたいと、そう思う。

だってあの笑顔は、実に可愛らしかったから。

そうしてようやく始まった剣の訓練は、予想通りに傍から見るとかなり地味な物だった。

何せ基本はひたすらに素振りである。

だけど隣では師であるカエハが全く同じように素振りをするので、それを見てるだけでも結構面

白い。

自分の動きと彼女の動きを見比べて、少しずつ修正を加えていく。

隣の彼女は何も語らず、ただ剣を振るのみだ。

多分カエハは剣技を他人に教えた事がないから、特に未経験者には何を語って良いのかもわからないのだろう。

だから兎にも角にも剣を振って、自らを真似させている。

幼少期に自身が受けた訓練を思い出し、あれやこれやと頭を悩ませ、出した結論が自らの模倣をさせる事。

それは未経験者への教え方としては、多分確実に間違っている。

もう少し詳しく語り、一から教えなければ、その訓練の意味を理解する事は難しい。

でもこの方法は、そう、僕には向いた訓練だった。

ひたすらに動きを繰り返して精度を上げ、身に摺り込ませて昇華するやり方は、僕が深い森の中で弓を打ち続けていたのと同じだ。

また鍛冶を学んだ経験から、僕は自分と師の違いを見付けて修正する事にも慣れている。

剣を振っては考え、振っては修正して、次第に振りながら考えて修正ができるようになっていく。

そのうちに、師であるカエハと同じように動くだけでは、同じ風に剣が振れない事にも気付いた。

人間の女性である彼女と、ハイエルフの男である僕では、手足の長さが違い、骨盤の形が違い、肘や膝の反りも違って、そうなると当然ながら筋肉の付き方も少し違う。

同じように剣を振ったのでは、同じ結果が生まれないのは当然だ。

特にカエハは、そう、胸部に重りが付いてもいたし。

故にそのうち僕は僕なりに、身体の動かし方を考えて決めて、彼女の剣と同じ結果を、それ以上を目指さなきゃいけない。

ヨソギ流の剣は、以前は刀を使っていただけあって、基本的には両手で振るう。

でも型の幾つかは片手で振るう事もあって、それが中々に難しい。

筋力的にはハイエルフとはいえ、鍛冶で鍛えた僕の方が勝るだろうに、カエハは片手でも難なく振るってピタリと止める。

僕は片手だとほんの少し剣を振った軌道がぶれて、止まる際にも僅かに揺れてしまう。

多分何かコツがあるのだろうと思い、僕はカエハが剣を振るのを見て考え、自分が振っては考えて、それをずっと繰り返す。

そんな風に過ごしていると、時間はあっという間に過ぎてしまって、訓練を始めてから半年後、クレイアスが王都にやって来た。

……クレイアスはまず、ロードラン大剣術の道場よりも先に僕を訪ね、それから打ち壊されたヨソギ流の道場の惨状を目にして、カエハとその母の話を聞く。

これは今回の件では、クレイアスはロードラン大剣術の側ではなく、僕の知人としてこちら側に立つという、彼なりの意思表示だったのだろう。

クレイアスは終始、ヨソギ流への敬意を態度に示しながらカエハやその母に接した。

正直、僕にとっての彼は単なる強い冒険者なのだけれども、カエハやその母の目には、クレイアスは高潔な武人として映ったらしい。

実際に会うまでは色々と複雑そうな二人だったが、話を終える頃にはすっかり態度も軟化していた。

特にカエハは、明らかに自分より上の使い手であるクレイアスから話を聞きたがったから、引き止められた彼も結局は宿をキャンセルし、家の客間で一泊する事になる。

要するに僕と同じ扱いだ。

カエハは恐らく、型と素振りだけで磨いた自分の剣技に、心底の自信を持てないのだろう。

彼女がクレイアスから聞きたがる話は実戦と、それに備えた訓練の話が主だったから。

クレイアスもそれを話の途中で察したらしく、ロードラン大剣術のではなく、自分なりの訓練方法をカエハに丁寧に教えていた。

確かにクレイアスはロードラン大剣術の剣士だが、同時に長く冒険者をしていた為に訓練相手に恵まれず、やはり独りでの訓練が多かったらしい。

だけどその分、彼は魔物や盗賊を相手にした実戦経験が豊富だったから、その経験から己の技を振り返り、足りぬ物を補う為の訓練を一人で行う事にも自然と長けたという。

その成果として生まれたのが、七つ星という最高ランクの冒険者チームでただ一人の前衛を務めた、凄腕剣士という訳だ。

「だからもし君が、今の剣技に足りない物を感じていて、より実戦的な物としたいのなら……、それは実戦を経験するのが一番早い。もちろんそれは、俺の経験上の話だから、誰にでも当て嵌まるって訳じゃないけれど」

そんな風にクレイアスはカエハに言いながら、ちらりとこちらを、窺うように見た。

その視線の意味はわかってる。

僕としてはその結論はあまり面白くないのだけれども、急がば回れとの言葉もあるように、それも仕方ないのかもしれない。

だってカエハの剣技が完成しなければ、彼女から学ぶ僕の剣も完成しないのだ。

僕としては今のカエハの美しい剣に何の不満もないのだけれど、彼女自身がそれに納得していないなら、自信をもって伝えられないだろうし。

「三年、……いや二年でも一年でも、冒険者として活動してみる事を、俺は勧めるよ。何せ君には、俺の知る限り最も強い人が、すぐ傍に居るからね」

クレイアスが僕の事を、最も頼れるではなく、最も強いと称した理由は明白だ。

何故なら彼にとって最も頼れるのは、アイレナとマルテナ、つまりは白の湖の仲間達だから。

たとえ冒険者を引退したとしても、そこに変わりはないのだろう。

カエハがクレイアスの評価に驚いたようにこちらを見るから、僕は何となくきまりが悪くて目を逸らす。

精霊の力を借りる事と弓が特技だというのは、確か初対面の時に言った筈なのだけれども、どうやらクレイアス程の剣士が最も強いと評する程だとは思ってなかったらしい。

尤もクレイアスも、僕と何か冒険をした事がある訳じゃないから、正確な実力を把握した上での評価ではなかった。

それでもあの怒れる水の精霊を間近に感じたのは、クレイアスにとって余程に印象深く大きな出来事だったのだ。

但しクレイアスの言葉は、多分に過大評価気味である。

もしもこの距離で、クレイアスが切り掛かってきたら、僕は何もできずに真っ二つだろう。

距離を置けば話は全く変わってくるが、少なくとも最も強いなんて言葉は、僕には程遠い。

だがそれはさておいても、冒険者として活動するには、カエハには一つ問題があった。

それはカエハが冒険者となって活動、特に実戦を求めて魔物退治や盗賊の討伐を引き受けるようになると、この家に彼女の母が一人で残される事になる。

幾ら肺の病が癒えたとはいえ、身体の弱い母を一人残して家を長期間空けるのは、多分カエハには無理だろう。


次の日、クレイアスがロードラン大剣術の道場へと向かう前に、カエハは彼に一度剣を交えてくれと頼み込んだ。

クレイアスはそれを了承し、二人は剣を手に向かい合って、……そしてカエハは何もできずに敗れた。

そう、相対するクレイアスが剣を構えただけで、カエハはどう切り込んで良いかがわからなくなってしまったから。

型と素振りを繰り返して来ただけのカエハには、隙のない相手に打ち込み強引に崩す技術や、それを行う為の心構えが、決定的に欠けてしまっているのだろう。

相手に隙がないとわかるだけの修練を積んでいる分、逆にどうして良いのかわからずに、彼女は全く動けない。

本当に何もできずに、迷うばかりで、カエハは己の欠点を自覚させられ、絶望の表情と共に降参を選ぶ。

クレイアスはそんなカエハを見て、それから僕を見て、ヨソギ流の道場から立ち去った。

彼の残した傷跡は、深い。

しかしそれを修復できないようでは、剣士として生き続ける事なんてできない。

多分クレイアスは、そう思ってカエハに己の欠点と向き合わせたのだろう。

後の事は、僕が何とかすると思って。

全く以て、なんて奴だ。

けれども、あぁ、クレイアスには感謝しよう。

カエハの欠点は、彼女よりも腕の立つ剣士でなければ教えられない事だった。

それをカエハの心に致命傷を負わせずに教えてくれるのは、多分クレイアス以外に居なかったから。

だけどクレイアスは、それでも少しばかりカエハを甘く見てる。

仮にも彼女は、僕が選んだ剣の師匠なのだ。

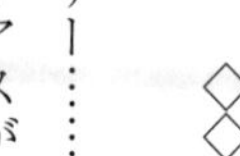

クレイアスがロードラン大剣術の道場へと向かった日の午後、カエハは剣を振りながら、僕に問うた。

「エイサー……、私はどうすれば、良いのでしょうか？」

僕も隣に並んで同じように剣を振りながら、でもその質問には笑みを浮かべてしまう。

今、カエハはとても弱気になってる。

クレイアスと立ち会い、そして何もできずに、自ら動く事すらできずに、降参してしまったから。

勝敗ではなく、力量差でもなく、動こうとしなかった自分を、彼女は嫌悪していた。

剣士であり、僕の師であるという自負も、今は打ちのめされている。

でもその自負は、まだ打ち砕かれてはいなかった。

「どうすればって……、もう結論は出てると思うよ。カエハ師匠、だって貴女は、あんな事があった後にもこうして剣を振ってるから。だから未来はその先にある」

そう、あんな事があった直後にも、カエハは剣を振っているのだ。

父を失い、道場を打ち壊され、門下生が去り、母は身体を悪くして、それでも彼女は、たった一人で剣を振り続けた。

その先に未来がない訳が、ないではないか。

少なくとも今は、カエハの隣に僕がいる。

剣を振り始めて一年にも満たない、剣士未満の僕だけれど、それでも彼女は一人じゃなくなった。

以前に比べて前に進んだ。

そして今日、カエハは自分に足りぬ物を知った。

ならば進むべき道は、もう彼女自身が知っている。

もちろんその道には、色んな障害があるだろう。

だけどその障害は、カエハにどうにもならぬなら、僕が代わりに打ち砕く。

彼女に背負えぬ荷があるなら、僕が代わりに背負えば良い。

僕にとっての剣の道は、カエハの道と重なっているから。

一蓮托生という奴だ。

「後は貴女が、望む道を口にするだけ」

カエハが剣を振る手を止めないから、僕も剣を振り続けて、そう言った。

僕が決めて良いのなら、最善手はカエハとその母が、ヴィストコートへ移住する事だ。

ヴィストコートには僕の家が残ってるし、プルハ大樹海が間近だから魔物相手の実戦経験も積み易い。

ロードラン大剣術や他の流派ともめる事もないし、気の良い人が多いから、カエハの母が家で一人残されて寂しい思いをする事もないだろう。

でも恐らく、カエハはそんな甘くて優しい道は選ばない。

「私は、エイサー、貴方に、ずっと甘えっぱなしです。この剣も、母の病も、クレイアス殿の事も。……ですが、図々しくも、もう一つ頼みごとをします」

カエハの剣は、一振り毎に鋭さを増してる。

今、彼女はこうして語りながら心を鍛え、研ぎ澄ましていく。

「私は実戦を経験する為、冒険者となります。ですが母を一人にはできません。母は気にするなと言うでしょう。ですが母は、たった一人の肉親で、私の心の支えです。……だからエイサー、たった一人の私の、誰よりも頼れる弟子である貴方に、母を頼みたい」

そう言ってカエハは、振った剣をピタリと止めた。

まぁ、成る程。

それが彼女の望みならば、それも良いだろう。

……少しばかり寂しくは思うけれども。

「それが師の望みであるならば。……でも二つ条件があります。一つは冒険者として活動する前に、僕に貴女の防具を作らせる事。もう一つは冒険者としての活動拠点に、ヴィストコートにある僕の家を使う事」

絶対に無事に戻れとは、言わない。

冒険者として活動するなら、何が起きても決して不思議ではないから。

しかしだからこそ、この二つの条件は絶対だ。

武器はもちろんだが、防具もなしに冒険者なんてできやしない。

何せカエハは採取ではなく、実戦経験を積む為に討伐を行う冒険者になるのだから。

僕の持てる技術の全てを使って、彼女の振るう剣を邪魔せず、だけどその身を守ってくれる防具を作り上げる。

またヴィストコートにある僕の家を使う。

つまりあの町での僕のコネを使う事も、同じくらいに必要だ。

何故なら道場が壊されて没落したとはいえ、カエハは基本的にお嬢さんだった。

或いは道場の敷地内では、お姫様だったと言っても良い。

金の稼ぎ方は下手だったし、随分とお人好しな所もある。

もしも金に窮したり妙な輩に付き纏われれば、実戦経験を積むどころじゃ無くなるだろうから。

僕の家を使えば少なくとも宿代は浮くし、僕の知人達の目もあるから、妙な輩がカエハに近寄り難くもなる。

何不自由なくとまでは言わずとも、日々の生活に追われて鍛錬どころでなくなる事態は避けられる筈だ。

道を決めるのはカエハだけれど、その支援は最大限にさせて欲しい。

それが僕の出す条件だった。

……何というか、ふと外の世界に出て来たばかりの僕に、何かと世話を焼いてくれたアイレナを思い出す。

もしかしたら彼女も、今の僕と似たような気持ちだったのだろうか。

「わかりました。何から何まで……、いえ、感謝します。エイサー、私は必ず、貴方の師に相応しい剣士になりますから。……少しだけ待ってて下さい」

そう言って剣を鞘に納め、振り返ったカエハの瞳には、もう迷いも弱気も存在しなかった。

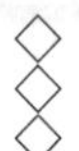

大勢の大工が敷地内に入り、ヨソギ流の道場だった廃墟を解体していく。

その手際は実に良く、みるみる間に、とまでは言わないものの、ハイスピードで解体は進む。

鍛冶師組合が紹介してくれた大工集団だけあって、その腕は確からしい。

持つべき物は、やはりコネの力という奴だ。

カエハが冒険者として旅立つにあたって、僕はこの道場の建て直しを提案した。

というのも彼女の大事な母親を任された以上、その傍をあまり長く離れるような真似はしたくない。

しかしそうなると鍛冶師組合から頼まれる鍛冶仕事もままならないので、いっその事この敷地内に鍛冶場を造ろうと考えたのだ。

ならば道場も一緒に建て替えてしまった方が、工事が一度で終わる分だけ楽だし、何よりも割安で済む。

尤も道場を建て直す程の大工事には、僕の手持ちの金も殆どが吹き飛んでしまうけれども、鍛冶場ができれば鍛冶師組合からの仕事を受けて、それなりに稼げるから然程の心配もない。

カエハは物凄く申し訳なさそうな顔をしたけれど、これはどちらかと言えば僕自身の為だから問題はなかった。

むしろ敷地内に鍛冶場を置くスペースが貰える分、僕が得をする……、とまでは行かずとも、少なくとも一方的に損をする訳ではないのだ。

それに僕だって道場は型と素振りの訓練で使うし。

カエハがずっとそうして来たみたいに、彼女が戻るまでは、僕は目に焼き付けたヨソギ流の模倣を一人で続ける。

そして少しカエハを可哀想に思うのは、彼女はもう間もなく冒険者としてヴィストコートの町へ旅立つ為、この道場の完成を見届けられない事だろう。

大工から設計図を見せられて、一番嬉しそうに、楽しそうに声を弾ませていたのはカエハだっただけに、道場の完成には半年以上の時間が掛かると聞いた時の彼女は、絶望感溢れる顔をしていた。

何しろ僕の鍛冶仕事の都合上、真っ先に取り掛かるのは鍛冶場の建設からである。

僕はそんなカエハの重過ぎない、むしろお手軽な絶望の表情は、結構好きだ。

カエハの母は、娘が冒険者となる事にも、道場の建て直しにも、異論は挟まずに頷く。

思う所がない訳では、もちろんないだろう。

夫を失った彼女の、残された最後の一人の家族が、自ら危険に飛び込もうというのだから。

だけどそれでもカエハの母は、娘を抱きしめはしても引き止めず、それから僕に礼を言った。

とても強く、気高い女性だと、そう思う。

だからこそ任された以上は、彼女をキチンと守らねばならない。

少なくともカエハが成長して無事に帰って来るまでは。


それから季節が二つ程変わる頃、道場は完成した。

とはいえ僕のやる事にはあまり大きな変化はない。

精々が、これまで外で振っていた剣を、道場の中で振るようになったくらいだ。

朝起きれば食事をいただいてから剣を振り、昼になればカエハの母の買い物に付き合う。

買い物が終われば鍛冶場に籠り、夜になれば寝る。

打ち上がった武器防具は、鍛冶師組合の職員が引き取りに来て、燃料の木炭や素材の金属、それから金を置いて行く。

剣の訓練を始めてから、不思議と鍛冶の腕もまた一つ上達した。

恐らく身体の動かし方に思いを巡らす時間が増えたから、武器の重心や防具が及ぼす動きへの影響に関して、理解がより深まったのだろう。

でも新しい道場は大きいからどうしても目立つし、そこに腕の良い鍛冶屋が居るって噂が広まれば、妙な輩も集まって来る。

自分は名のある武人だから武器を打てだとか、立派な道場もまともに使われないのでは勿体ないから自分が使ってやるだとか。

そんな戯言(ざれごと)を言う為に、月に一人か二人は愚か者がやって来るのだ。

この王都、ウォーフィールはルードリア王国中から人が集まって来る都市だというが、どうやら愚か者も国中から集まって来るらしい。

もちろん多少の腕自慢が来た所で、例えば風の精霊に頼めば、彼らはいとも容易くそれを吹き飛ばす。

流派の道場にやって来た相手を精霊の力であしらうのはどうかと僕も少し思うけれども、弓矢で射たり剣で斬ると、どうしても過剰に傷を負わせてしまう上に、血が流れてしまう。

折角の新しい道場や、敷地内が血で汚れるなんて業腹なので、やはり風で吹き飛ばして貰うのが一番手っ取り早いし後腐れもない。

しかしそれでも、こうも度々やって来られると、その相手をする事にも多少の嫌気がさして来る。

相手が組織に所属していたら、その拠点を潰す事で根から断つ手も使えるのだけれど、大抵は流れ物の武人もどきで、名を上げたい小さな流派の所属者が時折混じるくらいだ。

つまりろくな拠点は持っていない相手ばかりだった。

三大流派のように大きな組織からのちょっかいがないのは幸いと思うべきか、叩き潰して見せしめにできない事を残念に思うべきか。

なんて風に物騒な方向に思考が行くと、以前のクレイアスの手紙に書かれた心配事をあまり笑えなくなってしまう。

手紙と言えば、冒険者になったカエハからは大体月に一度、依頼の関係で間が空いた場合でも二月か三月に一度は、手紙が届く。

ヴィストコートから王都へ、魔物から得た素材等を運ぶ商人が、一緒に手紙も持って来てくれて、馴染みの商店まで届けてくれるのだ。

それを受け取り最初に読むのは、もちろんカエハの母。

返事の手紙を出すのも彼女で、僕は届いた手紙を次に読ませて貰うだけである。

というか定期的に手紙でやり取りできる程、僕は筆まめじゃないから、伝えたい言葉はカエハの母からの手紙にそっと添えて貰うくらいが丁度良い。

まぁ返事の話はさておき、送られて来る手紙の内容だが、近況報告が半分程で、残りは嬉しかった出来事や悩み事、時には愚痴のような物が添えられている事もあった。

酒場で骨付きの肉が出て来た時、カトラリーを求めれば、手で掴んで食べろと笑われた。

臨時のチームとして一緒に討伐に出かけた男性冒険者から、帰還後に口説かれて対応に困った。

他にも実戦で気付いた事や、戦いの最中に失敗してしまった話等々。

手紙からはカエハの喜びや苦悩が、一つ一つ伝わって来て、僕も彼女の母も、それが届くのを楽しみにしている。

何でもカエハは、冒険者となって一年で、冒険者チームではなく単独で、四つ星ランクの冒険者となったらしい。

要するにそれは固定のチームを組んでいないという事で、なのに一年で四つ星というのは、相当に早いランクアップの速度だ。

早すぎて無茶をしていないか心配になるけれど、ヴィストコートでなら、カエハが前のめりになり過ぎていても、クレイアス辺りが止めてくれるだろうという安心と信頼があった。

という事はつまり、彼女は過剰の無理をしてる訳ではないが、それでも早い速度でランクアップ条件を満たしてる。

要するに今、カエハはランクアップ以上の速度で、実戦で得た経験を自らの血肉とし、実力を上げているのだろう。

ひたすらに剣を振って積み上げた基礎が、次々に花を咲かせてるといった所か。

……それを間近で見られているのであろうクレイアスが、少々妬ましい。

何せ僕は、師としてカエハを仰ごうと決める程に、彼女の剣のファンであるから。

この道場にカエハが帰って来るその日が、本当に、本当に楽しみだった。

カエハが冒険者となる為に王都を出てから二年目、僕に鍛冶師組合から王に献上する剣を選ぶ品評会があるから、参加して欲しいと依頼が届いた。

結果は三位で、一位と二位は王都に住むドワーフの鍛冶師。

二位とはある程度競ったらしいが、今の王は華美な装飾を好む為、実用性を重視した僕の剣は品評会の趣旨に合わなかったらしい。

そういう事は先に言って欲しいと思う。

でも城の騎士長が僕が提出した剣を気に入って購入してくれたらしく、結構なお金にはなったから、結果良ければ全て良しだ。

しかしその結果として、興味本位で剣を打てと言って来る輩も増えたので、そこは少しマイナスだろうか。


そして王都にはエルフの冒険者が幾人かいるらしく、僕の噂を聞き付けた彼らに装備を相談されるようにもなった。

最初はエルフの鍛冶師がどんな者かに興味を持って見に来て、顔を見てハイエルフだと悟って跪(ひざまず)くまでがパターンだ。

だが冒険者をしてるエルフなんて誰も彼もが変わり者だったから、僕がそういった態度を求めてないと一度理解すれば、誰もが普通に接してくれるようになる。

少しずつ、僕の王都での知り合いが増えていく。

ちなみにこの年、カエハは冒険者としてのランクを五つ星に上昇させている。

三年目、騎士長が僕の剣を愛用しているらしい影響だろうか?

鍛冶師組合を通しての依頼に、貴族からの物が増え始めた。

とはいえ相手の身分が何であれ、物を作って納品するという作業に変わりはない。

でも道場にやって来る輩の中に、貴族からの使いが混じるようになった事には辟易（へきえき）としてしまう。

自分の依頼を優先的に受けろだとか、召し抱えるから領地へ来いとか、食事会に招くだとか、全てお断りはしているが、しつこいようならやはり風の精霊に吹き飛ばして貰ってる。

このルードリア王国では貴族の権力は大きいらしいが、そんな事は関係がない。

複数人で押し寄せても吹き飛ばし、鍛冶師組合を通して苦情を入れたりしていれば、やがて貴族達も僕がドワーフ以上に頑固で、下手に触るだけ損だと理解したのか、余計な手出しは次第に減って行った。

またこの年の品評会では、前の年よりも装飾を多めに施したにも拘らず、結果は二位。

一位を取ったドワーフは去年と同じで、どうやら疑う余地もなく名工らしい。

尤もこの品評会は、上位はドワーフが占める事が常であり、二年連続でドワーフ以外が、それもエルフの鍛冶師が上位に食い込むなんて、前代未聞なんだとか。

まぁそもそもエルフの鍛冶師なんて存在自体が、僕以外に居そうにないから、それも当たり前の話だが。

あぁ、それから肝心の剣の方も訓練は怠っておらず、多分今の僕は、冒険者となってヴィストコートへ行く前のカエハと同程度とまでは言わずとも、近い水準で剣を振れるだろう。

何せ僕の脳裏には、今も剣を振るあの時のカエハが焼き付いていて、それを手本に訓練を続けているのだから。

ここ迄(まで)は謂(い)わば、整備された道を歩いて来たような物である。

そしてこの年の終わりに届いた手紙には、カエハが六つ星のランクに昇格し、あと少しで王都に、この道場に戻って来ると記されていた。


その日も、僕は午前中に剣を振り、昼にはカエハの母の買い物を手伝って、それから鉄を打つ。

あの手紙が届いて以降、カエハの母は毎日御馳走を用意して、カエハの帰りを待っている。

もちろんそれ等を無駄にする訳にはいかないから、毎日毎日、残るそれを僕が食べてた。

カエハが早く帰って来てくれないと、僕は間違いなく太るだろう。

炉に焙(あぶ)られて流れ出る汗を布で拭うと、開いた戸から風が吹き抜けて僕の肌を冷やした。

鍛冶場は閉め切る物だが、今は敢えて戸を少し開け、些(いささ)かの風が入るようにしてる。

それは、そう、今のように道場に近付く者があった場合、こうして風の精霊に教えて貰う為だ。

「うん、教えてくれてありがとう。出迎えに行くよ」

僕は腰に剣を吊るして、道場の門へと向かう。

この胸の期待感通りなら、こうした番犬の役割も今日が最後だ。

だけど世の中は、僕のそう思う通りに行かない物だった。

門の中で暫く待つと、階段を上り切り、中に入って来た姿は二つ。

一人は間違いなくカエハ。

冒険者になる前は、少女と呼ばれる年頃の終わりだった彼女も、今はもう立派な大人の女性になっている。

身に纏う雰囲気も随分と違う。

自分が全てをどうにかせねばと、背伸びをしてもがくばかりだった少女はもうおらず、背伸びをした高さにその身が追い付いた、落ち着いた風情の女性がそこに居た。

だが問題はその隣に立つ一人。

僕は、僕もよく知るその人物の姿がここに在る事に微かな予感を覚えながら、剣を抜いて構える。

すると僕の意図を察したのか、カエハもまた同じように。

互いの視線が絡んだ次の瞬間、僕と彼女は同時に踏み出し、剣を振るう。

剣と剣がぶつかり合う音はしなかった。

ただ僕の振った剣は、綺麗に中程から断たれている。

ぶつかり合うのではなく、ただ一方的に剣が斬られた。

故に音はしなかったのだ。

……剣の質で言うならば、僕が持っていた剣の方が上等だった筈。

何故ならカエハが手に持つのは、三年前に僕が鍛えた剣であり、先程斬られた剣は半年程前に打った物。

僕の鍛冶の腕は三年前より少し上がってるから、僅かではあっても間違いなく、出来はこちらの剣の方が良かっただろうに。

それを物ともしない圧倒的な技量の差で、僕の剣は断たれた。

成る程。

これが今の、三年で幾つもの実戦を経験し、練り上げて昇華したカエハの剣か。

あぁ、それは驚く程に、美しい剣技である。

実戦を通して磨いたはずなのに、荒々しさを全く感じさせないどころか、気品すらある。

僕はそれを目の当たりにして、思う。

彼女を待った三年間は、決して無駄ではなかったのだと。

たった三年で、これ程に鮮やかで大輪の花が咲いたのだから。

「お帰りなさい、カエハ師匠。……それからお久しぶり、アイレナ。僕の力が必要なんだね？」

故に僕は問う。

再び道標は、この目にしっかりと焼き付けた。

だから斬られてしまった剣には可哀想な事をしたけれど、この結果には満足だ。

カエハと共に現れた、恐らくは厄介事を運んで来たアイレナに。

この地に留まり、カエハに剣を教わる時間は、恐らくないのだろうと予感しながら。

何時までも立ち話というのも何なので、場所を道場の中へと移す。
本来は道場主であるカエハが、一番物珍し気に周囲をきょろきょろと見回してるという絵面が、

どうにも面白くて思わず笑いが零れてしまう。

まぁ彼女は道場の図面は見ていても、完成には立ち会えなかったから仕方ない。

「お久しぶりです。エイサー様。今日は囚われた同胞の救出に、エイサー様の力をお借りしたく、クレイアスに貴方の所在を聞いて、カエハさんを紹介して貰って案内して頂きました」

着座すると同時に深く頭を下げた知人の女エルフ、アイレナは、そんな風に話を切り出した。

彼女曰く、どうやらルードリア王国の貴族の一部が、秘かにエルフを奴隷として捕らえ、所有しているのだという。

物語としてはありがちな話だが、果たしてそんな事が貴族とはいえ人間に可能なのかと思わず首を傾げてしまうが、アイレナは僕が抱いた疑問を察したのか、

「エイサー様がご存じのエルフは、私を含む冒険者になった変わり者か、或いは深い森の方々でしょう？　大樹海の外、普通の森に住む一般的なエルフは、私達のように戦い慣れはしてません」

少し困ったように笑って、そう言葉を口にする。

精霊に語りかける事はできても、上手く力を借りられるか、それを戦闘に利用できるかどうかは、また別の話らしい。

だから人間が武力でエルフを捕獲するのは、決して不可能じゃないそうだ。

つまりその貴族とやらは、私兵を使って領内の森の集落を襲い、戦闘を得意としないエルフを捕らえたのだろう。

閉鎖的なエルフの集落がどうなろうと、多くの人は気付きもしない。

「また囚われたエルフは精霊との繋がりを断つ為、視覚を奪い、感覚を狂わせる薬を定期的に服用させられています。拠り所となる精霊との繋がりを奪い、空いた隙間を埋めるように人間を主として認識させ、……ちょ、調教をするそうです」

恥ずかしいなら言わなくて良いのに、アイレナは必死にその言葉を絞り出した。

成る程。

確かに精霊を認識するという繋がりを断たれれば、エルフの精神は非常に不安定な状態になるだろう。

エルフの独自の感覚からすれば、それは世界から切り離されるも同じだ。

そしてそこに唯一の他者として繋がりを持てば、どんな関係であっても好きに構築できるという事か。

不謹慎にも思わず感心してしまう程に、それを考えた誰かは随分とエルフに詳しく、賢い。

エルフは変化に乏しい種族だが、見た目は整っている。

またその変化の乏しさも、絶えず変化する人間には逆に魅力に思えるのだろう。

僕には奴隷なんて物を欲しがる人の気持ちはさっぱりわからないが、需要があるのであろう事は理解ができた。

「恐らく今回の件は、それとなく国の方でも察してる筈です。しかしそれでも動かないのは、事態に関わる貴族が大物で、軽々に処罰を行えないからでしょう」

今回の件に関わってるのは、ルードリア王国の東部に大きな領土を持つ、侯爵や伯爵といった大物貴族。

彼らが率先して動き、処罰されずにエルフを秘かに所有するという流行を貴族の間に広める事で、やがては正式にルードリア王国でエルフを奴隷として所有できる法を作る動きが出るだろう。

故に今回の件は単純に、捕まったエルフをこっそり助けるだけでは終わらない。

この流れを断ち切るには、発端となった侯爵や伯爵が責を問われて処罰を受け、国がエルフに対して公的に謝罪をするくらいに、事を大事にする必要がある。

人間は世代が変われば痛みを忘れてしまうから、寿命の長いエルフが再び同じ災いを受けずに済むようにするには、国に痛みを刻まなきゃならない。

「……だから君じゃなくて、僕の力が必要なんだね」

攫われたエルフを助けるだけなら、アイレナの力で十分だ。

彼女は現役の七つ星の冒険者で、人の世界への影響力は僕より遥かに強い。

だけど今回の件を大事にするには、アイレナの影響力だけではとても足りないだろうから。

まずその侯爵や伯爵の領地で、誰の目にもわかる程の大きな破壊を起こしてエルフの怒りを演出し、その隙に囚われたエルフを助け出す。

次にルードリア王国の中にある全てのエルフの集落が、今回の件を非難して、国外の森へと移り住む。

エルフが住むのは自然の力が強い森が多いから、彼らがどこかへ行ってしまえば空いて管理されなくなった土地を魔物が利用し、繁殖して増えるだろう。

その結果として起きるのは、森の外に増えた魔物の流出だ。

それがわかっているからこそ、エルフは森を離れたがらない。

愛する森の環境の変化を、彼らは何より嫌うから。

それ故に、エルフ達に移住を納得させ、また移住先の森に受け入れを納得させるには、ハイエルフとしての僕の言葉が必要だった。

そして大規模な破壊には、ハイエルフとしての僕の力が。

そこまでしなければ、ハイエルフという劇物に頼らねばならないくらいに、事態はエルフにとって深刻な物である。

「わかったよ。アイレナ、頭を下げなくて良い。そうなるともう、僕はこの国に住めないけれど、それは君を含む全てのエルフが同じ事だからね。君が悪い訳じゃない」

僕はその結果を受け入れ、アイレナの願いに頷いた。

だけど僕のその言葉に、目を見開いて顔色を変えたのは、隣に座っていたカエハ。

「待って、私は、私はまだエイサーに何も教えていない。まだ貴方に、この三年のお礼を、その前からのお礼を、何もできてないの！」

カエハは僕の左腕を摑んで、そう強く言葉を吐く。

三年で随分と落ち着きを身に付けた風に見えたカエハだったけれど、間近で見ればその瞳に映る感情の強さは、以前と変わってはいなかった。

僕がちらりと横目で見れば、アイレナはずっと頭を下げたまま。

つまりアイレナはカエハに、詳しい事情は、少なくともこの件の結末に関しては何も言わずに、この場に案内させたのだろう。

だからアイレナが頭を下げているのは、僕に対してだけじゃなく、カエハに対しても同様だったのだ。

仕方のない話だとは思う。

アイレナにとって大事なのは、多くのエルフを救う事。

その為にはどうしても僕の助力が必要だった。

でも少し、この状況に陥った事に関しては、僕はアイレナが恨めしい。

「いいえ、師よ。僕の目には先程の、貴女の剣が焼き付いています。道標は再び示されました。貴女の居ない三年で、僕が今ここに辿り着いたように、僕は再びその道標を目指すでしょう」

僕は左腕を摑んだカエハの手に、自分の右手を添えて、そう語る。

そう、何も教えて貰ってないなんて、何も返して貰ってないなんて、そんな事は決してなかった。

投資した以上の物を、僕はもう既に得ているのだ。

今の僕には、ここを去る事に何の不満も……、とまでは言わないけれど、不満は然程に大きくなくて、飲み込み済みの納得済みである。

「でもそれでも、もし仮に貴女が足りないと思うのなら、更に先へと剣の道を進んで下さい。そしてそれを弟子に、或いは貴女の子に継承して下さい」

何しろ僕はハイエルフで、時間はたっぷりと存在してる。

ほとぼりが冷めた頃に、ひょっこりとまた現れて、この続きを教われば良い。

「それが十年後なのか、三十年後なのか、五十年後なのかはわかりません。その時に貴女が居なければ、子や孫、弟子の誰かに教わります」

僕の左腕を摑むカエハの手が、ぎゅうと力を増す。

正直、痛い程だ。

でもその痛みが、彼女が一体どれ程に僕との再会を、僕に剣を教える日々を楽しみにしてくれていたのかがよくわかって、辛かった。

「わかりました。この剣を更に昇華させ、後に継ぐ事を約束します。ですが、駄目です。……許しません。貴方の師は、私です。……ですから、私が生きてる間に、どうか戻って来て下さい」

絞り出すようなその言葉に、僕はカエハの手を離させてから彼女に向き直り、深々と頭を下げる。

カエハの剣は目に焼き付け、彼女の言葉は胸に刻んだ。

僕は果報者である。

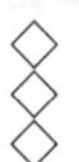

それから事を起こす準備には、ルードリア国内のみならず周辺国の森も巡る必要があった為、およそ半年程も掛かってしまった。

半年もの間、奴隷として過ごすエルフ達には申し訳なかったが、救うならば一度に救わなければ、残された者が証拠を消す為に処分されかねない。

故にエルフの移住の手配、奴隷となったエルフの全ての所在の確認、救出の手筈を整える迄、迂闊な手出しができなかったのだ。

そして全ての準備がようやく整った今、僕はルードリア王国の東部の中央、最も肥沃な地とされる侯爵領の森に居る。

そう、その侯爵が抱える私兵に襲われ壊滅した、エルフの集落だった場所に。

エルフを奴隷とする事に関わった貴族領への攻撃の方法は、僕は頭の中で幾度も幾度も検討した。

例えば以前に縁を得た水の精霊の力を借り、東部の川を全て氾濫させ、水浸しにするとか。

各貴族の領都で僕が風と火の精霊に力を借りた、炎の竜巻を起こすとか。

本当に、色々な手を考えた。

東部を水浸しにする案は、影響が東部だけに収まらない為に却下だ。

穀倉地帯を泥水が襲えば、作物は腐って収穫できず、ルードリア王国全体が食糧危機に陥るだろう。

炎の竜巻はあまりに直接的に人を殺し過ぎて、人間とエルフが本格的に対立する結果になりかねない。

なるべく事を大きく、されど実質的な被害は小さく。

悩んだ末に僕が出した結論は、

「全てを支える強き大地に宿りし精霊よ。僕に力を貸して」

侯爵領を中心とした東部域への地震。

言葉と共に僕が手の平を地に突けば、ぐらりと大きく地が揺れた。

必要とされるのは、この現象を制御する確固たるイメージ。

それを正しく伝えなければ地の精霊は沸き立つ心のままに大暴れして、途轍もない破壊を齎(もたら)してしまう。

実際に歩いて脳内に描いた東部の地図の、攻撃対象となる貴族領に集中的に揺れを起こす。

破壊的に激しく縦に揺らすのではなく、ユサユサとゆっくりとした横揺れを。

多分この具体的な地揺れの制御は、ハイエルフの中でも具体的に揺れを知る僕にしかできない筈だ。

震度にすれば四程で、或いは場所によってはもう少しだけ強く、揺れが続いた時間は少し長くて数分かそこら。

僕の前世の感覚からすれば、それなりに不安を感じる地震ではあっても、甚大な被害が出る揺れじゃない。

だけど大地の揺れなんて生まれてから経験した事のないルードリア王国の住民にとっては、魂が消し飛びかねない恐怖だろう。

地揺れは竈(かまど)に火が入る前の、人々が動かぬ夜明け前の時間帯を狙ったけれど、それだけに驚きは大きかった筈。

転生してハイエルフになりましたが、スローライフは120年で飽きました

1

Rarutori
らる鳥
ILL. Ciavis
しあびす

初回版限定
封入
購入者特典

特別書き下ろし。
創世遊戯

※『転生してハイエルフになりましたが、スローライフは120年で飽きました 1』をお読みになったあとにご覧ください。

創世遊戯

「あーッ、ハイエルフ！」

酒場にて、友人である衛兵、ロドナーと酒杯を酌み交わしていた僕は、不意に聞こえて来たその言葉に驚き、思わず振り返る。

しかし声がした方に顔を向けても、誰も僕を見てはいない。

その代わりと言っては何だが、二人の男がテーブルに置いた遊戯盤に目を落とし、ボードゲームに興じていた。

あぁ、あれか。

何だか少し安心した僕は、前に向き直ってエールの入った木製ジョッキに口を付けた。

さっきのアレは、竜、不死鳥、精霊、巨人、ハイエルフという五種類の駒を使って競う盤上遊戯だ。

確か神話をベースにした『創世期』って名前の遊戯で、二人でも対戦できるし、四人対戦もできるらしい。

この酒場では遊戯盤や駒を貸し出していて、賭け事に使われてるのを偶に見かける。

僕が知る盤上遊戯と言えば、前世の記憶からチェスや将棋となるのだけれど、それとは少しばかり別物だ。

まぁチェスや将棋も源流を辿れば同じ物に行きつくらしいが、盤上で駒を戦わせるって発想は、それほど特殊な物じゃない。

何せ人間は娯楽を考え出すのが、割と得意な生き物だから。

「お、エイサー、アンタ、アレに興味あるのか？」

飲み過ぎて、真っ赤な顔をしたロドナーが僕に問う。

今日の彼は妙にペースが早いから、呂律はまだ回ってるけれど、そろそろ限界が近そうだった。

ロドナーは、あまり酒が強くない。

いや、人間としては普通なのかも知れないけれど、僕が他に酒を一緒に飲む相手、比較する対象がクソドワーフ師匠なので、どうしても弱いように思えてしまう。

クソドワーフ師匠はドワーフだから、酒精の強い酒を好むし、それをまるで水みたいに飲む。

酒の味には五月蠅いけれど、その癖に量もペースも凄まじいのだ。

「あぁ、いや、ハイエルフって言葉が聞こえたから、少し気になっただけだよ」

僕がそう返せば、ロドナーは納得が行ったという風に頷く。

彼には説明がややこしいから、僕がハイエルフだとはいちいち言ってないけれど、エルフがその言葉に反応する事は、然して不自然じゃない。

実は『創世期』って遊戯に興味がまるでない訳じゃないのだけれど、割とややこしいルールだったから、今のロドナーとは遊べないだろう。

あぁでも、僕は遊戯のルールを聞いただけで初心者だから、酔っ払いが相手で漸く対等なのかもしれないけれども。

チェスや将棋との違いは、駒を取るには特定の駒を使う必要がある点と、取った駒で花札や麻雀のように役を作って点数を競う点だ。

例えばハイエルフの駒は巨人の駒に取られ、巨人は竜に取られ、竜は不死鳥に取られ、不死鳥は精霊に取られ、精霊はハイエルフに取られる。

そして相手のハイエルフの駒と巨人の駒、不死鳥の駒を取れば、大地と雲の絆って役になり、既定の点数が入るといった具合に。

チェスのキングや将棋の王将のように、取れば終わる駒がないので、五十や百といった風に駒を動かす回数を決めて、その間にどれだけ多くの役を作って点数を稼ぐかで勝敗を競う。

また遊戯盤の大きさ、というより駒を置き動かすマス目や、使う駒の数も一定ではなく、富裕層の上級者はテーブルを占拠する程に大きな盤に多くの駒を並べ、何日にも渡って遊戯を楽しむのだとか。

もちろん、この酒場に置いてる遊戯盤はそんなに大きくない。

でも未経験者の僕としては、そう、できれば初心者用の小さな盤で、近所の暇を持て余したご老人に教授を願う所から始めるのが、無難だと思うのだ。

「そうかぁ、でもなぁ、あれは中々楽しいぞ。詰め所で待機してる時とか、たまにやるんだけどさ。エイサーも覚えろよ。今度やろうぜ」

僕はそう言うロドナーに、片手をあげて応じた。

詰め所での待機が長い衛兵は、暇を潰す為の遊戯にも長けてる。

門番、見回りも彼らの大切な仕事だが、何時市民が駆け込んでくるかわからない詰め所で過ごす事も、同じくらいに重要な衛兵の仕事だから。

他にも木製の絵札を使ったトランプや花札に似た遊びや、ちょっと変わった双六なんかもあるらしい。

まぁ少しずつ覚えよう。

アイレナなら練習にも付き合ってくれるだろうし、休みにはロドナーやクソドワーフ師匠だって遊んでくれる筈。

この世界には、まだまだ楽しい事が沢山僕を待っている。

古くなった家が揺れに耐えきれずに壊れ、誰かがその下敷きとなったかもしれない。

その全ての惨劇を引き起こしたのは、他ならぬ僕である。

揺れが起きた場所は限定的で、その地の貴族達がエルフを奴隷としていた件に対する非難をすぐに出すから、人々は原因を知るだろう。

恐らく人々の恐怖は怒りへと転じて、発端となった貴族に、それから事態を防がなかった国に向くが、それでも全てを実行したのが僕である事に変わりはないのだ。

まあ、僕がそれを思い悩んで憂鬱になったとしても、何も事態は変わらない。

さっきの地震を合図に、冒険者をしていたエルフ達は囚われた同胞の救出を、森に住むエルフ達は国外への移住を開始する。

国外への移住を開始したエルフの数は、およそ八千。

それはルードリア王国に住む全ての人間に比較すればささやかな数ではあるけれど、僕が想像していたよりも随分と多かった。

事態はもう、動き出してる。

もし仮に、今回の件にルードリア王国がすぐさま動いてエルフの奴隷を所有していた貴族達、特に侯爵や伯爵といった発端となった者達を処刑し、公的にエルフに謝罪をするなら、事態の収束は早いだろう。

そうなった場合は移住を中断して元の森に戻るようにと、各集落の長には伝えてある。

だけど恐らく、そうはならない。

侯爵や伯爵への処罰は行われるとしても、彼らの所業に国が目を瞑っていた事は認めないだろうから。

しかし国からの公的な謝罪があってこそ、歴史に刻まれてこそ、同じ悲劇の繰り返しは防げるのだ。

決して譲る事はできない。

それで被害を受けるのが、以前に水の精霊に語った、懸命に生きる弱き者だとわかってはいても……。

人とエルフの間に生まれた溝は簡単には埋まらないと思われるが、交渉の窓口にはアイレナがなる予定だった。

彼女は人間の世界でも高い評価を受ける七つ星、最高ランクの冒険者だから、ルードリア王国側としても決して粗略には扱えないだろう。

だが今回の件が引き起こした問題は他にもある。

今回の件で救出されたエルフの中に子を宿した者が居たら、悲劇はまだ続く。

何故ならエルフはハーフエルフを忌み子として、災厄を招くとして嫌うからだ。

恐らく人間の血が強く表に出た場合、ハーフエルフは精霊の力を借りられない事があるから、精霊との繋がりを重視するエルフには忌み嫌われてしまうのだろう。

エルフとハーフエルフの間には、寿命、成長速度の違いもあるし。

そして多くの場合、ハーフエルフは生まれると同時に他のエルフの手で、地に還される。

僕は今回、ハーフエルフを嫌うエルフの慣習が無意味な物であると説明したが、理解を得られたかどうかは正直微妙な所だった。

少なくとも僕が直接言い含めた以上、問答無用で殺されはしない筈だが、……引き取る事も考えておいた方が良いかもしれない。


いずれにしても、僕はもうこの国には留まれなかった。

すっかり忘れていたけれど、結局は魔術も学べてないままだ。

次はどこへ向かうとしようか。

立ち上がり手に付いた土を払って、僕は腰の剣を抜く。

鋼のひやりとした輝きは、僕の乱れた心を多少整えてくれた。

それから僕は、ゆっくりと剣を振るう。

ただひたすらに、一心不乱に、僕がこのルードリア王国で得た物を一つずつ噛み締めながら。

今だけは、この選択が最良だったかどうかなんて、何も考えずに。

第三章　海と漁師と船乗りと

「うーみーだーあーっ！」

こちらの世界に生まれてから初めて全身に浴びる潮を感じさせる風に、僕は思わず叫び声をあげる。

でもその叫びは決して不快だったからじゃなくて、湧き上がるテンションを抑え切れずに飛び出た物だった。

ルードリア王国の南の隣国、パウロギアを越えて更に南に進むと、ヴィレストリカ共和国という、南方を海に面した国に辿り着く。

ヴィレストリカ共和国はその名の通り共和制の国で、君主が存在せずに名家による議会と、議会から選ばれた元首によって統治される国だ。

決して国土が広い訳ではないのだが、海洋貿易で大きな利益を上げ、その豊かな財を以て強力な兵団を抱えている。

南下して港を得たいパウロギアとは国境での小競り合いも多く緊張状態が続き、それを食料の輸出で支援するルードリア王国も、ヴィレストリカ共和国との関係はあまり良くない。

なのでルードリア王国からパウロギアを通り、ヴィレストリカ共和国に至る道のりは決して平穏とは言い難かったが、それでも僕がこの国を目指した理由はただひと……否、三つくらい。

そう、この世界に生まれて随分と経つけれど、僕はまだ海産物を口にした事が一度もなかった。

知らなければ知らなかったで何も問題のない話ではあるのだけれど、僕は前世の記憶で海産物の味を知っている。

ふとそれを思い出してしまったら、どうしても食べたくてたまらなくなって、街道を使わずに草原や森を通って国を一つ越え、僕は海へとやって来たのだ。

いやもう、本当に、すごく大変だったけれども。

しかも道中に偶然立ち寄った村では、ルードリア王国とパウロギアの貧富の差を目の当たりにした。

もちろん街道沿いの町ならば話は別だったのかもしれないけれど、飲み水にすら苦慮する生活なんて、ルードリア王国では想像の埒外だったから。

ルードリア王国とパウロギアは、決して大きく離れた場所じゃないのに。

……まぁそれは僕が思いを巡らした所で何かが変わる訳じゃないからさておこう。

僕に水を飲ませてくれたあの少女に、それから彼女の村に、少しでも幸運が訪れるように祈るばかりだ。

旅をしていれば、いずれまたあの地を訪れる事だってあるかもしれない。

ちょっとした、他愛(たわい)のない約束もしたし。

それから僕は、遥々(はるばる)海の彼方(かなた)から船でヴィレストリカ共和国にやって来る品々、船来品にも興味がある。

ヴィレストリカ共和国はこの大陸の沿岸部にある国々だけではなく、完全に海を越えた南方大陸とも取引をしてるそうだから。

もしかすると僕の想像も付かない物にだって、この地でなら出会えるかもしれない。

最後にルードリア王国では色々と思うところもあったから、何も考えずに遠くへ来て、広い海が見たかったというのもある。

しかし取り敢えずは海産物だ。

僕は特に貝類が食べたい。

醤油があれば最高だけれど、それは期待をし過ぎだろう。

魚醤ならもしかしたら、頑張って探せばあるかもしれないが、いやまぁ塩味でも貝は美味い筈。

あぁ、バターを落とすのも良いかもしれない。

期待感に胸を躍らせ、僕はヴィレストリカ共和国の港町の一つ、サウロテの町の門に並んだ。

ヴィレストリカ共和国の町への入場には、当然ながらルードリア王国の町である、ヴィストコートの市民権は身分証としては使えない。

また上級鍛冶師の免状ならばこの国でも通じるだろうが、旅をするエルフはただでさえ目立つのに、鍛冶師であると喧伝すれば尚更だろう。

だから僕は修業中の旅の剣士と称して、身分証を提出せずに、金で解決して町へと入った。

ヴィレストリカ共和国では身分証を出さずに町に入るには、銀貨三枚が必要である。

ルードリア王国の三倍もの金額だが、逆にキチンと身分証を提示すれば出入りは無料なんだとか。

どうやらヴィレストリカ共和国は、商業の活性化を促す為に身元の確かな者は町の出入りがし易く、その反面、間諜の類を締め出す為に身元の保証がない者に関しては出入りが厳しくなってるらしい。

だから僕も、町に入る際は質問攻めの嵐だった。

まず年齢と名前。

次にどこから来たのか、どこへ行くのか。

この町には何をしに来たのか。

どのくらい滞在するのか。

……等々。

でも多分、僕はエルフだから、これでも比較的質問は軽めだったのだろう。

何せエルフは目立ち過ぎるから、間諜に適性がある筈もない。

だけどルードリア王国から来たって事に関しては、衛兵を少し警戒させたようだったけれども。

「すまないね。エルフの兄さん。うちの国はどうにも北からのちょっかいが多くてね。旅人は色々と調べざるを得ないのさ。それはさておき、ようこそサウロテの町へ。お望みの魚介類はホント美味いぞ。楽しんで行ってくれ」

身分証を持たない者を調べる為の別室で、二、三十分程の質問攻めの後、僕を担当した衛兵はそう言って町中に通してくれた。

まぁまぁ、僕には仕事熱心な衛兵を責める心算など欠片もない。

質問を長引かせて賄賂を要求されたなら兎も角、衛兵が職務に手を抜かないのは、この町の治安が乱れていないと思える要素である。

しかも彼は、自身がお薦めだという店を、三つも教えてくれたのだ。

僕は期待感に唾を飲んでから、衛兵に礼を言って町中を歩く。

ちなみに何故お薦めの店を三つも教えてくれたのかと言えば、一つは旅人向けに癖の強い貝料理や生の魚、カルパッチョのような料理は出さない初心者向けの店。

もう一つは地元の住民が食事処として使う中級者向けの店で、最後の一つは、漁師達が獲った魚介類を直接持ち込んで酒を飲む上級者用の店だった。

もちろん僕は、迷うことなく上級者向けの店に向かう。

だって漁師が獲れたての魚介類を持ち込んでる、港に近い店だ。

絶対美味しいに決まってる。

この町ならどこで食べても鮮度に間違いはなかろうが、それでもどうせならその中から一番を選びたいのが人情だろう。

酒場のドアを潜って中に入れば、ドアがギシギシと軋(きし)んだ音を立てた。

蝶番(ちょうつがい)が潮風に酷く錆びている。

仕方のない話なのだろうけれど、錆びた金属がそのままになってるのを見ると、何故か物悲しさを感じるようになった。

僕の勝手な感傷だ。

錆び易い錆び難いはあれど、多くの金属は錆びる物で、それは自然の理である。

金属を用いた芸術作品には、錆自体を計算に入れて作られる物もあり、むしろそれ等は錆びる事で完成するのだろう。

まぁそんな事よりも、僕は店内を見回して空いた席を探す。

残念ながらカウンター席は一杯で、僕はポツポツと空いたテーブル席の一つを指差し、給仕をしている若い女性に座って良いかを問う。

看板娘だろうか？

際立って美しい顔立ちという訳ではないが、快活な印象の魅力的な女性で、……あとちょっと色っぽい。

すると彼女は少し驚いた風に、

「はぁ～、綺麗なエルフのお兄さんがこんな店に来るなんてね。珍しい事もあるもんだわ。いやいやもちろんうちは歓迎よ。座って座って」

そんな言葉を口にした。

いやいや、こんな店なんてとんでもない。

僕は既に期待感がたっぷりだ。

軽く周囲を見渡せば、確かに船乗りだか漁師だかのゴツイ男達が飲んだり騒いだりしているが、しかしあの程度の腕の太さでは、僕の鍛冶の師であるアズヴァルド、クソドワーフ師匠には遠く及ばない。

それよりもそんな彼らが口にしている、魚料理や貝料理が、僕のテンションを上げている。

「魚は焼いたのと生で食べられるのを一つずつ、お薦めの料理を。貝は大きめの、焼いたの六つくらい。酒は合うのを適当にお願いするよ」

この世界の魚や貝の名前がまだわからない為、僕は給仕の女性にお任せを頼む。

もう既に、つまらない物が出て来てがっかりする事はないだろうという、謎の信頼感があった。

というか正直、新鮮な魚や貝が焼いて出てくれれば、それだけで今の僕はもうがっかりなんてしない。

「はいはい、エルフのお兄さん、細いのにそんな食べるんだ。意外と逞(たくま)しそうだし、大丈夫そうね」

注文を受けた給仕の女性は笑いながら、お尻をフリフリ厨房に向かう。

時折そこに向かって伸びて来る客達の手を巧みに躱(かわ)しながら。

彼女は僕を意外と逞しいと称したが、むしろそれは僕が彼女に向かって抱く印象だ。

先に出された酒を少し口に含めば、辛口のシードルの類だったので大人しく料理が出て来るのを待つ。

僅かとはいえアルコールが口に入り、味覚も刺激された事でますます食欲が湧いて来た。

焼いても刺しでも良いから、何となくイカが食べたい。

しかし周囲を見回してもイカを食べてる人間はおらず、……イカの類が海に居ないとも思えないから、やはりイカやタコはその見た目から忌避されてるんだろうかと、他愛もない事を考えつつ時間を潰す。


「待たせてごめんね。ほら、注文の紅魚のサラダの白オイル掛けと、貝の焼き物六つよ。焼き魚は大きいから火が通るまでもう少し待ってね」

給仕の女性が持って来た料理に、僕は内心で歓声を上げる。

まず目を引いたのは何と言っても貝の焼き物だ。

ぱかッと口を開けた殻ごと出て来たそれは、身が握り拳程もある巨大サイズだった。

そりゃあそんなに食べるのかと驚かれるのも無理はない。

丸ごとはとても口に入らないサイズだから、殻を摑んで身をフォークで外し、ナイフで三つに切ってから口に運ぶ。

ナイフで切った時も汁気が溢れ出てたけれども、嚙み締めた瞬間、熱々な旨味の汁で口の中が満たされる。

咀嚼（そしゃく）し、汁を飲み、咀嚼し、汁を飲み、それからようやく貝の身を飲み込む。

どうやって味付けしてるのかとか、どうでも良いくらいに美味い。

だけどこのまま次の身を口にすると多少しつこいので、先にシードルを口に運んで残る味を洗う。

それ程冷たくもないシードルなのに、それでも熱に負けた口内を優しく冷やしてくれる。

つまり、そう、至福だ。

紅魚のサラダの白オイル掛けは、サーモンのカルパッチョ風サラダといった所だろうか。

これも美味しいが、焼き貝程のインパクトはない。

でも圧倒的に食べ易いから、幾らでも入りそうである。

そうして貝とサラダを楽しんでいると、厨房から大皿の上に載った焼き魚を給仕の女性が運んで来るのが見えた。

本当にでかい。

ちょっと嬉しくなって笑みを浮かべると、それを見た彼女も笑みを返してくれる。

しかし事件が起きたのは、その時だった。

「何だとてめぇ！　もう一回言ってみろ！！！」

突如として上がった罵声にそちらを見れば、大柄な男の拳が、一回り小柄な男の顎を捉えて、殴られた方の身体が宙を飛ぶ。

その時、僕は特に何かを考えた訳じゃないけれど、身体は咄嗟に動いてた。

立ち上がって駆け、そのままでは勢い良く殴られた男にぶつかりそうだった給仕の女性を、引き寄せて庇う。

……その結果、給仕の女性は衝突を免れたが、僕の焼き魚は、大皿ごと飛んで来た男に弾かれて、床にべしゃりと落ちて潰れる。

あまりに憐れな焼き魚の姿に、僕の心をまず悲しみが満たして、一瞬後に全ての悲しみが怒りへと変わった。

成る程、成る程。

これがこの、サウロテの町の、海の荒くれ者の流儀なら、僕もそれに付き合おう。

僕は勝ち誇る大柄な男の前に進み出て、

「僕の魚が死んだ。この人でなしめ！　判決は処刑！　死んで僕の魚に詫びろ！！！」

怪訝(けげん)な顔でこちらを見た彼の顔に、叫び声と共に思い切り拳を叩き込む。

旅の末に求めた海産物に出会って上がったテンションと、酒の勢い。

それらが惨劇によって怒りに変わり、僕を闘争へと駆り立てる。

エルフの身長は人間と然程変わらないか少し高いが、細身の種族。

ハイエルフも同様で、細身である分、筋力的には人間に劣るだろう。

けれども僕は十数年間の鍛冶仕事で鍛えた力と、剣術の訓練で動きの鋭さを鍛えてるので、肉体的な能力は並のエルフとは比べ物にならない。

たとえ相手が大柄で筋肉質な荒くれ者であっても、僕の拳をまともに喰らえばただでは済まない

……、筈だった。

「ぐっ、おっ、てめぇ！　何しやがる！！！」

だが驚いた事に、その男は僕の拳に何とか耐え、すぐさま反撃して来たのだ。

咄嗟に顎を引いて反撃の拳を額で受けるが、頭部を走り抜けた衝撃に、目にちかちかと光が走る。

恐ろしい威力の拳。

だけどこれは戦いだ。

一歩でも退けば、それは僕の負けだろう。

「僕の魚に謝れって言ってるんだ！！！」

だから僕はそのまま更に踏み込んで、フックで相手の頬を打ち抜く。

そこから先の殴り合いは、壮絶な物だった。

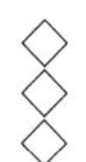

「……はい、カッとなってやりました。大変申し訳ありませんでした」

僕は怒りに満ちた視線を向けて来る店主に、深々と頭を下げる。

給仕の女性は僕に助けられたのだと店主に訴え、庇ってくれているけれど、それから後で自主的に暴れたのは間違いないので、その辺りは擁護のしようがないだろう。

「いやまってくれ。グランドよぉ。先にこのエルフの兄さんに迷惑かけたのは俺なんだ。この兄さんは悪くねぇ」

殴り合ってた男まで、何故か僕を庇ってる。

違う。そうじゃない。

君は一緒に暴れた相手だから、一緒に叱られる立場だろう。

何を勝手に立ち位置を変えてるんだ。

だけど店主、グランドと呼ばれた男はその辺りはわかってるらしく。

「いや、ドリーゼよ。お前が悪いのは当たり前だろうが。お前が俺の店で暴れるのは何回目だよ。あぁ？　幾ら幼馴染とはいえそろそろ空っぽの頭叩き割ってぶっ殺すぞ！」

僕の喧嘩相手に向かって大いに凄む。

ヤバイ。物凄く怖い。

醸し出す雰囲気が、つまらない事で仕事の邪魔をされて怒った時のクソドワーフ師匠にそっくりだ。

つまりグランドと呼ばれた彼は、分野は違うが職人であり、職人の仕事に関する怒りは苛烈である。

「だ、だってよ。あのラーレット商会のクソ船乗りがよ。この店の料理は品がなくて下等だとか言うもんだからよ。つい……」

店主、グランドの勢いに押され、僕の喧嘩相手であったドリーゼはそんな聞き捨てならない言葉を口にした。

いやいやいや、それはない。

品がないのは、上品さを求める料理じゃないから当然としても、下等だなんて言い草があってたまるものか。

そう言えば最初にドリーゼに殴られた男は、喧嘩が始まってすぐに店から逃げ去っている。

自分もその騒ぎの発端の一人であるにも拘らずだ。

「あぁ、そうだったの？　ごめん。あんなに美味しいのにそれは怒るよね。僕も怒るよ。殴る相手間違ったな……」

思わず怒りを滲ませてそう言えば、ドリーゼは目を二、三度瞬かせて、それからその顔に豪快な笑みを浮かべる。

彼は隣に並ぶ僕の肩をバシバシと叩き、

「だろう？　エルフの兄さん、ホント話がわかるな！　兄さんの魚を俺が駄目にしちまったんだろ？　そりゃあ俺が殴られるのも当然だ。あ、暫くこの町に居るのか？　だったら俺が獲った魚、詫びにたっぷりと食わせてやるよ」

本当に嬉しそうにそう言った。

唐突な、でもこの上なく有り難い申し出に、僕の顔にも笑みが浮かぶ。

「おう、仲直りか。良かったな。でもお前ら、まずは反省しろ。それから壊したイスとテーブルを弁償すれば、美味いって言葉に免じて今日の所は勘弁してやる。それからその獲った魚は、当然、俺の所で料理するんだよな？」

僕らの調子に毒気を抜かれたのか、店主、グランドも怒りを収めてくれて、……僕はこの町に来て早々に、漁師のドリーゼ、酒場の店主のグランド、給仕の女のカレーナと、三人の知己を得た。

そしてそれがこの町で動いてた事態に、僕が関わる事になった切っ掛けである。

グランドが比較的港に近い宿を教えてくれたから、僕はこの町に滞在する間はここに泊まると決め、一週間分の宿代を先払いした。

地元の住民がお薦めするだけあって、部屋は掃除が行き届いていて、従業員の対応も丁寧だ。

別に高級宿という訳ではなかったが、居心地は決して悪くない。

この世界では初めて潮風を浴びたせいか、少し身体に痒みを感じ、僕はたっぷりの湯を貰って身を清める。

熱い湯に浸した布で顔を拭けば、ドリーゼの拳を受けた部分が沁みて痛む。

明日はちょっと腫れるかもしれない。

我ながら馬鹿な真似をした物だとは思うけれども、中々に刺激的で愉快な一日だった。

でも殴った右手も少し痛いから、これからはもう少し気を付けよう。

鍛冶をするにも剣を振るうにも、この手は欠かせない物だ。

粗雑に扱って無駄な怪我をすれば、鍛冶や剣の腕も鈍る。

それはアズヴァルドやカエハに対しての不義理でしかない。

クソドワーフ師匠なら、喧嘩で手を痛めるなんざ鍛え方が足りないとか言いそうだけれども。

僕の手はどうやってもあんなゴツくはならないし、革の手袋でも着けようか。

喧嘩用に。

　まあ喧嘩の事はさておき、明日はドリーゼの船を見に行く予定だ。

　どうやら彼は今日の詫びとして僕の為に漁をしてくれるらしいので、可能ならばイカかタコを手に入れて貰おう。

　仮にそれがこの世界では奇食の類とされたとしても、僕はエルフだから変わった物も食べるんだという理由でごり押しができる。

　明日がとても楽しみだけれど、ただ一つ、どうにも違和感を感じるのは、そう、ドリーゼに殴られて逃げた男の事だった。

　金を出すから客は神だと勘違いする馬鹿は、この世界にも居なくはない。

　だが周囲が常連客、しかも気の荒い漁師だらけのあの店で、敢えて料理を貶すなんて、度胸があるにも程があるだろう。

　実際、激怒したドリーゼに殴られた訳だし。

　そしてそんな度胸のある文句を口に出した割には、隙をみてこそこそと逃げ出すような情けない真似をしてる。

　その辺りの行動がどうにもちぐはぐだ。

　出された料理が不味ければ、思わず口が滑る事もあるかもしれない。

　だけどあの店の料理は間違いなく、文句の付けようがなく美味かったから。

　ドリーゼは、確か相手はどこかの商会の船乗りだと言っていたけれど……。

　どうにも違和感を覚える話である。

僕は疑問に首を捻りつつも、綺麗に身を清め終わると、明日に備えて今日は早めにベッドに身体を横たえた。

翌日、ドリーゼに教えられていた港に向かった僕は、昨日の夜に抱いていた疑問の答えを知る。

僕が港にやって来た時、ドリーゼとその漁師仲間を、大勢の船乗りらしき男達が取り囲んでいたのだ。

そしてその中には、顔に青あざを拵えた、薄っすらと見覚えのある体格の男も混じってた。

一触即発というよりも、大勢の船乗りが多勢に無勢で漁師達をリンチにかけようとしてる現場に、僕は丁度やって来てしまったらしい。

あぁ、いや、決して悪い意味じゃなく、むしろ間に合ったというのが正しいか。

「エルフの兄さんっ！　来るなっ、アンタは関係ないから逃げろっ！！」

いち早く僕の接近に気付いたドリーゼの声。

その言葉を聞いて、僕は事情はさっぱりわからないけれど、昨日知り合ったばかりの知人の味方をすると心に決める。

船乗りも漁師も、その声に注意が僕の方へと一瞬向いた。

「やぁ、ドリーゼ。魚を貰いに来たよ。何だか大変そうだけれど、大丈夫？　僕ね、実は獲って来て欲しい物があるんだけれど」

多くの視線に晒されつつも、僕は歩みを止めずにドリーゼのもとへと向かう。

むしろ事情なんてどうでも良いのだ。

この町、サウロテに入ってから、暴力事件に遭遇してばかりである。

だから僕もこの町の流儀に合わせて、多少の暴力は自重をしない。

素手で殴って手を痛めるのは、昨日反省したからしないけれども。

ドリーゼは短気で手が早いが、それでも心根の悪い奴ではなさそうだという事は既に知っていた。

そしてそんな彼が僕の為に海産物を獲ってくれるというのであれば、そりゃあ当然助けるだろう。

「おい、待てエルフ。お前には関係、うわぁっ!?」

僕の前に立ちはだかろうとした船乗りが、前触れもなく海から飛んで来た水塊に吹き飛ばされる。

尤もぶつかったのはあくまで水だから、衝撃で意識は飛んだとしても、大きな怪我をする事はないだろう。

「え、何？　邪魔だよ。僕は今、ドリーゼに大事な用があるんだから、邪魔すると少し痛い思いをするよ」

それは一応、親切心からの忠告だった。

すぐ隣は港の中ではあっても、もう海だ。

海という巨大な水に宿る精霊は、圧倒的に雄々しく力強い。

その辺りは加味して十分に加減をする心算だけれど、それでも水の威力は普段よりも幾分強くなると思うから。

「さ、先に手を出したのはコイツ等の方だ！　こっちは身内がやられた報復に来てるんだ！　関係のない余所者がでしゃばるな！！！」

なのに船乗り達は僕の忠告を無視して、敵意を剥き出しにしてこちらを取り囲む。

あぁ、成る程。

つまり昨日の騒ぎは、報復の口実を作る為、わざとドリーゼに手を出させたのか。

だったら僕は、決して無関係なんかじゃない。

「あぁ、昨日の。そこの彼は僕が食べる料理をひっくり返してくれたんだよ。無関係？　そっちから僕を巻き込んで喧嘩を売ったのに？」

駄目になった魚を思うと、また腹が立ってきた。

僕の怒りに闘争の気配を察したらしい。

海の波が高くなり、停泊してる船が大きく揺れる。

……まだ何もお願いしてないのに、海に宿る水の精霊は、些か好戦的過ぎないだろうか。

「ふざけんっ、あぶぁっ!?」

罵声と共に殴り掛かって来た船乗り達が、幾つもの水塊を受けて次々に吹き飛ぶ。

地に転がった者もいれば、運悪く海に落ちる者もいる。

勝てないと悟った船乗り達の士気は一瞬で崩壊し、倒れた仲間を助けもせずに、彼らは必死に走って逃げて行く。

そして後に立っているのは、呆然とするドリーゼと漁師達。

「取り敢えず、警備隊に突き出すにしても、海に落ちた人達は助けてあげた方が良いかな？　それとも、……魚の餌にするの？」

僕が冗談めかしてそう問えば、我に返った彼らは、慌てて海に落ちた船乗り達の救出を始めた。

何やら事情があるらしく、助けた船乗り達を警備隊に突き出す事もせずに解放したドリーゼは、

「え、エルフの兄さん、滅茶苦茶強かったんだな。……でもあんなに強かったなら、何で昨日、俺に殴られたりしたんだ？　さっきの力を使えば、俺なんて一発だっただろ」

不思議そうに僕に問う。

周りの漁師達も、幾人かは昨日、あの時間に酒場に居たらしく、同じ疑問を抱いていたのか頷く。

「……えっ？　酒場での一対一の喧嘩で、しかも武器を抜かれた訳じゃないのに、精霊に手助けはして貰わないよ。酔った喧嘩で、ドリーゼは相手が一人で、素手で向かって来ても、仲間と一緒に叩きのめす？　それは少し引くなぁ」

僕にとっての精霊は、親しき友人で仲間でもある。

しかしだからって、酔っ払い同士の喧嘩に精霊の力を持ち出すのは、そりゃあどう考えてもなしだろう。

あれは対等な喧嘩だった。

まぁ酔って殴り合いの喧嘩をしたのなんて、昨日が生まれて初めてだが。

仮にあの時、ドリーゼが周囲の漁師に助太刀を求め、複数で取り囲んで来たなら話は全く別で、僕は遠慮なく精霊に力を借りた筈。

僕の言葉に納得したのか、ドリーゼに明るい笑みが浮かぶ。

そう、多分彼は、昨日の喧嘩で僕に手を抜かれたかどうかが気になったのだろう。

ちっとも手抜きじゃないよ。痛かったよ！

「そっか、やっぱりエルフの兄さんは面白いな！　あ、また一つ借りが増えちまったな。すぐに漁に出るけれど、何か食いたい魚はあるか？　海の神様の機嫌次第だが、リクエストは受け付けるぜ」

何かを誤魔化すようなその言葉は、どうやら僕を先程の船乗り達と、漁師の間にあるゴタゴタに巻き込まない為の物らしい。

だがドリーゼが隠す心算なら、僕から首を突っ込んで根掘り葉掘り聞き出すのも、それも余計なお世話が過ぎる。

故に僕は素直にその誤魔化しにのって、タコやイカの姿形を説明し、それを食べたい旨を告げた。

「八足と十足じゃねえか。エルフの兄さんそんなの食うのかよ。アイツ等真っ黒な液体を口から吐くんだぞ。あんなの食ったら死ぬんじゃねえのか？」

案の定、驚きに顔を顰めるドリーゼ。

予想通りタコやイカは、この世界の人間にとって奇食の部類に入る様子。

それにしても八足と十足とは、雑な名前にも程がある。

「エルフだからね。人間が食べない海産物の食べ方も、知ってるんだよ。市場には売ってないだろうし、ドリーゼが獲って来てくれなかったら、諦めるしかないんだけれども……」

少し残念そうにそう言えば、ドリーゼは大慌てで首を横に振り、仲間の漁師と一緒に船に乗り込み、港を出て行く。

この世界の漁がどんな物かは知らないけれど、断らないって事は獲る自信があるのだろう。

楽しみだ。

やっぱりドリーゼは、気の良い奴である。

だから彼から話されない限りは無理に事情を聞き出しはしないけれども、……それでも船乗りと漁師の間にあるいざこざに関しては、自分でこっそり調べよう。

それは半ば興味本位ではあったけれども、残る半分はこの町で知り合ったばかりの、新しい知人の身が心配だったから。

海から吹く潮風は爽やかだけれども、この港の空気はどうにも不穏な気配を孕(はら)んでた。

タコは内臓を取り除いてから、何度も塩で揉んでぬめりを取り、水で綺麗に洗ってから茹でる。

それから適当な大きさにぶつ切りにすれば完成だ。

醤油があれば最高だけれど、なくても別に十分美味しい。

「うまー。食感がね。良いね。ほのかな塩味と風味がね。うん。お酒欲しくなる味」

本当に食べるのかと顔色を蒼褪めさせてるドリーゼを無視して、僕はバクバクとタコを口に運ぶ。タコの美味しさを広める心算なら、姿を隠せる料理にした方が良いのだろうけれども、僕が食べる分にはこれで十分だ。

仮にタコ焼きを作るにしても、今から鍛冶場に籠って作業をし、凹凸のある鉄板を用意するのは、正直面倒臭い。

あぁ、確か熱伝導の関係で、銅板の方が良いんだっけ？

「いや、少し味見したけどな。確かに美味かったぜ。八足も研究すれば色々作れそうだな」

そう言ってテーブルに辛口のシードルを置いてくれたのは、タコを調理してくれた店主のグランド。

どうやら彼は料理人だけあって、僕に提供する前に味を確かめたらしい。

「うぇ、マジかよ。…………なぁ、エルフの兄さん。ちょっと貰って良いか？」

幼馴染らしいグランドの言葉に興味が湧いたのか、躊躇いつつもドリーゼがタコに手を伸ばす。

僕としても、これは元々ドリーゼが獲って来てくれた物だから、多少食べられたところで文句はない。

全部食べたらマジ怒るけれども。

「後はイカ、……十足だっけ？　も美味しいよ。内臓とか吸盤取って、塩水で洗って日に干して、それから焼いて食べるとか」

慣れぬ食感と口の中に広がる風味に目を白黒させてるドリーゼを横目に、僕はグランドに教える。

実に悲しい事にドリーゼは、八足も十足も同じだろなんて馬鹿な台詞（せりふ）を吐いて、タコしか獲って来てくれなかったのだ。

いや、タコを獲って来てくれただけでも十分に感謝はしているけれど、何というか彼はどうにも粗忽者（そこつもの）だった。

僕の言葉に、グランドの瞳が好奇心に輝く。

「おい、ドリーゼ。何で十足は獲って来なかったんだ。すぐに行ってこい。今すぐにだ」

なんて無茶を言ってるけれど、僕としては食べられるならイカは後日でも構わない。

だってタコがとても美味しいから、今日の所は既に満足だ。

それにどうせ海産物を食べ飽きる迄は、暫く滞在する心算だし。

その為にもドリーゼには、些事に心煩（わずら）わされる事なく漁に専念して貰いたい。

宿や市場で話を聞いた所、このサウロテの町で起きてる問題はすぐに知れた。

今、このサウロテの町では、大型の船で交易を行う商人と、小型の船で近海漁業を行う漁師の間で、港の使用権を巡った深刻な対立が起きてるそうだ。

元々サウロテは、長く漁業で生計を立てていた町である。

サウロテで古くから漁師達を纏めてきた名家は、パステリ家。

パステリ家はヴィレストリカ共和国の議会に議席を持っており、地元での尊敬を集める名家だ。

しかしこのパステリ家のサウロテにおける支配体制は、この町に別の名家、トリトリーネ家が拠点を築いた事で大きく揺らぐ。

トリトリーネ家はパステリ家と同じく議席を持つ名家だが、その生業(なりわい)は漁業ではなく商業だった。

ラーレット商会等、多数の商人を取り纏めるトリトリーネ家は、新たな交易拠点としてこのサウロテに目を付けたのだ。

それでも最初は、パステリ家もトリトリーネ家も、共に手を携えてサウロテの町を発展させたらしい。

交易の為に町を訪れる人が増えれば、食料として魚も売れる。

魚が売れれば漁師も潤う。

だが何時からだろうか。

手を取り合っていた両者の関係にも、少しずつ亀裂が生じだす。

例えば交易を行う船は喫水が深いから、もっと港を深くする工事をして欲しい。

もっと多くの商船を招き入れたいから、広く港を使わせて欲しい。

小さな漁船なら港じゃなくても、砂浜からでも海に出られるだろう。

もっと港を広げれば、この地に訪れる商船は増える筈。

だったら砂浜を工事して港にしてしまえ。

……なんて風に。

僕にはこれが海辺でよく起きる問題なのかどうかはわからないけれど、少なくともこのサウロテの町ではこれ等が火種となって争いが起きた。

議席を持つ名家が一つだけなら、一方が他方を駆逐して、問題は素早く片付いた筈。

でもサウロテの町に、今は名家は二つあり、それぞれの立場はまるで真逆だ。

故に対立は深刻化し、時には暴力を伴う事件すら起きてしまってる。

ドリーゼは喧嘩っ早いが腕っぷしが強く、面倒見が良い性質も手伝って、若手漁師の纏め役のような存在だ。

だからこそ報復という形で彼をリンチにかけて見せしめとする事で、漁師達を萎縮させてしまおうというのが、ラーレット商会の計画だったのだろう。

実に面倒な問題であった。

何が面倒って、人をリンチにかけようってやり方は最悪にしても、問題の根本的な部分では悪と断じられる存在が居ない事である。

商人側も漁師側も、自分達の生活を守ろうと、良くしようとしてるだけで、それ自体は決して悪ではない。

また商人側も漁師側も、互いに対立はしていても、相手が完全にいなくなってしまっては困るのだ。

例えば商人が全て撤退すれば、サウロテは元の漁業だけの町に戻るだろう。

しかし一度は町の繁栄を経験した漁師達が、それを忘れて元の生活に戻るには長い時間が必要だった。

逆に漁師達が駆逐されれば、この町を訪れる商船の乗組員、商人を食わせる為の食料が不足する。

もちろん食料を他所の町から運ぶ手もあるけれど、この町を交易拠点とする旨味は確実に減ってしまう。

それに船を使って雑多な人々が訪れるサウロテの治安が保たれているのは、パステリ家が腕っぷしの強い漁師を使って治安維持に一役買っているからでもあった。

要するに両者は、対立しながらも持ちつ持たれつやっている。

それ故に問題は、何時までも解決の兆しが見えない。

人間の世界で、エルフはとても目立つ存在だ。

大勢の人間が出歩く中に紛れれば、意外と埋もれたりもするけれど、僕を間近で見た人間は大抵がまず最初に驚いたり、珍しいなって目をする。

尤も、僕は別にそれが嫌って訳じゃない。

目立つ事が悪い風に働く場合も少なくはないが、良い風に働く時もあった。

例えばすぐに噂になったりしてしまう点は秘かに動くには不向きだが、逆に目立つからこそ僕が積極的に動かなくても、事態の方から勝手に動く。

目立つ見知らぬ他人を厭うて避ける人も居るけれど、珍しい存在だからと殊更に親切にしてくれる人も居る。

そう、全てはその時の転がり方次第だ。

では今回のこの件は、果たしてどちらの目が出るのであろうか。

その手紙が届いたのは、僕がサウロテの町に来てから四日目の事だった。

手紙の内容は行き違いによる諍い（いさか）の詫びと、誘い。

差出人は例の、トリトリーネ家の傘下であるラーレット商会。

要するに船乗り達ともめた件に関して、謝罪をしたいから商会に訪ねて来てくれとの手紙だ。

トリトリーネ家の傘下にある商会の中でも、ラーレット商会は利益の為なら手段を択（えら）ばぬ強硬派。

海に出れば海賊紛（まが）いの行為にも手を出すという噂のある商会である。

十中八九、今の段階では僕を懐柔する為の呼び出しだろうが、話の転がり方によっては罠と化す。

そんなラーレット商会からの呼び出しを、僕は当然ながら無視した。

だって向こうは僕に用事があっても、僕にはラーレット商会に用事なんてないし。

どこかの商人の形だけの謝罪を受けるよりも、今の僕にとってはドリーゼが獲ってグランドが調理した魚介類を腹につめこむ事の方が重要だ。

でもそんな風にあちらからの誘いを無視したからだろうか。

五日目の夜、グランドの店からの帰り道、腹ごなしに散歩して、砂浜から暗い海を眺めに来た僕は複数の武装した男達に囲まれた。

僕を囲んだ男達は、問答無用で剣を抜く。

どうやら脅す心算はサラサラなくて、夜の砂浜なんて場所に来た愚かな余所者を、さっくりと魚の餌にする心算なのだろう。

仮にこれが町中だったら、脅しで済ませたのかもしれないが、あまりの好機に素早い排除を選んだって所だ。

一斉に掛かれば水塊をぶつけられる前に、誰かの刃が届くとでも考えたのだろう。

だけどもちろん、これは僕の誘いである。

港で船乗り達とのいざこざがあった日から、ずっと僕を監視してる目はあった。

監視者は結構な手練れで、人に紛れて上手く気配を隠していたけれど、風の精霊がその存在を教えてくれたから。

故に先日の手紙の件もあって、今日は酒を飲まずに、わざと迂闊な行動を取って見せたのだ。

流石にこんなに綺麗に引っ掛かって、強硬手段に出て来るとは思わなかったけれども。

あまりに短絡的というべきか、それともそんなに僕が脅威に見えたか、或いは侮られたのか。

ただ、そう、肝心要の監視者は、僕を取り囲む男達の中に混じっていない。

その視線は今も途絶えずに僕をジッと監視していて、ラーレット商会は兎も角としても、監視者個人に対しては、僕は油断できない物を感じてる。

周囲の男達は声も発さず、僕に向かって一斉に切り掛かって来た。

月光を弾いて光る刃物は、湾曲した刃を持つ船刀、カットラス。

船乗りが愛用する武器で、刀身が短く、船上等の狭い場所で扱い易い剣である。

つまり簡単に言うと、広い砂浜での戦いでは最適の武器という訳じゃない。

大きく後ろに飛んで斬撃を避ければ、そこは水の押し寄せる波打ち際。

もはや背後に逃げ場はない。

けれども、僕に逃げる心算は最初から毛頭なかった。

「地の精霊よ」

僕はそう呟いて足元の精霊に語り掛け、剣を抜いて踏み出し、振るう。

波打ち際の砂浜は、慣れぬ身には最悪の足場だ。

しかし慣れた者は、最初から砂に足を取られる事を想定して動く。

だからこそ唐突に、足場がまるで石畳のように固くなれば、彼らの動きは崩れて乱れる。

そしてそこに僕の剣が、切れ味においては他の追随を許さぬであろうカエハの、ヨソギ流の剣技が彼らを襲う。

周囲を取り囲んだ男は五人で、僕が剣を振った回数は三回。

その三回で男達が手にしていたカットラスの全ては、半ばから折れて役立たずの玩具と化す。

どこの誰が作ったのかは知らないが、随分と質の悪い武器だ。

しかも碌に手入れもされずに使われていたのだろう。

まるでカットラスは自ら死を選ぶかのように、抵抗もなく折れた。

水塊での攻撃には気を配っていたのかもしれないが、よもや剣で反撃を受けるとは思ってもなかったのだろう。

カエハ程ではないにしても、僕もそれなりには剣を振れる。

武器を失った男達は動揺し、攻撃するでも逃走に転じるでもなく、一瞬硬直した。

まぁどんな行動を取った所で結末は同じなのだけれども、

「地の精霊よ、もう一回お願い」

僕の声を聴いた地の精霊が男達の足元に一瞬で穴を掘り、彼らを落とす。

首まで砂に埋まった五人組の男の顔を確認するが、その誰にも見覚えはない。

また気配を探るが、既に僕を見る監視者の視線も消えていた。

風の精霊が教えてくれたが、僕が男達と交戦状態に入ってすぐに、町に向かって逃げたという。

僕はふと悪戯（いたずら）を思い付き、地の精霊に三度目のお願いをする。

埋めた彼らを助けに来る誰かが居たら、同じように穴に落として、首から下を砂に埋めて欲しいと。

さてこれで、追加で何人捕まえられるだろうか。

別に殺してしまう心算はないので、潮の満ち引きが変わる前にはドリーゼ辺りを呼んで改めて捕縛するけれど、僕に武器を向けた以上は、暫くは怖い思いをして貰おう。

先日の襲撃で捕縛した人数は、僕を直接襲って来た襲撃者が五名で、砂に埋まった彼らを助けに来て、自分達も埋まった者が十名。

全員がラーレット商会に所属する船乗りだった為、彼らを警備隊に突き出した結果、商会ぐるみで僕を殺そうとした事はもはや言い逃れが利かない状況となった。

またその件で警備隊がラーレット商会の取り調べを行ったら、彼らが自分達の権益を拡大する為に、漁師に対して数々の酷い嫌がらせを行っていた事や、商売上の不正等が都合良く発覚する。

恐らくラーレット商会は、取り潰しになるまでは行かないまでも、商会長を含めた幹部も幾人かが罪を問われ、規模を縮小するだろう。

要するにラーレット商会は、僕への襲撃が言い訳のしようがない形で発覚した事で、トリトリーネ家から切り捨てられたという訳だ。

でなければ、あんな風に都合良く他の罪が纏めて発覚する筈もない。

或いは幾つかの件に関しては、トリトリーネ家がラーレット商会に罪を押し付けた可能性だってある。

まぁ旅人を商会ぐるみで殺そうとした件が、しかもボロ負けして発覚するというのは、商業を柱とするトリトリーネ家にとってそれだけ大きな醜聞だったのだ。

もちろんサウロテの町が抱える問題が、これで解決した訳じゃない。

傘下の商会の一つが規模を縮小した事で、確かにトリトリーネ家は多少のダメージを負ったが、パステリ家がこの機に乗じて相手を潰しに動くなんて展開はないのだ。

ラーレット商会や、或いはドリーゼ達のような漁師は理解をしてなかったとしても、トリトリーネ家やパステリ家は、互いの存在が町にとってどちらも欠けてはならぬ物である事を理解してる筈。両家は傘下の船乗りや漁師を適度に争わせてガス抜きをさせ、権益の綱引きをしながら町を発展に導いている。

だから今回の件は、要するに暴走気味な強硬派だったラーレット商会の一人負けで終わるのだ。

些か以上の急展開だった割には、結局何も変わりはしない。

まるで全てが予定調和であったかのように。

つまり僕は、もしかして誰かに都合良く使われたのだろうか。

疑い出せばキリがなく、深く考えれば考える程に怖いから、僕は思考に蓋をする。

僕はそれからもグランドの店で食べて飲んでを繰り返し、結局一月近くもサウロテの町に滞在して、魚介類を満喫した。

そして今日は、この町で過ごす最後の夜だ。

「はい、十足のイチヤボシ。エイサーさん、これ好きよね。でも最近、これとか八足を頼む人すっごく増えたのよ。お陰で忙しいったらありゃしない」

そう言って笑いながら、イカの一夜干しを焙った物をテーブルに運んで来てくれたのは、給仕の女性であるカレーナ。

まぁ彼女が忙しいのは店の繁盛のせいだけじゃないのだけれども。

「忙しいならグランドに言って、人手かお給料増やして貰いなよ。八足も十足も、グランドがもっと色々な料理を増やすだろうから、お客もまだまだ増えるだろうしね」

その言葉に唇を尖らせるカレーナに笑って、僕は辛口のシードルを口に運ぶ。

多少の事件はあったが、ここは良い町だった。

発展しようとするからこそ、その方向性を巡ってぶつかり合いが生じ、問題は起きる。

それも含めて活気があるのが、このサウロテの町だったように思う。

人との関わりも、魚介類も、この一月で十分に堪能した。

そろそろ良い頃合いだ。

「まぁカレーナも色々と忙しそうだけれど、僕はもう旅立つ心算だから、少しは仕事が減るんじゃないかな」

僕の言葉に、カレーナは一瞬目を見開いて、こちらを見る。

そう、僕をずっと監視していた誰かの正体は、このカレーナだ。

だけれども、だからどうって訳じゃない。

ラーレット商会が規模を縮小せざるを得なくなって僕どころじゃなくなっても、監視の目は消えなかった。

つまりカレーナを僕に付けていたのはラーレット商会ではなく、トリトリーネ家かパステリ家か、或いはその両方だろう。

要するに町中に根を張った間諜の類である。

グランドがそれを知っているのか、もしくは彼自身もそこに関わっているのか、そこまでは僕にもわからないけれども。

少なくとも僕は、彼女がラーレット商会をハメたんだと思ってる。

何の証拠もないけれど、やはりカレーナは最初の日に思った通り、意外と逞しい女性だった。

「確かに、エイサーさんよく食べるから、お仕事も少しは減るかもね。でも寂しがるわよ。ドリーゼも、グランドも、……もちろん私も」

そんな風に言うカレーナに、僕は笑みを向ける。

確かに、この町で僕を一番見てたのは、他ならぬ彼女である事は間違いないから。

事情はさておき、情は湧く。

互いに口に出せない秘密の関係って言うと、格好を付け過ぎだろうか？

「うん、ありがと。でも多分、またそのうち来るよ。また魚や貝や、八足に十足も食べたいしね」

僕の言葉に、カレーナは頷く。

そう、これが今生の別れという訳でもないのだ。

今は魚介類に満足し切っていても、また半年や一年もすれば食べたくなるかもしれないし。

その時まで、この町は今のまま、発展しながらもあまり大きく変化はせずに、僕を待ってて欲しいと思う。

さぁ、次はどこへ行こうか？

そろそろちょっと鍛冶もしたいし、いい加減に魔術も学びに行きたい。

　ルードリア王国のその後や、ハーフエルフが生まれるのかどうかも気になるから、どこかに腰を落ち着けて、エルフのアイレナに連絡を取る必要もある。

　そう、取り敢えずはそうしよう。

「明日の朝、北東に向かって旅立つよ。目指すは東の小国家群の一国、魔術の国と言われるオディーヌかな」

　間諜であるカレーナに向かって、僕は敢えて行き先を告げた。

　この言葉に嘘はない。

　僕は敢えて行き先を告げる事で、カレーナが報告を行うであろう雇い主に、敵意がないとのメッセージを送ってる。

　彼女なら、この言葉の意味を正しく理解するだろう。

「ええ、また会える日を楽しみにしてるわ。エイサーさん、その時は私と、そうね、今度は屋台で美味しい物巡りでもしましょうね。もちろんグランドには内緒よ」

　悪戯っぽく笑うカレーナに僕が右手を掲げると、彼女はパチンと軽い音を立て、僕とハイタッチを交わす。

　そうして僕は、サウロテの町を後にした。

第四章　旅と気まぐれ

東の小国家群とは、元々アズェッダ帝国という名の大国が後継者争いで滅茶苦茶になった時に、各都市が好き勝手に独立して生まれた都市国家が集まる地域の事だ。

小国家群の国々はどれもとても規模が小さく、都市が一つとその周辺の村々だけで構成される国が過半数を占める。

この地域には十数個の都市が存在するが、最大規模の国でも精々三つの都市を保有しているに過ぎない。

要するに言い方は悪いが小魚の集まりなのだけれども、では何故この小魚が周囲の大魚に食われてしまわないのかと言えば、彼らは外敵に対しては一致団結して立ち向かうからだった。

アズェッダ同盟という名のその盟約は、小国家群が他の地域から侵略を受けた時に発動され、その時ばかりは都市国家間の諍いも全て棚上げし、外敵に対して連合軍を興す。

それはまるで、小魚が集まって大魚を模した群れを作るが如く。

小国家群の都市と都市は、資源を巡って争うこともあり、普段は別に仲良しこよしという訳ではない。

しかし同時に彼らは他の都市が存在するからこそ、自らも立っていられるのだと正しく理解をしている。

なので貿易や防衛に関しては、アズェッダ同盟以外にも取り決めや、暗黙の了解が幾つもあるそうだ。

そしてその中の取り決め、或いは暗黙の了解によって成り立っている物の一つが、この地域が小国家群となって以降に新たに建設された都市、オディーヌ。

一国の規模では周辺国家に大きく劣る小国家群の国々が、それでも時に戦の趨勢を左右する事もある魔術師の育成、魔術の研究を行う為に金を出し合って作られた、魔術の為の都市だった。

またその恩恵を一国が独占しないようにと、オディーヌは都市国家として独立している。

故にそこは魔術の国、オディーヌと呼ばれているのだ。

はい、説明終了。

地元の人間でもなければ、そもそも人間じゃない僕には、些かややこしくて理解が面倒くさい地域である小国家群だが、オディーヌに行けば優れた魔術師に出会える可能性が高い事はわかってる。

仮に師となってくれる魔術師には巡り会えなかったとしても、魔術の為の都市を見て回るだけでも、僕の好奇心を満たしてくれるだろう。

知人のエルフであるアイレナには、ヴィレストリカ共和国のサウロテの町を出る前に、オディーヌを目指す旨を記した手紙を送ってる。

だからオディーヌで暫く過ごしていたら、何らかの形で連絡は届く。

尤も出した手紙が絶対に届く訳じゃないという辺りが、前世に生きた世界に比べて、この世界の困った所ではあるのだけれども。

まぁその時はその時だ。

オディーヌに辿り着いて以降もサッパリ音沙汰がなければ、もう一度こちらから手紙を送れば良い。

何にせよ、今の僕にできる事は目的地を目指して歩くのみ。

だって馬車は酔うからね。

結局、ヴィレストリカ共和国では試さなかったけれど、僕は船にも酔うんだろうか？

揺れ方が馬車とは全く別物だろうし、上手くすれば酔わずに乗れるかもしれない。

そうすると随分と旅をできる範囲も広がるから、……今度サウロテの町に行く機会があれば、ドリーゼに頼んで乗せて貰おう。


街道を北東にひたすら歩けば、吹く風も変わる。

潮風は遠くに置き去りになって、今は高い所を西風が吹く。

下から空を眺めると、悪戯を思い付いたかのように風の精霊が西風の中から地表近くまで降りて来て、びゅうと強い突風を吹かせて笑うのだ。

僕は風の精霊の悪戯に、長旅用の日除けの帽子が飛ばないように頭を押さえた。

吹き抜ける良い風に、僕は思わず笑みを浮かべる。

風を受ける翼でもあれば、さぞやよく飛べるだろうに。

そうすれば馬車酔いする僕であっても、素早くこの世界を移動できるのだけれども。

まぁ言っても仕方ない話である。

するとその考えを察したかのように、びゅうびゅうと風が背を押して吹く。

だから僕はトントンと、その背を押す風に乗るかのように、跳ねて前へと進む。

いやもちろん、そんな真似をしても鳥ではなく、単なるハイエルフに過ぎない僕は飛べたりしないが、風の精霊は楽しんでるみたいなので良しとしよう。

街道を黙々と歩いていると、後ろからガラガラと音を立てながら馬車がやって来る。

僕が街道を逸れて道を開ければ、御者は馬が歩む速度を少し緩めながら、

「よう、兄さん。乗ってくかい？」

親切にもそんな風に問う。

恐らくは町から町へと荷を運ぶ商人なのだろう。

馬車には固定された沢山の荷と、武装した男が二人乗っていた。

「大丈夫だよ。ありがとう。馬車はどうも苦手でね。のんびり歩いて旅してるんだ」

僕の言葉に御者、商人は納得したように頷いて、こちらに向かって片手を上げると、馬車は通り過ぎて行く。

馬車酔いが嫌で断りはしたが、それでも親切を向けられれば気分は良い。

僕が思わず馬車に向かって手を振れば、護衛だろう武装した男達が手を振り返してくれる。

中々に気の良い人達だった。

彼らの旅の安全を吹く風に祈り、僕は再び街道を歩く。

小国家群の最初の国は、もうそんなに遠くない。

小国家群の最南西の国、トラヴォイア公国は、ジャンペモンという都市と、その周辺の村々から成る都市国家だ。

トラヴォイア公国に限らず小国家群の国々は、気候は穏やかで土地も肥沃であり、大河とその支流から水を引いている為、然程水にも困らず食料の生産量が多い。

要するに恵まれた土地という奴だった。

逆に言えばこのように恵まれた土地だからこそ、小国家が乱立する余裕があったとも言えるだろう。

僕がジャンペモンの町に辿り着いたのは、空の色が朱く染まり始めた頃。

ジャンペモンの町の周囲には、主要な産物である麦の畑がどこまでもどこまでも、まるで果てがないかのように広がっている。

夕日に麦が照らされて金色に輝き、……まるでジャンペモンの町は金色の海に浮かぶ石船のようだった。

……なんて風に言うと詩的だろうか？

実はこの表現は、以前にこの辺りで活躍した詩人が、ジャンペモンの町を詠（うた）った詩のパク……、引用だった。

前の町の酒場で相席する事になった旅商人が、話のネタに教えてくれたのだ。

まぁ僕には見た目通りの麦畑と石造りの町にしか見えないのだけれど、こんな言い回しを一つか二つ知ってるだけで、少し心が豊かになったかのように錯覚する。

うん、誰も居ない場所で格好を付けていても仕方ないし、日が暮れる前にジャンペモンの町に入ってしまおう。

僕も深い森を出て、更にルードリア王国を出てからも幾つか国を跨（また）いで旅をして来たから、町に入る時の手続きにも随分と慣れた。

小国家群は他の地域から出入りする人に関しての警戒心は強いから、今回は目立つのも承知で、上級鍛冶師の免状を身分証として使う。

ルードリア王国を出てからは鍛冶場に出入りする機会もなかったから、多分鍛冶の腕も少し鈍ってる。

だからジャンペモンにあまり長居をする心算はないけれど、それでも一つか二つは、何か鍛冶仕事をこなしたい。

それに小国家群の町で仕事をした経歴があった方が、何もせずに先に進む旅人よりも、多少は衛兵の態度も柔らかい物になるだろうから。

さて、ジャンペモンの町に入った僕は、まずは何時も通りに宿を探す。

日は既に暮れていて、僕の腹もそろそろ限界だとばかりにぐぅぐぅと自己主張が激しくなってる。

それ故に僕は漂う夕食の匂いに抗えず、一階が食堂になってる近くの宿屋に、吸い込まれるように飛び込む。

この町には鍛冶仕事で一週間か二週間、或いはもう少し滞在する事になるだろうけれど、別に一度決めた宿を変えちゃいけない訳じゃない。

取り敢えずは一泊し、気に入ったならば延長を、そうでなければ借りる鍛冶場に近い宿を、改めて決めれば良いだけだ。

「はーい、おひとり様ね！　こんばんは、今日はお食事？　それともお泊まりですか？」

宿に入れば給仕をしていた、十になるかならないかといった年頃の少女が、僕に向かって問うた。

雇われた従業員にしては年若く、されど仕事の手つきは手慣れてる。

つまり彼女はこの宿に生まれ育った子供なのだろう。

「泊まりだけど、お腹も空いててね。だから両方お願いできる？」

僕がそう口にすれば、少女は嬉しそうな笑みを浮かべる。

子供からすれば客が一人増えた所で、手伝わなきゃならない仕事が増えるだけの筈だが、その笑みは本心から喜んでる風に見えた。

食堂もそれなりに混んでいて、今だって忙しいだろうに、どうやら彼女はとても良い子らしい。

「おかーさーん、泊まりのお客さんだよー！　あ、えっと、一人部屋が銅貨五十枚になります。お食事は夕食は銅貨十二枚で、朝は銅貨八枚です。よろしければ台帳にお名前をお願いします」

少女が懸命に働くその姿は、見てるだけでも微笑ましい。

宿代は少し安目だが、食事代はまぁ普通。

どちらかと言えば、食堂で儲けを出してるタイプの宿だろうか。

取り敢えず一泊と夕食を頼み、僕は台帳に名前を記入する。

「エイサーさん。エイサーさんですね。じゃあ、部屋にご案内しますから、お荷物を置いたら食事に下りて来て下さい。あっ、お湯と洗濯はそれぞれ銅貨五枚になります」

慌てたように付け加える少女に、僕は頷く。

湯は食後に貰うだろうし、この宿に泊まり続けるのなら洗濯も頼むだろう。

高級宿ではないけれど、この雰囲気は悪くない。

僕は少女に先導されて、二階への階段を上った。

するとチラチラと、彼女は時折僕を振り返っては盗み見る。

そこに僕が視線を合わせると、少女は驚き焦ったように手を振って、

「あ、あの、エイサーさんって、エルフ?の人ですよね?」

それから恐る恐る、そう尋ねた。

客を詮索するのは失礼だと、彼女も思ってはいたのだろう。

つい出てしまった質問に、少女はしまったとばかりに顔色を蒼褪めさせてる。

まぁでも僕はそんな事は気にしないから、

「そうそう、エルフだよ。見るの初めて?」

宥めるように彼女の頭に手を置き、撫でた。

森の外で活動するエルフは、ルードリア王国のように大きな国の首都でも数人しか出会わなかったし、小国、都市国家では見る事もないのだろう。

「あっ、えっと、一回だけ遠目に。でもお客さんで来てくれるエルフの人は初めてです。あ、一人部屋はここです。鍵はなくさないで下さいね」

照れてはにかみながら少女は言う。

僕が鍵を開けて部屋に入ると、彼女は一階へと仕事に戻った。

部屋は古めかしいとまでは言わないが、それなりに年季が入ってる。

ベッドの質も、値段相応といった所か。

だけど掃除は綺麗にされていて、窓際のチェストの上に置かれた花瓶には一輪の花が飾ってあって、この宿の心遣いを感じた。

鍵の作りもしっかりとしてたし、暫くはここに滞在しても良いかもしれない。

……夕食の味次第かな。

そう、この宿の売りが出される食事だったら、まだ決めるのは早計だ。

僕は部屋を軽くチェックした後、荷を置いて鍵を閉め、一階の食堂へと下りる。

ジャンペモンの町は麦の中に浮かぶ石船なんて詠われるだけあって、麦の生産が盛んだ。

まぁ土地が肥沃なのはジャンペモン、トラヴォイア公国のみならず小国家群の国は多くがそうなのだけれども、他の国は林檎(りんご)や葡萄(ぶどう)の産地として知られていたりと、栽培されている物にも特色がある。

もちろん麦は主となる食料だから、どこでも生産はされているけれども。

しかしそれはさておいて、麦の生産が盛んなトラヴォイア公国では、その食べ方も大いに研究されてるらしい。

空きっ腹を抱えて下りた一階の食堂で出された夕食は、ホワイトソースを絡めて食べる大盛りのパスタ。

削いだベーコンが散らされていて、食べ応えも中々だ。

それから皿に残ったソースを付けて綺麗にする為の小さなパンに、ワイン。

本当に小麦だらけで笑ってしまうが、味は決して悪くないどころか、素直に美味しい。

食べてる時はするすると胃に収まるが、その後はずっしりと腹の中で存在を主張し、満足感を与えてくれる。

食事の余韻に浸りながらワインを楽しんでいると、

「空いたお皿下げますね。エイサーさん、美味しかった?」

宿の少女が綺麗に空になった皿を見て、笑みを浮かべながら問う。

僕は頷き、身体を洗う湯も欲しいと、食事代と一緒に湯の料金も出して、彼女に頼む。

湯は重いし少女に運ばせるのは気の毒だから、一階に来たついでに持って上がりたい。

食事にも十分満足したし、この町で滞在する宿は、もうここで良いだろう。


翌日、ジャンペモンにあるトラヴォイア公国の鍛冶師組合を訪れた僕は、少し戸惑われながらも丁重な扱いを受けた。

ただでさえエルフが珍しいであろう都市国家に、エルフの鍛冶師なんてものが現れたなら、その戸惑いもやむなしだ。

鍛冶場は組合が保有する設備を借りられる事になり、早速だが仕事も引き受ける。

尤も幾ら上級鍛冶師の免状を持っているとはいえ、突然現れた流れ者にあまり重要度の高い仕事は回されない。

その手の仕事を任されるに必要な物は、その町で培った信用なのだ。

という訳で引き受けたのは、町の衛兵隊が使う槍の穂先を、一週間後の期日までに見本通りの形に十本以上作る仕事。

素材は鉄。

余分に作った穂先も、鍛冶師組合が責任を持って報酬を支払ってくれるらしい。

設備の利用料、燃料代、材料費は鍛冶師組合持ちで、報酬は穂先一本に付き、銀貨一枚。

まぁ報酬は多少安めだが、流れ者の鍛冶師に任せられる仕事としては、そんな物かとも思う。

ドワーフの名工に学んだ上級鍛冶師という肩書が物を言った、ルードリア王国での鍛冶とは違うのだから。

課されたノルマは一日二本弱だが、買い取りに上限がないなら遠慮は要らない。

ノルマ通りに打てば一週間に銀貨十枚の仕事で、滞在費を差し引けば大した金額は手元に残らないが、ノルマの二倍、三倍の数を作れば話は全く別物になる。

見た所、見本として渡された穂先の出来はあまり良くないし、もう少しマシな代物を、できる限り多く作るとしよう。

折角の久しぶりの鍛冶なのだから、張り切って、尚且つ楽しんで、僕は仕事に取り掛かった。

炉が発する熱と、流れる汗が心地好く、槌を一振りするごとに自分の集中力が増していく。

また僕自身の腕も思った程には鈍っておらず、炉の中に棲む火の精霊が、パチパチと火の粉を散らして僕を応援してくれる。

でも火の粉に当たると流石に熱いから、それはちょっと要らないかな……。

そして夕方までに、磨きと仕上げ以外の工程を終わらせた穂先は五本。

仕上げは明日で、それから納品だ。

明日は今日の分の穂先を磨いて仕上げる作業もあるから、……新しい穂先を作るのは四本くらいが精々か。

今の作業にもう少し慣れれば、作る数も増やせるだろう。

今日の作業を、途中から鍛冶師組合の職員達が、入れ代わり立ち代わり見学に来てた。

物珍しさもあったのかもしれないが、彼らの口から出たのは、純粋に僕の技術を称賛する声。

いやはや、他人に褒められるというのは、照れ臭いけれど嬉しい物だ。

だけどこうして鍛冶に没頭していると、ふとアズヴァルドの、僕のクソドワーフ師匠の罵声を懐かしく思う。

ハイエルフの長い時間感覚からすれば、彼との別れはそんなに前の事じゃないのに。

感傷に浸りながら、宿への帰路に就く僕を、鍛冶師組合の職員達が見送ってくれる。

今日は作業に夢中であまり話ができなかったが、慣れて作業速度が上がったら、もう少し彼らとも交流してみよう。

今の宿の食事には満足しているけれども、地元の人間だから知ってる類のお薦めの店にも食べに行きたいのだ。

その時は、彼らも一緒に食べに行ってくれると、嬉しいのだけれども。

しかしそれはさておき、今晩の宿の夕食は何だろうか？

ホワイトシチューだったりすると、僕的にはとても嬉しい。

吹く風が、まだ熱の残る身体には心地好く、疲労感はあるけれど、僕の足取りは軽かった。

そう、満足感のある一日という奴だ。

恐らく今晩は、きっとよく眠れるだろう。

元アズェッダ帝国の、現小国家群のあるこの地は、肥沃だ。

ジャンペモンの町の周辺は麦が盛んに栽培され、周辺の都市国家では果樹やら何やらが育てられていた。

そのほかにも宿の食事でホワイトソースが使われていた事からもわかるけれど、牧畜も行われている筈。

さて、すると何が起きるのかと言えば、普通の食事以外にも菓子類が食べられるようになる。

小麦にミルクにバター、果実と並べれば、いかにもお菓子が作れそうに思えるだろう。

尤も蜂蜜や砂糖は、ない訳ではないけれど、貴重品で値も張るので使いはしても少量だ。

その分、甘味を強める為に果実をドライフルーツとして加工し、菓子の甘味に利用している。

そう言えば麦で甘味と言えば、麦芽から確か水飴が作れるんだっけ?

前世の記憶にそんな物があるけれど、……はっきりとしたやり方なんてわからないから、別に良いか。

という訳で今日の僕は、菓子の食べ歩き中だった。

案内人は宿の少女である、ノンナ。

丁度仕事の手が空いていた彼女を菓子で誘惑すれば、ノンナはまんまと付いて来た。

十歳の少女を菓子で誘惑なんて、前世に生きた世界であれば、間違いなく事案である。

しかしこのジャンペモンに来て一週間しか経たない僕は、町に不案内なので仕方ない。

六日働き、一日休む。

ルードリア王国の、ヴィストコートの町に居た時の習慣だった。

一日の労働時間も、翌日に疲れを残さない程度に。

しっかり食べて、よく休む。

何だったら少しは昼寝もする。

全力で集中できるのは、僕の場合は一日に五時間か六時間が限度だから、その時間に自身の性能をフルに出すべくコンディションは最良に保つべきだ。

納品した槍の穂先は、六日間で三十二本。

鍛冶師組合の職員達もまさか三十を超えるとは思ってなかったらしく、七日目は休むと告げたら安堵の表情を浮かべてた。

穂先だけだと全体のバランスがわからないから、できれば槍なら全てを任せて欲しかったのだけれど、与えられた仕事に文句を言っても仕方ない。

明日には、また別の仕事を用意してくれてるだろう。


「ん～！　ん～！　おいしいー！」

満面の笑みを浮かべてノンナは、ホイップクリームが塗られ、ドライフルーツが載せられたケーキを頬張る。

そう、少し驚いたのだけれど、ジャンペモンの町で作られた菓子には、ホイップクリームが塗られてる物があった。

尤も甘いホイップクリームを作るには、甘味や香料を添加しなければならない為、多くの砂糖と果実の汁を使う。

つまり値段が物凄く高い。

今、ノンナが食べてるケーキも、銀貨で支払いをする代物だ。

彼女も初めて食べるらしく、凄く喜んでるというか、凄くはしゃいでる。

まぁ確かに、うん、美味しい。

久しぶりの強い甘みに茶が欲しくなるが、残念ながらそちらに関しての文化はまだ広まっていない様子。

僕は手を伸ばして、ノンナの鼻の頭に付いたクリームを拭う。

すると彼女は恥ずかしそうに、だけど惜し気に僕の手に付いたクリームを見つめるが、それを舐めるのは流石にはしたないと思うので、うん、諦めようか。

さっとクリームが付いた手を僕が布で拭くと、ノンナはようやく我に返って、誤魔化すようにケーキを口に運ぶ。

そしてまた満面の笑みを浮かべて、

「おいしい〜!!」

と声を上げる。

実に面白い生き物だ。

多分ノンナの頭の中には、一瞬前の出来事はもう残ってないらしい。

本当に幸せそうなその笑みには、僕も思わずつられてしまう。

ヴィレストリカ共和国の、サウロテの町でも思ったけれど、食が豊かであるのは良い事である。

何も感じずに毎日毎日同じ物を口に運ぶより、食事内容に一喜一憂しながら食べた方が、心は間違いなく豊かになった。

そう、例えばあの、黄金の麦の海に浮かぶ石船って詩を知ると、ほんの少し心が豊かになるように。

恐らくはそれを、人は文化と呼ぶのだろう。

但しもちろんその豊かさは、全ての人が享受してる訳じゃない。


「ねぇ、聞いた?」

ふと、通りの向こうの買い物客の話し声を、僕の長い耳は捉えた。

僕がその声を気にしたのは、そこに不安の感情が混じっていたから。

「北の、北ザイール王国の国境砦を、ダロッテ軍が攻めたらしいのよ」

北ザイールとは、小国家群の最北の国で、二つの都市を保有してる。

ちなみに昔は南ザイールもあったのだけれど、北ザイールに吸収されて消えてしまったらしい。

小国家群中から腕自慢やら傭兵やらが集まる武辺者の国でもあり、アズェッダの北壁とも呼ばれてるんだとか。

対してダロッテとは、元は東の地から流れて来た遊牧民が、その地にあった王国を滅ぼして作った国で、強力な騎馬隊を抱えてた。

遊牧民の末裔が支配層、滅びた王国の民の末裔は被支配層として、身分の差がとても大きい。

またダロッテは、戦いと略奪を好む、好戦的な国だそうだ。

この世界には魔物が存在するのだから、戦いたいならそちらに牙を向ければ良いのに、難儀な連中だと思う。

「アズェッダ同盟の招集が、掛かるかもしれないわね」

その話は、そんな言葉で締め括られた。

それは一応は、まだ真偽のわからぬ噂話。

けれども一般の買い物客が噂を口にする時点で、この話は広く北から流れて来ているのだろう。

話の内容の全てが正しくなかったとしても、何らかの根と葉が確実に存在する。

ふと気付けば、物思いに耽っていた僕を、ノンナが心配そうに見つめてた。

「エイサーさん、どうかしたの？」

そう問う彼女に、僕は残っていたケーキを半分に切って、ノンナの皿に載せて誤魔化す。

まだ十歳でしかない少女に、戦争の話なんて聞かせて、不安がらせる必要はどこにもない。

喜びに目を輝かせるノンナは簡単に誤魔化されてくれたけれども、……詳しい話は、明日にでも鍛冶師組合で聞いてみるとしよう。

次の日、鍛冶師組合にやって来た僕に頼まれた仕事は、剣を一本、コストは度外視で全力で打って欲しいという物だった。

何でもそれを見本に、町の鍛冶師達の技術向上を図るそうだ。

どうやらそれだけ、僕の腕はトラヴォイア公国の鍛冶師組合に認められたらしい。

実に光栄な事だけれど、同時にプレッシャーも掛かる話である。

昨日聞いた噂話、戦争の件を聞いてみると、小国家群の北部がダロッテから攻められているのは事実だそうだ。

但し状況はまだ小競り合いで、小国家群の北部の国々は北ザイール王国に援軍を出すだろうが、アズェッダ同盟の招集が行われるかどうかはまだ不明なんだとか。

何れにしても、そちらに関して僕にできる事はなさそうだった。

恐らく軍の装備に関しては専門に関わる鍛冶師が既に居るだろうし、軍に付き添い、消耗した武器防具を補修する従軍の鍛冶師も必要とされるだろうが、流石に流れ者である僕が頼まれる仕事じゃない。

まぁ僕としても積極的に戦争に関与したかった訳じゃないのだけれど……、近くで大きな事件が起きているのに、自分は離れた場所で無関係というのも、そう、何となく気持ちが落ち着かなかった。

好奇心は何時か猫だけじゃなくてハイエルフをも殺すだろうが、なんというか困った事に、僕はそういう性分なのだ。

しかし当たり前の話だが、幾ら落ち着かなくとも、今の僕にはそこに関わる義理も理由も筋合いもない。

大きな仕事を任されたのだから、まずはそれに心を傾け、専念する必要がある。

ちなみに剣であればどんな物でも良いらしいので、最も理解し、作り慣れてる、ヨソギ流で使われるタイプの剣を打とうと思う。

要するに、切り裂く片刃の直刀だ。

僕はこの大きな仕事をこなす心の準備をする為に、鍛冶師組合の建物の屋上を借りる。

ヨソギ流で使うタイプの剣を打つ準備とは、即ちヨソギ流の剣を振るう事。

振るう技は、左右の袈裟斬り（けさぎり）、左右の逆袈裟、左右の胴薙ぎ、振り下ろし、切り上げで、最後に突きを加えれば九つ。

その全ての動きに、向いた形、バランス、重心があるだろう。

わかり易くたとえれば、それはヨソギ流ではないけれど、巨大な剣はその重量故に振り下ろしで威力を発揮するが、同じく重量故に切り上げには向かないといった具合に。

しかし実際に手に持つ剣は一本で、ヨソギ流を振るうなら、それは全ての動作に適した剣でなければならない。

これが中々に難しいのだ。

理想とする剣の姿、形や重さ、バランスを探し求めて、僕はひたすらに剣を振るう。

けれども、当然そんな物は見つからない。

心の中にある曖昧な姿は、まるで御簾(みす)の向こうの貴婦人のように、勿体ぶって浮かぶのに、手を伸ばせばするすると遠ざかって行く。

だけどそれを探し続ける間に、僕の心の中には炉のように熱が満ち、今の心の中に浮かぶ姿を一部でも、形にせねば居られなくなる。

それがヨソギ流で使う剣を打つ時の、僕の精神集中だ。

鍛冶師組合の職員達は、そんな僕を理解し難いといった目で見てるけれども、欠片も気にはならなかった。

今の僕を理解できるのは、アズヴァルドかカエハ、僕の二人の師しか居ないだろう。

そして僕はその二人が理解してくれれば、それで十分に、或いは過分に幸せなのだ。

他の人々は、僕ではなく結果だけを見てくれれば良い。

誰の目にもわかり易く、完成品を形にするから。


それから僕は三週間、正確には間に休みを三日入れたから十八日間を、剣の製作に費やす。

一日のエネルギーは全てハンマーを通して鋼に注いだから、最初の頃は宿に帰る度にノンナに心配される始末である。

　まぁ流石に、彼女も僕が仕事に精力を注いでる事は理解してくれて、宿では色々と気遣ってくれた。

　汗を流す湯も一生懸命に部屋まで運んでくれたし、食事も母親に叱られない程度に少し多めによそってくれたり。

　一つ一つは些細な事だが、そうして気遣ってくれる少女の姿は、僕にやる気を与えてくれたから。

　僕は今日、完成した鋼の直刀を九度振って、満足してそれを納品する。

　鍛冶師組合の職員達は口々にその出来を褒め称えてくれたけれども、今はあまりその称賛も耳には入って来なかった。

　そう、完全に燃え尽きたって奴だ。

　気持ち的にはもう三日くらいは何もしたくないし、多分本当に三日は宿の部屋に籠って何もしないと思う。

　疲労感と満足感が混じり合って心地好く、今はそれに浸りたい。

　報酬は入念な評価後に支払われるらしいが、今はもうそれすらどうでも良かった。

　多分元気になったなら、改めて評価を喜ぶだろうし、金も有り難く思うだろう。

　報酬が入ったら、またノンナを連れてケーキを食べに行こう。

　ホイップクリームの甘味を、脳が欲してる気もするし。

　何よりも今回は、彼女に随分と世話になった。

　甘味くらいは御馳走しても、きっと罰は当たらない。

……あぁ、あぁ、でもあの鋼の直刀をアズヴァルド、僕のクソドワーフ師匠に見て貰えず、カエハに振って貰えないのは、なんだか少し寂しいなぁと、そう思った。

何枚の大金貨の報酬よりも、それはとても魅力的な事なのに。

満足の行く仕事はできたし、報酬も大金貨が十枚と破格だったが、少しジャンペモンの町には長居をし過ぎた。

だから僕は、大仕事を終えて三日は殆ど寝て過ごし、それから四日を宿の少女、ノンナと遊んだり、町の観光に費やしたりしてて気力を回復した後、旅立ちを決める。

大分と時間を使い過ぎてしまった為、あまり時間に余裕がない。

これ以上のんびりし過ぎると、知人のエルフであるアイレナとの連絡が行き違いかねなかった。

その場合、心配したアイレナがどんな行動に出るかは、あまり考えたくない事だ。

魔術の国であるオディーヌに辿り着くには、もう幾つか都市を経由しなければならない。

のんびりと滞在まではしないにしても、町を何も見ずに急ぎ足で駆け抜けるというのは、あまりに勿体なく思う。

故にジャンペモンの町で使える時間は、もう全て使い切ってしまった。

旅立ちを告げた時、ノンナは少し寂しそうだったが、彼女も宿の娘だから、出会いと別れには慣れている。

　これが必ずしも今生の別れでない事は理解して、

「またね！」

　と笑顔で言ってくれた。

　そんな風に言われたら、次もこの町に立ち寄って、この宿に泊まりたくなってしまうから、ノンナも中々に商売上手だ。

　そうして僕はジャンペモンの町を後にして、トラヴォイア公国領を抜けて北東へ、魔術の国であるオディーヌを目指して、街道を歩く。

　この世界を旅する上で厄介な所は、道の先の情報を得る手段が、誰かに話を聞くしかない所だった。

　地図という概念や、地図の現物がない訳じゃないのだが、その手の物は国が厳重に管理してる事が殆どだろう。

　少なくとも僕のような流れ者には、そう簡単には手に入れられない。

　もちろん長く暮らした場所ならば、例えば僕の場合はルードリア王国ならば、十年以上を暮らしたから、その周辺国くらいまでなら国土の形や大きさも予想はできる。

　だからこそルードリア王国からヴィレストリカ共和国に向かった時は、森歩きをしてパウロギアを強引に通り抜けた。

　しかし同じ真似を小国家群でしようとしたなら、僕は間違いなく迷うと思う。

山や森を避けて迂回する街道は、時に冗長に感じてしまうが、結局は素直に道に沿って歩くのが、恐らく一番早いのだ。

さてこの北東に向かう街道の先には、アルデノ王国というやはり一都市のみを保有する小国があった。

保有する都市の名前もアルデノで、覚え易くて好感が持てる。

更にアルデノから街道を北に向かえば、大きな湖を有する国、水瓶の国とも呼ばれるツィアー共和国の都市、フォッカに辿り着く。

フォッカから船に乗って湖上を北に進めば、対岸にはやはりツィアー共和国の都市であるルゥロンテ。

ちなみに湖の名前もツィアー湖で、ツィアー共和国はこの湖と共に生きて行くとの誓いを立てて、その名を国名にしたのだとか。

そしてルゥロンテから北東の街道を行けば、僕が目指すオディーヌがある。

町の名前、国の名前を並べるとややこしいが、距離的に言えば然程は遠くはない。

僕は歩きだから多少の時間は掛かるけれども、都市から都市への距離は、歩いても精々が二、三日といった所だ。

もちろん馬車を使えば、その日のうちに都市から都市への移動も可能だろう。

まぁ、うん。

酔うから絶対にお断りだが。

途中で野宿をしながらも街道を歩き続けて、アルデノ王国の都市であるアルデノも間近となったであろう頃、立ち並ぶリンゴの果樹が見えて来た。

そう、アルデノ王国は、果実の生産が盛んな国だ。

果樹の間を幾人もの農家が歩き回って、収穫をしたり、木々の世話をしている。

僕の好奇の視線に気付いたのだろうか。

街道から程近い果樹の一本が、リンゴは必要かと問うて来た。

歩き続けて喉も渇いてるから、実に有り難い申し出だけれど……、僕は笑って首を横に振る。

その果樹にとっては、リンゴの一つも自分の一部って認識で、それは間違いなく正しいのだけれど、世話をする農家からすれば話は別だ。

僕が果樹の許可を取ってリンゴを得たとしても、彼らからすれば泥棒にしか見えないだろう。

この辺りはどうしても、人間とハイエルフには埋められぬ感覚の差があった。

当然ながら、植物と人間の間にも。

しかしそれでも、ここに生える大量の果樹は、人の手で世話を受けながら、のんびりと生きている。

その光景を見ていると、僕はなんだか嬉しくて楽しい。

だがその時だった。

果樹の木が立ち並ぶずっと向こう側で、ドォンという大きな音と悲鳴が、風に乗って聞こえて来たのは。

見ればそこでは、圧し折られて薙ぎ倒されたリンゴの果樹と、そこに頭を突っ込んで実を貪り食う巨大な猪の姿。

森の木々に比べるとリンゴの果樹は少し細めな印象はあったが、それでも相手が普通の猪ならば、たった一度の体当たりで圧し折られてしまう程には柔ではない。

だから今、果樹を圧し折り実を喰らうのは、

「グ、グリードボアだぁっ。誰かっ、町から冒険者を呼んで来い!!」

そう、その叫び声の通りにグリードボア。

つまりは並の猪とは比べ物にならない膂力と巨体を誇る魔物の一種である。

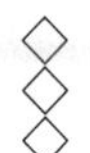

魔物とは、獣が魔力と呼ばれる力の影響によって変化したものや、或いはその末裔だ。

大抵は元となった獣より大きくて力も強いが、別に邪悪な存在という訳じゃない。

魔力自体も、自然の中に存在する力の一種だった。

謂わば魔物は、魔力を取り込んだ獣が進化した姿ともいえるだろう。

だが邪悪ではないとは言ったけれど、多くの魔物は狂暴である。

何故なら彼らは強いから。

並の生物では自分には勝てないとの自負が、魔物を傲慢で好戦的にさせていた。

故に人は自分達の生活を守る為、そんな魔物を倒して数を減らしてくれる、戦いに長けた冒険者を必要とする。

……のだけれど、どうやら今回はその冒険者も間に合いそうにない。

さっさと逃げれば良かったのに、果樹が心配でその場を離れられなかった農家達を、グリードボアは疎ましく思ったのだろう。

食事を一時中断し、怒りの目を彼らに向けて、ガツガツと地を蹴り威嚇を始めてる。

そのままグリードボアが襲い掛かれば、その結末は惨劇だ。

僕は止むを得ず地に荷を置いて、弓を取り出し矢を番えて構えた。

別にあのグリードボアに何らかの罪があるという訳じゃない。

森から迷い出て、好奇心の赴くままに移動したら、そこに偶然にも豊富な餌が、果樹の並木があっただけ。

人の世界を知らぬし理解せぬ獣や魔物に、目の前の餌を喰らうなと言う方が無理である。

だがそれでも、あのグリードボアは狩らなければならない。

仮に旅の最中に、僕を襲おうと近寄ってきた魔物なら、誤魔化しやり過ごして遠ざける手もあるだろう。

実際、僕は旅の途中に魔物の気配を感じたら、なるべく隠れてやり過ごすようにしているし。

けれども農家を狙う以上、止める手立ては狩るしかなかった。

ヒョウと音を立てて、矢は放たれる。

僕の放った矢は狙い違わず、グリードボアの左前脚を真横から射貫く。

角度次第では鉄の矢ですら弾かれる厚く固い魔物の皮。

だけど先程放った矢の鏃は、同じく魔物であるグランウルフの牙を削って作った特別製だ。

射手の腕次第では、魔物の骨すら貫くだろう。

突然の痛みと動かなくなった左の前脚に、グリードボアの突進は転んで止まった。

その目は自らを傷付けた憎い相手、つまりは僕を捉えて怒りに燃える。

しかし僕を見てしまった以上、彼の起こした騒動も幕だ。

もう一本、僕が構えて放った矢は、やはり狙い違わずグリードボアの眉間を、そしてその奥にある頭蓋も貫き、脳へと届く。

幾ら生命力が高いグリードボアであっても、脳が壊されれば命はない。

身体を動かす命令が出せなくなるから、呼吸も心臓も止まる。

魔物の中には複数の脳を……、あぁ、いや、魔物だけじゃなくて他の生き物でも、複数の脳を持つ種は存在するらしいから油断は禁物だが、倒れた姿を見る限りグリードボアの息の根は完全に止まった。

ちなみに魔物以外で脳が複数存在する生き物は、この間も食べたタコ、この世界では八足と呼ばれたアレがそうだ。

何でも一本の足に一つの脳を持つって話があるんだとか。

まぁさておき、ここから先は時間との勝負だ。

今回、僕はグリードボアを殺した。

だが人を救う為だったとはいえ、殺して終わりではグリードボアの死は無益な物となってしまう。

それ故に僕は、グリードボアの皮を剝ぎ、その肉を喰らって消化し、自らの血肉とする責任がある。

……という名目で食べたいというのもあるけれど、とにかく食べなきゃならない。

剝いだ皮だって、鞣(なめ)してマントやブーツに加工しよう。

それは僕の性分であり、流儀だった。

狩った獲物は、食べられるなら食べる。

食べられなくとも皮や牙等、使える素材を剝ぎ取って、何らかの形で役立てる。

その殺しを無益な物には、あまりしたくないから。

グリードボアの解体は少しでも急がなきゃならないのだ。

尤も本当ならば、無駄な事など何一つ世界にはないのだろう。

生き物も死ねば、魂は輪廻に還り、軀は食われずともやがては土と化す。

人も獣も魔物も変わりなく、世界から見ればその生き死にも意味はなく、されど無駄な存在は何一つない。

……なんて風に、精霊のように考えたなら、僕の性分や流儀は単なる感傷に過ぎないのだけれど。

僕はやっぱり変わり者だから、そこまで割り切るのは好きじゃなかった。

深い森のハイエルフ達なら、人間の命も魔物の命も変わらないのだから、無闇に関わる意味はないとでも言うだろうか。


「お、おぉぉ！　すまない、アンタ、助かった！」

グリードボアに威嚇されてた農家が、ようやく状況を把握したのか、僕に向かって礼を言いながら駆け寄って来る。

弓を仕舞い、荷物を担ぎ、僕はグリードボアへと向かう。

「無事で何より。えっと、不躾で申し訳ないんだけれど、狩った獲物を解体して肉を冷やしたいから、水場にあんな……い、と一緒に、運ぶのを手伝ってくれると助かるんだけど」

僕も彼の無事を喜び、そのついでにと言うには少し図々しいが、一つ頼み事をした。

だって一人で運ぶの無理そうだし。

幾らグリードボアが荒らしたとはいえ、ここは果樹園の中だ。

丹精込めて世話をしている木々の傍で解体して血が流れれば、農家達も決して良い気はしないだろうから。

「おう、わかった。台車を持って来るから、少しだけ待ってくれ。あんな大物だもんな。確かに急いで解体した方が良い」

だから僕の頼みに農家も同意し、それどころか台車まで貸してくれるらしい。

台車の礼は、どうせ一人じゃ食べ切れないし、グリードボアの肉を農家達に分けよう。

僕は硬い魔物の皮を裂く為に、鎌と同じくグランウルフの牙から削り出した、大振りのナイフを抜く。

今晩のメニューはグリードボアのステーキだろうか。

折角の猪肉は鍋にして食べたいとも思うのだけれど、少なくともこの辺りには味噌がない。

山の宿、温泉、山菜と猪肉の鍋料理……、ふと思いついてしまった贅沢な欲求を満たせる場所は、この世界にはあるのだろうか？

世界は広く、ハイエルフの寿命は長いから、あるなら探しに行ってみたいと、そう思う。

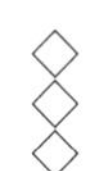

「さぁ、エイサーさん、たっぷり食ってくれ。アンタは命の恩人だ！」

夜、僕は昼間に助けた農家の一人、アジルテの家に招待されて、彼の妻の手料理を振る舞われていた。

メニューは非常に豪勢で、まず目を引くのが大皿に盛られた、グリードボアのスペアリブにたっぷりのリンゴソースを掛けた物。

リンゴは肉を柔らかくした上に、臭みも抑える効果がある。

何よりもちろん味が良い。

他にもリンゴのパイに、グリードボアの挽肉のミートパイに、ちょっと驚きのリンゴのスープ。

更には甘味が強めのシードルと、そう、本当に豪勢な饗しであった。

アジルテに家に招待された切っ掛けは、農家達が出そうとしたグリードボアの討伐報酬を、僕が断った事。

だって僕は冒険者じゃないし、金の為にグリードボアを殺した訳でもない。

目の前で人が魔物に殺されそうで、僕に何とかできるなら、相手が金持ちであっても貧乏人であっても、取り敢えずは助けるだろう。

あぁ、明らかに助けるべきでない相手、僕やその周辺に不利益をもたらしそうな相手なら、見捨てるかもしれないけれども。

尤も僕は、冒険者が人助けをして報酬を得る事に関しては否定しないし、むしろ良い事だと思う。

ただ単に今は僕が冒険者じゃなくて、グリードボアを狩ったのは金の為じゃないと言いたいだけだった。

僕は魔物退治のプロではなく、偶然に通りがかった狩人が獲物を仕留めただけ。

しかし農家達は、特にその纏め役らしいアジルテは、それでは気が済まないと言って退かずに、せめてアルデノの町に滞在する間は自分に饗させてくれと、家に招待してくれたのだ。

山の宿でも鍋料理でもなかったけれど、アジルテの饗しは温かく、料理もまた素晴らしい。

グリードボアのスペアリブは旨味が非常に強いけれど、されどリンゴのソースのお陰でくどさを殆ど感じなかった。

いやまぁ、そりゃあ多少の癖はあるけれど、むしろ好みの範疇だ。

リンゴはアプアの実に近い味で、エルフが好む果実の一つとされていた。

だけどそれがこうして料理されたなら、それは確かにリンゴであるのに、全く違った魅力を見せる。

粗野にならない程度にガツガツと、僕は夢中で料理を腹に詰めていく。

旅に出てから、美味い物を食べる機会が凄く増えて、凄く幸せだ。

「ははは、妻の料理が口に合うみたいで何よりだよ。エルフの人の好みはわからなかったからなぁ」

明るいアジルテの言葉に、彼の妻も笑った。

と言っても僕は大体の物は食べるから、偏食なエルフやハイエルフの嗜好を探る上では、多分何の参考にもならないと思う。

ただこれ等のリンゴ料理は、多くのエルフは喜ぶだろう。

豪勢な饗しや、家の広さ、更には内装等から察するに、アジルテはそれなりに裕福な様子。

どうやら果樹栽培はよく儲かるらしい。

つまりそれは、果樹栽培が主産業であるアルデノの町、或いはアルデノ王国そのものが豊かである事を意味してる。

もちろんそれは、『国の規模の割には』との言葉は付くけれども。

翌日、僕はアジルテに礼を言い、彼の家を、そしてアルデノの町を後にする。

もっと滞在していって欲しいと何度も引き止められはした。……妙な話になるかもしれないけれど、こういうのは引き止められてる間に出て行った方がスマートだ。

衣食住の食と住を、他人にべったりと依存する生活は、そう何度も経験する物ではないと思うし、依存し過ぎると癖になると身を以て知ってるから。

それに何より、今はこの背負っているグリードボアの皮を加工したい。

アジルテの話によると、このアルデノと次に向かうツィアー共和国の都市であるフォッカの間には、パルノールという名の村があるそうだ。

その村の所属はアルデノ王国ではなく、ツィアー共和国。

パルノールは、ツィアー共和国の名前の由来であるツィアー湖から流れ出た川の畔にあるという。

そしてパルノールの村では、その川の豊かな水量を利用して、布の染色や皮なめしが行われているのだとか。

皮をなめす工程の一つに、川の流れに皮を晒す、川漬けを行うやり方があるというのは、どこでだったか聞いた事があった。

多分、ルードリア王国で鍛冶仕事をしていた時だろう。

なめしを終えて革となった物に関しては、実は僕も何度も扱っている。

例えば剣の握りに巻いたり、盾に張り付けたり、金属鎧の内側に張ったり、縫って革鎧を拵えたりと。

故にグリードボアの皮も、なめしさえ終われば後は時間がある時に利用法を考えれば良い。

大きく硬い魔物の皮だから、使い道は幾らでもあるだろう。


アルデノの町からパルノールの村までは、徒歩で一日。

パルノールの村からフォッカの町までは、やはり同じく徒歩で一日。

僕はパルノールの村でグリードボアの皮のなめしを依頼して、一泊だけしてフォッカに向かった。

本当は皮をなめす工程にも興味はあったが、大きな町でなら兎も角、小さな村では代々伝える技術の漏洩には敏感だ。

大物の皮を預けて仕事をして貰うのだから、パルノールの村人を僕が煩わせる訳にもいかないだろう。

それに本当に学びたければ、もっと大きな町の革工房に、ちゃんと弟子入りすれば良い。

人の世界に出て来て十数年も経てば、流石にその程度の気遣いくらいは、できるようにもなる。

まぁ後は、そう、時間の都合だった。

皮を丁寧になめすには、長ければ数ヵ月の時間を要する事もある。

そんなに長い間は流石の僕も、……旅の最中でなければ待てるけれども、今はちょっと待てないので、魔術の国であるオディーヌに向かう事を優先せざるを得なかった。

オディーヌでの滞在場所を決め、数ヵ月を過ごした後に再びこのパルノール村にやって来るか、或いは商人に頼んだり、冒険者を雇って革を受け取って来て貰うより他にない。

だから少し名残惜しいけれども、革となった姿での再会を楽しみに、僕はグリードボアの皮をパルノールの村に預けて旅を続ける。

「うっわー、凄いな。これでも海じゃないんだよね」

内陸なのに水平線があるその光景に感動し、僕は湖に手を突っ込んで顔を洗う。

やはりその水に塩っ気はなくて、ここはやっぱり海じゃなく、淡水の湖なのだと実感させてくれた。

ツィアー共和国の主産業は、その名の由来であるツィアー湖とそこに流れ込み、或いは流れ出る川を使った水運だ。

小国家群のどこにでも……、という訳では流石にないが、小国家群内の流通でツィアー共和国が担う役割は大きい。

トラヴォイア公国の麦も、アルデノ王国の果実も、近くの河川から船でツィアー共和国に運ばれて、小国家群内の各地に散って行く。

つまりツィアー共和国の特徴は、中継地点として商業が盛んな事である。

パルノールの村から川沿いに歩けば大きな湖、ツィアー湖にぶつかり、そこから湖沿いの街道を二時間程歩けば、フォッカの町へと辿り着く。

町に入る身分証は、例によって上級鍛冶師の免状と、トラヴォイア公国の鍛冶師組合がくれた納品履歴と評価が記された書類。

上級鍛冶師の免状だけなら、鍛冶の腕が良い余所者扱いだけれども、納品履歴を記した書類があれば、小国家群の役に立つであろう余所者という扱いになる。

要するに、信用が増すのだ。

尤もどんな仕事にでもその書類が出るという訳じゃないので、言うなればトラヴォイア公国の鍛冶師組合からの、感謝状のような物であった。

小国家群の中ではという条件付きだが、身分の証明として大きな効力を発揮してくれるだろう。

フォッカの町へ入る為に必要となった料金は僅かな額で銅貨が十枚。

しかもここから船に乗ってルゥロンテへと移動すれば、向こうでは町に入る為の税は必要ないんだとか。

でもフォッカの酒場で食事を取った時に相席した旅人は、どうせその分は船を使った湖の渡し賃に上乗せされてるんだと、ブツブツ文句を言っていた。

実際の所はわからないけれど、まぁ決してありえない話ではない。

ただ僕は、商業を活性化させる為に敢えて町の出入りの税、つまり関税は安くしてるんだろうとも思う。

関税を安くして人と物の流れを大きくし、町に落ちる金を増やして、結果的に税収も増やす。

水運を主産業とする国なら、選びそうな方針じゃないだろうか。

何にしても、僕はフォッカに長く留まる気はない。

これまでは河川を行く船も、船酔いを恐れて避けて来たけれど、……流石にツィアー湖は迂回して進むには広すぎた。

フォッカからルゥロンテまでは、朝に船を出せば夕方には辿り着く。

しかし日が沈むと湖に棲む魔物に抗う術がなくなる為、朝にしかフォッカからルゥロンテに向かう船は出ない。

船を使った湖の渡し賃は銀貨で三枚と、確かに高かった。

酒場で相席になった旅人が、愚痴を言うのもわかる値段だ。

しかし船には速度を確保する為の漕ぎ手や、武装した護衛も乗り込むから、仕方のない値段なのだろう。

たとえ値段が安くても、船が遅くて護衛が居なければ、魔物に襲われ湖に落ちる可能性だってあるし、そうなったら元も子もない。

むしろどうしても金を節約したいなら、ツィアー湖は迂回して進むという手も、非常に面倒臭いが存在はするから。


一度乗ると決めたなら、後は度胸あるのみだ。

渡し賃を支払って船に乗り込めば、中央に用意された席の一つに案内される。

船の縁は湖の魔物に襲われる危険性があるから、乗客はこうして中央に集めて守るらしい。

水にぷかぷかと浮かぶ船は出港前から既に少し揺れているけれど、別に気持ち悪くはならなかった。

そして船が出る時間になると、ドン、ドンと一定のリズムで船尾で太鼓が鳴らされる。

漕ぎ手達は一斉に、その太鼓のリズムに合わせて櫂（かい）を漕ぐ。

屈強な男達が全力で漕ぐものだから、船の速度はグングンと増して、前方からの風を感じる程にもなった。

想像していたよりもずっとスピード感があってとても楽しい。

僕の耳に、風の精霊がはしゃいでる声が届く。

湖上の風は冷たく、それが非常に心地好い。

周囲の光景も最高で、湖に陽光が反射する様子は、ずっと見てても飽きないくらいに。

その開放感のお陰だろうか。

馬車に乗った時のような気持ち悪さは、全くと言って良い程に感じなかった。

ドン、ドンと太鼓の音は止まずに鳴り続けてる。

何でもあの太鼓の音は、単に漕ぎ手のリズムを取るだけでなく、慎重な魔物を遠ざけて、好戦的な魔物の注意を船尾の太鼓の叩き手に集めるんだとか。

故に太鼓の叩き手は船員の中で最も勇敢な実力者であり、彼が魔物の注意を惹く事で、思わぬ場所が攻撃される事態を防いでる。

もしも太鼓の音がなかったならば、魔物は漕ぎ手を狙ったり、船底を攻撃したりしてしまうだろう。

そうなれば最悪の場合は、船が沈んでしまう事すらあり得るから。

太鼓の叩き手は身体を張って魔物の注意を惹き、また他の船員からの敬意も集めていた。

加えて言うならば、魔物が攻撃してくる場所を絞る事で、護衛達が働き易くもなるのだ。

船全体を守るとなると大変だけれど、襲われるのが太鼓の叩き手だとわかっていたなら、注意を払う部分は少なくて済む。

……とはいえ、魔物になんて襲われないに越した事はないから、太鼓の叩き手も、船の漕ぎ手も、手を一切休めずに、目的地を目指して船を動かし続ける。

そうして空が赤く染まる頃、船はフォッカの対岸である、ルゥロンテに到着した。


ルゥロンテはフォッカと双子の都市で、町の構造も殆ど変わらない。

湖を挟んで対称になるように、二つの都市は設計されてる。

港や役場といった公共の施設は当然ながら、商会の倉庫や造船所までもが同じ位置、同じ形をしてるのには、どこか偏執的な物を感じてしまう。

何せフォッカで宿があった場所には、ルゥロンテにも宿があるくらいの徹底ぶりなのだから。

それ故にルゥロンテでは新たに見たい物は特になく、僕は一泊した後は、早々に町を出てオディーヌを目指す。

ジャンペモンの町でのんびりし過ぎなければ、もう少し色々と見て回れた気もするけれど、後悔はない。

振り返ってみても、実に良い旅だったように思える。

遠くに、高い尖塔が幾つも立ち並ぶ、城壁に覆われた都市が見えてくる。

何でも小国家群の力ある魔術師、魔導師とよばれる人々は、尖塔に住む事でその存在を誇示するのだとか。

つまりあれこそが、魔術の国であるオディーヌだった。

僕の旅の目的地は、もうすぐそこまで迫ってる。

第五章　鍛冶師と魔術師、比翼の鳥

何だか以前にも言ったような気がするけれど、魔術の国であるオディーヌ、まぁ都市の名前もオディーヌだが、ここは小国家群の国々によって造られた、魔術の為の都市である。

少し昔話になるのだけれど、この地の都市が独立して都市国家群を形成するより以前、この地にはアズェッダ帝国という名の大国が存在した。

すると大国の多くがそうであるように、アズェッダ帝国にもまた、魔術を学ぶ為の専門機関、要するに魔術学院のような物が幾つかあったらしい。

しかしアズェッダ帝国の崩壊前、それ等魔術学院では権威主義が横行し、学び舎、研究所としての機能に不全が生じてしまっていたそうだ。

何せアズェッダ帝国そのものが傾く寸前だったのだから、そんな中で権威主義の横行する魔術学院が健全であろう筈もない。

故に次々と各都市が独立を果たしてアズェッダ帝国が崩壊し、小国家群が成立した後、既存の魔術学院は解体される。

そして新たに魔術の為の都市であるオディーヌが建設された際、過去の魔術学院の失敗を省みて、オディーヌは魔術の為の都市として、広く開かれた場所にするべきだと定められたという。

なのでオディーヌは小国家群の国々が資金を出して建設され、維持されている都市、国でありながら、その他の地域から来た人間に対しても比較的寛容で開かれていた。

他の地域だと市民権が必要だったり、その上で高額の納税が必要だったり、貴族かそれに類する身分がないと通えない魔術学院も多いんだとか。

けれども開かれた魔術都市とされるオディーヌでも、誰もが魔術を学べる訳では決してない。

そもそも魔術の行使には、使用条件を満たせるだけの魔力と、体内の魔力に干渉する才能が必要だとされているから。

検査によって魔力と才が足りないと判断されれば、たとえオディーヌであっても魔術を学ぶ事はできないのである。

という訳でオディーヌに辿り着き、宿でゆっくりと一泊した翌日、僕は魔術の適性検査を受ける為に、町役場へと足を運んだ。

魔術の適性検査を受けるとか、実にファンタジーって感じで胸が高鳴る。

でもこれで貴方に適性はありませんって言われたら、その時はどうしようか？

これまで全くそんな事は想定してなかったから、今になって不安になってきた。

実の所、僕はこの世界の魔術に関しては、然程の知識を持ってない。

魔術を学びたいとわざわざこんな遠くの地まで来ておいて、今更何を言ってるんだって思われる話なのだけれども、僕がここに来た理由の九割は単なる憧れである。

一応聞きかじった話によると、魔術とは人が体内に保有する魔力というエネルギーに、術式と呼ばれる技術を使って指向性を持たせ、望む現象を生じさせる物なんだとか。

いまいちわかり難い説明ではあるが、多分その話を教えてくれた人も、誰かから聞きかじった話をそのまま教えてくれたのだろう。

ちなみにこの手の超常的な力を発揮する術、前世の知識的に言えば魔法の類は、僕の知る限りでは四つある。

一つ目は精霊の力を借りる技、精霊術。

二つ目は厳しい修行によって鍛えた精神力や強く信じる心が引き起こす奇跡、神術や法術と呼ばれる物。

三つ目は己の体内の魔力を術式という技術で云々する魔術。

四つ目は体内ではなく体外、自然の力に干渉して現象を引き起こす仙術だ。

まぁ一つ一つの術の説明は、今は面倒臭いから避けるけれども、この四つの中で明確に技術と呼べる物は、多分魔術だけだろう。

だって精霊術は、結局のところ精霊に何かを頼んでるだけだし、神術や法術は僕が知人の女司祭であるマルテナに見せて貰った限り、多分超能力的な代物だった。

最後の仙術に関しては東の最果てに、物凄く少数の使い手が居るという事の他には、名前しか知らないので何とも言えない所である。

町役場で来訪目的を告げれば、ベテラン職員だろう中年男性に酷く驚かれてしまった。

何でも彼が町役場に勤めて以降、……それどころか恐らくオディーヌという都市が建設されてから、魔術の適性検査をエルフが受けに来たのは初めてだったらしい。

そもそもエルフがこのオディーヌを訪れる事自体、滅多にないのだろうけれども。

ちょっと興味が湧いたので詳しく話を聞いてみると、ドワーフは男性職員が勤めてから三回、記録上ではオディーヌ建設からは十回以上、魔術の適性検査を受けに来たそうだ。

というのも魔術に関しては道具に術式を刻み、魔力を流して現象を引き起こす魔道具と呼ばれる物が存在している。

その技術を武器や防具にも適用させる為、ドワーフ達は魔術を学ぼうとしたという。

但し残念な事にこれまでに魔術の適性があったドワーフは二人しかおらず、一人は数十年前に、もう一人も数年前にこの町を去り、オディーヌには居ない。

また魔道具自体が、魔術師の間ではあまり重要視されない技術なんだとか。

何故なら魔道具を使用する為には、術式を刻んだ道具に魔力を流さねばならず、つまりは魔術の発動に必要な魔力とそれに干渉する才能、要するに魔術の適性が必要とされる。

故に魔道具は一般人には扱えず、よって流通もしない。

だったらチマチマと道具に術式を刻むより、自ら魔術を行使した方が手っ取り早いと、多くの魔術師は考えるそうだ。

……実に、本当に心底残念な話であった。

今の話を聞いただけで、僕はもう魔剣とか作ってみたくて堪らないのに。

そんな話をしながら、男性職員の指示に従って、左右の手に僕が知らない金属の、そう、鍛冶師の僕が知らない金属！　……の小さな棒を握らされて、その二つの先端を近付ける。

するとバチッと、棒の先端に火花が散った。

それを見た男性職員は、満足気に頷く。

どうやら今ので、僕の魔術の適性がわかったらしい。

何でもこの金属棒は所有者の魔力を引っ張り出す物で、今の火花は僕の魔力が起こしたそうだ。

体内の魔力に干渉する才能がない人は、体内の魔力が固い人であり、この金属の棒では魔力を引っ張り出せない。

たとえ魔力を引っ張り出せても、その量が少なければ、今のように火花は散らない。

更に火花の大きさや、それが散った時の棒の距離で、その人の魔力の動き易さや量が判別できるという。

つまりは、そう、僕には魔術の適性が、文句なしに備わっているとの事だった。

いぇーい。

超アガル。

正直ホント、滅茶苦茶嬉しい。

思わず男性職員の手を握って握手してしまうくらいに嬉しい。

後この金属棒が、後学の為にとても欲しい。

買い取れないかと交渉してみたが、男性職員にはとても困った顔をされた為、五分くらい粘って諦めた。

いや本当に凄く気になるのだけれど、まぁこのオディーヌで魔術を学ぶならば、どこかでまたこの金属棒を見る事もあるだろう。

最後に、男性職員はこうも言う。

「今の魔術の力は、精霊が発揮する力には到底及びません。ですから、精霊の力を借りられる貴方が魔術を学ぶ事には、……嫉妬や反発も付き纏うかと思います。ですがオディーヌは、魔術を学ぶ徒の為の都市です。何かお困りの事があれば、是非相談にいらしてください。私はエイサーさん、貴方を歓迎しますよ」

……と。

そうして僕の、魔術の国であるオディーヌでの、魔術師を目指す生活が始まった。

以前、鍛冶の師であるアズヴァルド、クソドワーフ師匠との別れの時、彼に次はどうするのかと尋ねられた。

その時に僕は、確か剣と魔術を学ぶ心算だと答えたと思う。

するとアズヴァルドは、『精霊の力を借りる事ができるのに魔術か』なんて言葉を口にした事を覚えてる。

当時はその意味はわからなかったけれど、今になって思えば、彼は精霊に関しても魔術に関しても、ある程度の知識があったのだろう。

先日聞いた、町役場の男性職員の言葉を、僕はオディーヌにやって来て一週間で実感する。

弟子入りを申し込もうと考えて会ってみた魔導師のいずれもが、僕が魔術を学びたい旨を伝えると、多かれ少なかれその瞳に敵意の色を宿したのだ。

鍛冶の師であるアズヴァルドも、剣の師であるカエハも、二人とも僕の弟子入りの申し出を、最初は断った。

だけどそれでも僕が喰らい付き、頼み込み、彼らの弟子となったのは、断りはしても僕に敵意の類は抱いていなかったから。

当然それだけじゃなくて、技術に惚れ込んだりとか運命的な物を感じたりもしたけれど、それでも相手が心の底から僕を嫌っていたのなら、強引に弟子入りしようとは思わなかっただろう。

多分、きっと、恐らく。

……という訳で、僕はどうにも弟子入りができそうにない。

魔術の国であるオディーヌで、魔術を学ぶ方法は二つある。

一つは僕が先程諦めた、いずれかの魔術師に師事をする事。

魔術師は優れた弟子を育てて初めて、魔導師と呼ばれる立場になり、大きな名誉を得る。

優れた魔術師を増やす事で、魔術の世界に貢献したと見做(みな)されるのだ。

弟子は師から受けた恩を返す為、一人前となって以降は研究して得た知識を師と共有する。

尤もこれは一方通行の関係で、師が研究によって得た知識が、弟子に与えられる訳ではない。

もちろん多くの師は、弟子に自らの研究成果を引き継ぎ後世に残すのだろうけれども、中には例外も居るだろう。

例えば複数の弟子を抱えた魔導師は、たった一人の弟子に自らの全てを残し、他の弟子には何も残さなかったなんて話もあるそうだ。

まぁでもそんな事は、魔術の世界でなくとも、師弟関係が存在するならどこにでも転がっている話であった。

弟子の得た知識が師と共有されるとは言っても、弟子の方だって技術の一つや二つは秘匿して隠し持つだろうし、至って普通の話である。

そしてもう一つ、二種類目の方法が、そう、オディーヌに三つもある魔術学院に通う事だった。

三つある魔術学院の一つ目は、単に魔術を学ぶだけでなく、それを戦争に活かす戦術も研究する、軍用魔術学院。

二つ目は、冒険者として活動する予定の魔術師の卵が、魔物と戦う為の魔術や身の守り方を学ぶ、対魔戦術学院。

三つ目が、上記の二つの魔術学院に入れない者の為の、基礎魔術学院だ。

まず軍用魔術学院は、元々このオディーヌが建設された目的でもある、戦力としての魔術師を小国家群の国々に供給する為の魔術学院である。

謂わばこのオディーヌで最も重視される魔術学院だと言えるだろう。

但しこの軍用魔術学院に入れるのは、小国家群の国で市民権を持つ者のみであり、また卒業後はその市民権を持つ国で一定期間の軍役が課せられるそうだ。

無論、軍役と言っても魔術師に支払われる給与は一般兵の比ではなく、重要な人材として丁重に扱われるし、軍の中での出世も早い。

要するに間違いのないエリートコースという訳で、僕には全く無縁の魔術学院だった。

次に対魔戦術学院だが、ここは冒険者としての魔術師を育てる魔術学院で、卒業後の三年間は小国家群内で冒険者活動をする事が義務付けられるという。

まぁこの時点で僕には無縁の場所なのだけれど、一応説明すると、冒険者のチームに魔術師が一人いるだけで、そのチームは大きく戦術が広がり、活動が安定する。

しかし魔術は適性がなければ扱えない特殊な技術で、その数は決して多くはない。

故に冒険者の間では常に魔術師が不足しており、実際、僕も冒険者の知り合いは少なくないが、その中でも魔術師は僅かだった。

そこに目を付けたのが小国家群で、オディーヌで冒険者としての魔術師を養成する事により、魔術師をパーティメンバーとして欲する冒険者を小国家群内に誘致。

彼らに小国家群内で活動して貰い、魔物による被害を大きく減らしたそうだ。

最後に基礎魔術学院は、他の魔術学院のように卒業後の規定はないが、その代わりに学費は著しく高額になる。

そして教える内容は、その名前通りに魔術の基礎のみ。

更なる魔術の知識を得たければ、卒業後にはやはり師を求めるしかないだろう。

つまりなんというか、どれも微妙にピンと来ないというか、期待外れの内容だった。

魔術に対する好奇心を満たすだけなら基礎魔術学院一択で、僕なら高額の学費も然程の問題はない。

だけれども、……そう、折角ここまでやって来て、道は一つしかありませんと言われると、素直にそれを選ぶのも、何だかどうにも悔しい気分だ。

それに何より、巡り合わせのような物を感じない。

まぁ良いかと、そんな風にも思う。

無理にこのオディーヌで学ばぬとも、他の地で優秀な魔術師と知己を得る事もある。

そもそも魔術の適性があると知れただけでも十分な成果だ。

だから萎えてしまったこの気持ちを何とかする為にも、……取り敢えず鍛冶でもしようか。

どうせ暫くはこの地に留まり、知人のエルフであるアイレナからの連絡を待たねばならない。

魔術の為の都市である以上、武器や防具の需要は薄いだろうけれども、鍋だの包丁だの日用品や、いっそ初心に帰って釘の大量生産だって楽しい筈だ。

不貞腐れても仕方ないと、僕はオディーヌの町の鍛冶師組合を訪ねる。

まさかそこで、今度こそ運命を感じる巡り合わせが待っている等とは、思いもせずに。

「頼むっ、オレをアンタの弟子にしてくれっ！！！」

僕が鍛冶師組合でそのローブ姿の青年に縋り付かれたのは、このオディーヌで鍛冶仕事を始めて三週間目の事。

特徴のない平凡な容姿の青年だが、魔術師にしては体格もしっかりしており、その手は力強い。

当初は日用品くらいしか需要がないだろうと思っていた鍛冶仕事だったが、組合から頼まれたのは意外な事に武器や防具の作製ばかり。

何でも軍用魔術学院や対魔戦術学院は武器での戦闘も教えており、需要がない訳じゃないらしい。

また日用品の生産に関しては、それを奪うと町の鍛冶屋が飢えるという。

故に武器や防具の需要が多い訳ではないけれど、同時に腕の良い鍛冶師も居ないから、折角の上級鍛冶師が町に来たこの機会に高い品質の武器や防具を、少しでも多く作って欲しいとの事だった。

あぁ、うん、成る程。

そんな風に頼られれば嫌な気分になる筈がなく、僕は機嫌良く剣に斧に槍にと、まずは武器から完成させては納品を繰り返していた。

けれどもその日、僕が鍛冶師組合に入って来るや否や、職員に詰め寄っていた一人の青年、その姿からして魔術師であろう彼が、こちらに勢い良く駆け寄って来て片膝を突いて頭を下げて、先程の台詞を口にしたのだ。

何の事かわからずに、勢いに気圧されて思わず一歩下がろうとした僕の足に、逃がさないとばかりに青年が縋り付く。

敵意があっての行動だったら蹴り飛ばして終わりだけれど、彼は必死ではあったが、僕に向ける感情は決して悪い物じゃなかったから。

僕は内心引き気味になりながらも、取り敢えずは落ち着いて、相手を宥めて事情を聞き出す。

今にして思えば、そう、これまで僕が弟子入りを願い出た時、相手が引いた分だけ踏み込んで、強引に弟子入りを果たして来た。

それと同じ事を相手がしていると気付かずに、僕は思わず引いてしまって、こちらから手を差し伸べて事情を聞いてしまう。

だから多分、その時にはもう、僕の負けは決まっていたのだろう。

青年、カウシュマン・フィーデルとの出会いはまさに運命の巡り合わせだったが、その運命を引き寄せたのが僕じゃなく、彼だった事だけが、少し悔しい。


カウシュマンはこのオディーヌで自身の研究室、アトリエを持つ一人前の魔術師だ。

尖塔に住む魔導師程ではないけれど、二十にも満たぬ年齢で一人前の魔術師であるのなら、十分以上に優秀だろう。

そしてそんな優秀な魔術師である彼が、わざわざ僕に鍛冶を習いたいと頭を下げた理由はたった一つ。

武器に術式を刻んだ魔道具、魔剣を作りたいと願うからだった。

数年前まで、見習いだったカウシュマンは、ある魔術師の弟子だったという。

その魔術師の名は、ラジュードル。

このオディーヌでもとても珍しかった、ドワーフの魔術師。

そう、僕が役場の男性職員に聞いた、魔術適性を持ったドワーフの一人だったのだ。

ラジュードルはこの町にアトリエを持ち、己が作った武器や装身具に術式を刻む、魔道具の研究を行っていたらしい。

故にそんなドワーフの魔術師を師としたカウシュマンも、やはり魔術を会得した後は魔道具を研究する道に進む。

しかし数年前、ラジュードルにドワーフの国からの帰還要請が届き、彼はこの町を去ってしまう。

幸い、カウシュマンは魔術の基礎は十分に学び終えていたから、後は己で研鑽を積むようにと言い残して……。

それからカウシュマンは既製品の道具に術式を刻みながら魔道具の研究を続け、オディーヌで一人前の魔術師と認められるまでに至ったそうだ。

けれどもカウシュマンは、己と師を比べて苦悩した。

師であるラジュードルと違い、カウシュマンは自ら装身具や、武具を作る技術は持っていなかったから。

その技術を伝える前にラジュードルはドワーフの国に帰ってしまったから、カウシュマンに魔剣は打てない。

葛藤し、葛藤し、それでもそれを解決する術は見えず……、そんな時にある場所で、僕が打った剣を目にする。

そう、ドワーフの流れを汲む技術で打たれた剣を。

カウシュマンはそれに運命を感じたらしい。

己でそれを打つ技術は持たずとも、ドワーフを師と仰いだ彼は物を見分ける目を持っていた。

最初はてっきりドワーフの名工がこの町に来たのだと思い、鍛冶師組合に紹介を頼んだら、それを打ったのがエルフであると聞いて耳を疑ったという。

だが僕の師がドワーフである事は、鍛冶師組合に見せた上級鍛冶師の免状には記載されていたから、カウシュマンもそれならばと納得し、ドワーフに学び、ドワーフの技術を得たエルフならば、自分にもその技術を伝えられるんじゃないだろうかと考えたそうだ。

それ故にカウシュマンはこの機会を逃すまいと、鍛冶師組合に直参し、僕が来るのを待っていた。

あぁ、何という事でしょう。

僕の個人情報が思いっ切り駄々洩れである。

まぁこの世界だと個人情報の保護なんて概念が薄いのは仕方のない話だが……。

「お願いします。何でもします。お礼も払います。雑用だってしますから、どうかオレにもその技術を」

そんな風に頼む彼の気持ちは、正直痛い程によくわかった。

というか、詳しい話を聞いた所、ラジュードルがこの町を離れたのは、僕がアズヴァルドと、僕のクソドワーフ師匠と別れた時と殆ど同じで、そこにも運命を感じてしまう。

そう、僕は彼に共感したのだ。

だからこそ、僕は思う。

カウシュマンはズルいじゃないかと。

だって僕が鍛冶を彼に教えたら、……まぁ多分十年近くは掛かると思うけれども、カウシュマンは魔剣が打てるようになる。

なのに僕が魔剣を打てないのは、どう考えたってズルい。

むしろ、そう、魔剣が必要だったなら、彼が僕に魔術を教えた方が、絶対に効率が良い筈だ。

きっとそうに違いない。

……多分？

だけどそう思った所で、素直にそれを口にして喧嘩をするのは、少し前までの僕である。

今の僕はクレバーだ。

ルードリア王国を出てから色んな物を見て来た旅が、僕に闇雲に前へ走るだけが目的を叶える術じゃないと教えてくれた。

僕の目的を叶えたいからと言って、相手の目的を否定する必要はない。

何しろさっき、カウシュマンは何でもすると言ったのだから。

「そうだね。じゃあ何でもすると言うのなら、僕に魔術を教えてくれないかな。僕も魔道具、……魔剣にはとても興味があるからね。それなら多分、お互いの条件は公平じゃないかな」

そう言って右手を差し出せば、頭を下げていたカウシュマンは驚いたように顔を上げて、目をぱちくりと瞬かせ、僕の顔と右手を交互に見つめた。

夕暮れ前、宿を引き払った僕が連れて来られたのは、カウシュマンのアトリエ。

彼のアトリエは師であるドワーフ、ラジュードルから引き継いだ物であり、鍛冶場が備え付けられていた。

その鍛冶場に僕は、どこか不思議と懐かしさを感じる。

多分、そう、ルードリア王国のヴィストコートで過ごした、あの鍛冶場と同じ雰囲気を、僕はこの場所に感じているのだ。

炉はずっと火が落ちたままになっていたのだろうけれども、鍛冶場は綺麗に掃除されていて、この場所がとても大事にされている事を僕に教えてくれる。

だから僕は一つ、カウシュマンの事を好きになれた。

たとえ鍛冶ができなくとも鍛冶場を大事にする彼は、……否、鍛冶ができないのに鍛冶場を大事にできる彼は、間違いなく良い鍛冶師になれるだろう。

「僕は君に鍛冶を教える。君は僕に魔術を教える。同時にそれぞれの得意分野を活かして、魔剣の作製は協力し合う。喧嘩する時はドワーフ流に拳と拳で。……この条件で間違いないね」

僕の確認にカウシュマンは頷き、改めて右手を差し出す。

そして僕も、その手を強く握り返した。

さてこれで、僕と彼は運命共同体とまでは言わないが、大切な仲間同士だ。

オディーヌに来て以降は全く感じなかった運命の風が、今は凄い勢いで吹いている。

僕は胸の高鳴りを抑え切れずに、鍛冶場の炉に火を入れた。

だって何よりもまず、この懐かしさすら感じる鍛冶場で仕事をできるというのが、あまりに嬉しい。

「じゃあさっそく、何かを打ってみようと思うけれど、何が良い？　カウシュマン、君はどこまで習ってる？　何から学びたい？」

鍛冶師組合で買って来た木炭を炉にくべて、火の精霊の機嫌を窺う。

ずっと、ずっと、宿る火がなく寝てた火の精霊が、大きな大きなあくびをした。

辺りの空気が炉に吸い込まれて、ボッと火勢が強くなる。

炉に火が入った事で、鍛冶場の空気は一変した。

そう、火の精霊が目覚めたように、鍛冶場もまた目覚めたのだ。

ゆっくりと熱が発され満ちて行く。

そんな鍛冶場の姿にカウシュマンは目を細めて、

「あぁ、いや、……何でも、何でも良いよ。今は、鉄を打ってる音が聞きたい」

なんて素敵な答えを聞かせてくれる。

彼はきっと、魔術の師であるドワーフが大好きだったのだろう。

まぁ僕の方が、もっとクソドワーフ師匠の事を好きなのだけれど。

いや、うん、そんな事よりも、何を打とうか。

「そうだね。……じゃあまずは、うん、いずれは魔剣を打つんだし、最初は剣から行こうかな」

僕の言葉にカウシュマンは目を輝かせた。

まるで少年のように。

彼の言いたい事が、まるで手に取るようにわかるのだ。

またその感覚が、決して不快な物じゃない。

僕は鍛冶、カウシュマンは魔術と、僕らは片翼ずつしか持たない鳥だ。

魔剣の作製という目標の前には、互いに協力し合って飛ぶしかなかった。

そう、少なくとも、相手の技術を手に入れて、両翼となって己の力で目標を目指し、互いが不要になるまでは。

そしてきっとその時には、互いに友となれるだろう。

次の日から、午前中はカウシュマンから魔術を学ぶことになった。

まずは己の体内の魔力に干渉する方法から。

これができなければ魔術を幾ら学んでも無駄だし、魔道具すら扱えない。

けれどもその感覚は、既に一度、適性検査の時に経験してる。

それを思い出しながら再現を試みれば、体内の魔力への干渉は、然程に難しい事じゃなかった。

しかし適性検査で合格しても、ここで躓(つまず)いて時間を掛ける見習いは多いらしく、カウシュマンも昔はその口だったようで、何ら引っ掛からずにそれをクリアした僕を見る彼の目はちょぴり複雑だ。

まぁ、仕方ない。

多分僕がどうとか言う以前に、ハイエルフはそんな感じの理不尽な生き物だ。

種族の違いに関しては、それこそ神のような存在でもなければどうにもならない事だろう。

さておき、魔力への干渉、体外へ押し出して流す感覚を摑んでしまえば、後は術式を学ぶのみ。

では術式とは何かと言えば、魔力に影響を及ぼす全ての要素を示す。

発する言葉、意思、紋様等によって、魔力は影響を受けて変質したり、属性が添加されたりする。

これら全てが術式だ。

えっと例えば、怒りの感情と共に魔力を発すれば、それを受けた人は圧力のような物を感じるそうだ。

本来の魔力は魔術師や、或いは生まれ付き敏感な者でなければ、それを浴びた所で気付かない。

だがそこに怒りの感情という術式が乗る事で、僅かに物理的な圧力を帯びるという訳だった。

もちろん感情以外にも発する言葉、物に刻まれた紋様等、術式たりえる物は数多い。

魔術師達はこれ等の術式が魔力に及ぼす影響を調べ、法則を解析し、記録して蓄積して、それを組み合わせて魔術を作る。

つまり魔術とは、先人である魔術師達の、積み重ねた努力の結晶のような技術だった。

成る程、そりゃあ生まれ付き精霊と語り合えるというだけで、魔術以上の効果を発揮する精霊術を、魔術師達が嫌う訳だ。

彼らからすれば精霊の力を借りられるエルフ達は、ズルをしてるようにしか見えないだろう。

「でもそんなの、鳥が飛べるのが羨ましい。竜が火を噴くのが羨ましいって言ってるようなもんだぜ。下らない嫉妬をアンタが気にする事はないよ。アンタが魔術を学びたくて、その適性があるのなら、アンタは魔術を学んで良いんだ」

魔力に熱を帯びさせる術式を、言葉と紋様の両方で教えながら、カウシュマンは僕にそう言った。

彼は知識の開示を、僕に対して惜しまない。

そう、結局はそれも、種族の違いに過ぎないのだ。

誰にもどうする事もできない物。

だったらもう、気にする必要は全くない。

僕はまた一つ、カウシュマンの事が好きになれた。

鍛冶と魔術を、僕らは交互に教え合いながら、同時にどんな魔剣が理想なのかを語り合う。

剣の本分を追求し、切れ味を高めた魔剣を理想とするのか。

それとも頑丈で壊れ難く、劣化せずに持ち主に付き従う魔剣に健気(けなげ)さを感じるのか。

炎を発する魔剣の派手さに心惹かれるのか。

そんな子供みたいな夢想を、僕らは飽きもせずに、無邪気に語り合った。

だって、そう、男の子だからね。

そういうロマン溢れる武器が、好きで好きで仕方ないのだ。

僕がカウシュマンに鍛冶を教え、彼が僕に魔術を教え、そんな生活が始まってから暫く経った頃、僕に一通の手紙と、届け物が一つ。

旅の冒険者が届けてくれたその手紙の差出人は、知人のエルフであるアイレナ。

彼女からの現状報告だった。

まずルードリア王国の状況だが、王家は騒動の原因がエルフを奴隷にしていた貴族にあるとして彼らを全て処刑したそうだ。

そうせねば地揺れに怯えた民の批判を、鎮められないと考えたのだろう。

但し今回の件は貴族達が勝手に動いた事であり、国とは無関係として、エルフへの謝罪は行われなかった。

まぁルードリア王国にも面子（メンツ）があるから、そこで頭を下げられないのは想定通りである。

王家も国内からエルフが消えた事は察してるだろうが、その結果がどうなるかは、多分想像も付いてない。

　変化が起きるのは、……多分三年から五年後辺りか。

　その頃には移住したエルフも、移住先での暮らしにも慣れてしまっているだろうから、変わってしまった元の森へ戻りたがる者は、移住した者の全てではないだろう。

　つまりルードリア王国の森が魔物の巣となるのは、もう避けられぬ未来であった。

　それはとても残念な話だけれども、王家からの正式な謝罪がなければ、エルフが動かない事は決定済みだ。

　ルードリア王国の歴史に王家が謝罪するまでの大事になったとハッキリ残さなければ、また似たような事件が起きかねない。

　だから僕が剣の師、カエハのもとに顔を見せられるのは、まだ十年近く、或いはそれ以上に先だろう。

　しかしどうしようもない大きな話はさておいて、僕にとって重要なのはその続きである。

　救い出された奴隷となっていたエルフの中に、たった一人だけだが、子を宿してしまった者がいた。

　いや、この言い方が果たして正しいのかどうかは、わからないけれども。

　……子を授かりものとして考えるか、事の経緯からそれを不幸と捉えるかは、僕に口出しできる話じゃない。

　人間とエルフの間に子供ができる可能性はかなり低いらしいから、……僕は可能ならば、授かり物だと考えて欲しいのだけれど、それが現実に即さない生ぬるい物である事は、知っていた。

エルフもまたハイエルフと同じように、子は集落の子であるとして育てられる。

故にどうしても、親と子の間にある愛情は、人間に比べて薄い。

そして集落の子として育てられるハーフエルフは、どうしても周囲から浮くだろう。

何故ならハーフエルフはその寿命だけでなく、成長度合いも普通のエルフとは異なるからだ。

僕、ハイエルフが千年以上生きる事は、以前にも述べたと思うが、普通のエルフは五百年から七百年程は生きるとされる。

しかしハーフエルフは二百年から三百年と、寿命の長さはドワーフと殆ど変わらない。

ハイエルフの成長速度はとても遅くて、十倍以上かかる。僕も物心つくまでに三十年もかかった。

普通のエルフはそこまでのんびりしてる訳ではないけれど、やはり物心がつくまでに二十年近くは要する。

なのにハーフエルフは、……実は殆どが赤子の間に地に還されてしまうからあまり知られていないけれど、六、七年程で物心がつくらしい。

集落の中で異様な速度で成長する子供を、果たしてエルフ達が同胞として受け入れられるかと言えば、答えはやっぱり否だろう。

たとえ僕が、ハーフエルフを忌み子とする風習は間違ってると言ったからって、そんなに簡単に偏見の目は消えやしないのだ。

更にもしもハーフエルフに人間の血が強く表れ、精霊を見て友とする事ができなければ、もう集落に居場所なんてありはしない。

ならば乳飲み子の時期が終わって物心が付く頃になったら、その子が将来的に精霊を友とできるかどうかはさておいて、早めに僕に引き取って育てて欲しいと、腹に子を宿したエルフと集落の長は望んでる。

情が湧き、愛憎が入り混じり、厄介な事になる前にと。


もし僕がこの話を断れば、アイレナが引き取る事になるのだろうか。

いや、もちろん僕は、断らない。

生まれて来るハーフエルフを地に還すなと言ったのは僕だ。

その発言の責は、僕が取るべき物である。

ただ、そう、僕が今、その子に抱く感情は憐れみ。

未だ生まれてもおらず、なのにその処遇に悩まれるその子に、僕は憐れみ以外の感情を、今は抱けない。

でも憐れみの感情を向けられる事こそが、その子にとっては可哀想なのだ。

僕はちゃんと、その子に愛情を抱けるだろうか？

手紙を畳み、目を閉じて、深く、深く、思い悩む。

そうして十分くらい考えただろうか。

ふと、思った。

……あ、うん、全然いけるなと。

むしろこう、その子には申し訳ないのかな?

わからないけれど、何だか楽しみになってきた。

子供が男の子だったら、一緒に虫取りをしよう。

いや僕、ハイエルフなのに虫はそんなに好きじゃないけれど、あぁ、魚釣りでも良い。

女の子だったら溺愛するのだ。

嫁に行く時は泣き喚く。

別に彼が、彼女が、精霊を友とできなくても良い。

僕は精霊と友達だが、養い親の友達が子の友達でない事なんて、当たり前の話だった。

生きる道は鍛冶師や剣士か、或いは魔術師にだって、なりたかったら色々と教えよう。

それ以外の道を選びたいなら、僕も一緒にそれをやる。

皮なめしでも染織でも刺繍でも、詩人でも農家でも商人でも、一緒にやれば楽しい筈だ。

僕の方が長生きで、彼か彼女が先に死ぬとしても、それでもきっと愛そう。

未だ会った事もないけれど、僕はそう確信した。

多分きっと、僕は親になれるような立派な人格をしてないし、その資格もない自由気儘、というよりもいっそ我儘なクソエルフだろう。

だけどきっと、保護者兼、一番近くに居る友達にならなれると思うのだ。

だから僕は、返事の手紙にこう書く。

その子が生まれて来る日を、迎えに行ける日を、楽しみにしてると。

まぁそれも大分と先の話だけれども。

あぁ、届け物の方は、パルノールの村から冒険者が運んで来てくれた、鞣されたグリードボアの革だった。

こちらに関しては特に述べる事もない。

出来に文句はないし嬉しいけれども、ほら、やはりまだ見ぬ小さな友に比べると、インパクトは薄いから。

これで一体何を作るかは、のんびりゆっくり考えよう。

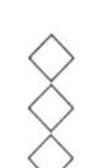

魔術とは、魔力を術式で変質させたり、属性を添加して、思う通りの現象を引き起こす技術だ。
そしてその魔力に影響を与える術式とは、発する言葉であったり紋様であったり、人の意思であったりと様々だった。
すると当然の話ではあるのだが、その魔術に必要とする以外の術式が、魔力に影響を与えてしまうと、当然魔術は失敗する。
故に最も望まぬ形で魔力に影響を与えてしまいがちな人の意思という術式は、でき得る限り排除しなければならない要素だろう。

もちろん人の心を切り離してどこかに追いやってしまう訳にもいかないから、魔術師はどんな状況でも冷静、平静でいる為に、精神修養を重視する。

「ちょっと思い付いたんだけど」

その精神を鍛える為の瞑想中、ふと思い付いた僕は、同じく隣で瞑想するカウシュマンに声を掛けた。

瞑想中に話しかけるのも実際どうなのかとは思うが、今の思い付きは結構大事だから、できればすぐに聞いて欲しい。

僕が魔術を、彼が鍛冶を習い始めて、もう一年が経つ。

ある程度は互いを理解できるようになったから、カウシュマンも僕が下らない用事で、こんな時に声を掛けない事は知っている。

「ん……、なんだ?」

ゆっくりと目を開け、彼が問う。

思い付いたばかりの話だから、うまく説明できるかが少し不安だけれど、僕は数秒考えて、何とか自分の中で言葉を纏めた。

「魔道具が一般的にならない理由って、魔力を流せないと使えないし、魔力が流せるなら魔術を使えば良いって考えがあるからだよね?」

まずは前提条件の再確認。

この認識が間違ってるなら、今の僕の思い付きは、何ら意味のない物でしかない。

「あぁ、オレも実際、着火するなら道具じゃなくて、自分で魔術を使った方が早いと思うしな」

苦笑いをしながら言うカウシュマン。

魔道具の研究者である彼ですら、魔術の方が手っ取り早いと考えている。

だけどそれは、魔術師が平静を保てる状況である前提で考えるからではないだろうか？

「でもそれって平時だからの話で、例えば奇襲をされた時、乱れた心で魔術を失敗させるより、……魔道具を使った方が安定しないかな？」

それは護身用の道具、或いは武器としての魔道具の提案。

言葉による術式を魔力に載せる時、乱れた心はどうしても言葉と一緒に魔力に載り易く、望む結果を乱してしまう。

だったら咄嗟の際に身を守る為、魔力を流すだけで術が使える魔道具を身に着ける事は、魔術師の生存率を引き上げはしないだろうか。

例えば、そう、僕がイメージする魔術師は、やはり杖を持ってるべきだと思うのだ。

ワンドでもロッドでもステッキでもスタッフでも、何でも良いけれど、杖がある方が雰囲気が出ると思う。

「ほら杖の先に術式を刻めば、身体から離れた場所で魔術が発動する分、余計な要素が入りにくいと思うし、杖なら常に携帯してても不自然じゃないしね」

喋ってる間に言いたい言葉が頭の中で纏まって、僕が気持ち良く語っていると、……ふと気付けば、両眼を見開いたカウシュマンがこちらを凝視していた。

正直子供が見たら泣き出しそうなくらいに、目力が強い、怖い顔だ。

でもそれは、別に彼が怒ってるからじゃないだろう。

「魔術師は多くの魔術が使えるから、一つの機能しか持たない魔道具は要らない。だったら魔道具はその一つの機能が活かされる状況を想定して、価値を出すしかないよね」

護身用以外なら、移動用の道具なんかはどうだろうか？

ゆっくりと己の身体を浮き上がらせる魔術を使ってる最中に、不慮の事態で動揺すれば、真っ逆さまに地に落ちる。

そんな最中に冷静になって、再度魔術を行使し直せる魔術師は、そうはいない筈。

しかし魔道具であったなら、魔力を流すだけで良いのだから、通常の魔術行使よりは安定性があった。

他にも長時間の集中が必要な魔術も、魔道具で代替すれば良い。

この方向性でなら魔道具の需要を、即ち魔道具の存在価値を、高める事ができるんじゃないかと、僕は思うのだ。

……どれ程の時間だろうか、カウシュマンはずっと何かを考えていて、そして大きく深い溜息(ためいき)を吐(つ)いた。

「ううん、駄目だ。わからん。それで魔道具が受け入れられて必要とされるのかされないのか。そもそも上手く行くのかどうかも、全然わかんねぇな。でも面白そうだ。やってみたい」

でも溜息の後に顔を上げた彼の表情は、満面の笑みだった。

それは新しい何かへの好奇心と、物を作りたいという欲求が入り混じった笑み。

「だったらやってみよう。術式を刻む事を考えたら、金属製の短杖が良いかな？」

そうと決まればもう、瞑想なんてやってる場合じゃない。

僕が足を崩して立ち上がれば、

「いや、最初は失敗が怖いから、思い切り長い杖を作って、その先から水が出る魔術を使えるようにしようぜ。それが成功したら、少しずつ短く、魔術も段階を踏んで実用的な物にしていけば良い」

カウシュマンもまた同じく立ち上がる。

興奮しつつも、安全確保を忘れない姿勢が心強い。

二人ともが一つ大きく伸びをして、それから鍛冶場を目指して歩き出す。

新しい何かが生まれる予感に、期待感に、背中を押されるように早足で。

魔術の修練は、実は凄く単純だ。
魔術師の実力とは、即ち扱える術式の数。
要するに魔術の修練とは、基本的には術式に対する知識量を増やす為の、勉強である。

幸い、僕は興味がある事に関しての記憶力は良い方だった。

尤も頭の出来が良いかというと、阿呆とか気狂い呼ばわりはよくされるので、あまり自信はないけれど。

カリカリと羽根ペンを動かして、書に記された紋様、術式を紙に写す。

何だかんだで結局は書き写す事が、僕にとっては一番覚えが早い方法だ。

紋様の術式は兎にも角にも、正確さが最も重要である。

いや、正確さが重要でない術式なんてないけれど、紋様は特に完璧に形を再現しなければ意味を成さない。

最初にこの紋様を発見した人は、一体何がどうして、これで魔術を試そうと思ったのか。

今でこそ数が揃い、術式となる紋様にも一定の法則が発見されているけれど、最初の一つ目なんて何のヒントもなかった筈なのに。

術式を知れば知る程に深まるその疑問に、僕は首を傾げながらも、手を止めずに見本通りに書き写していく。

僕が魔術を学び始めて、三年が経つ。

思い付きから作った護身用の魔道具、杖は、当初は魔道具というだけで魔術師達には見向きもされなかったけれど、ある出来事が切っ掛けで爆発的にとまでは言わずとも、オディーヌでは広く知られ始めた。

その切っ掛けとは、小国家群の北部、北ザイール王国に対するダロッテ軍の侵攻が本格化した事だ。

それを受けて北ザイール王国は小国家群の各国に対する、アズェッダ同盟の発動を要請し、オディーヌからも軍属の魔術師達が北部に派遣される。

カウシュマンは軍属ではなかったし、当然ながら僕もその北部派遣に関しては無関係だった。

ただ魔術学院の一つ、軍用魔術学院の生徒達が、支援隊として北部派遣に同行する事になる。

そしてその際、一人の軍用魔術学院の生徒がお守り代わりに、僕とカウシュマンが作った障壁の魔術を発動する短杖を買い、……そのお陰で北部の戦場で命を拾う。

何でも後方宿営地に夜襲を掛けて来たダロッテ軍の騎馬を、その生徒は半ばパニックに陥りながらも障壁の魔術で防いだらしい。

見習いの魔術師が奇襲を受けて生き残る。

これは軍属の魔術師達にとっては驚くべき事だったらしく、障壁の短杖は一気に注目を浴びる。

そしてその安定性を評価した軍は、軍属の魔術師の正式装備として、障壁の短杖を採用したのだ。

そう、これにより魔道具は、その存在価値が示された。

今のオディーヌで、魔道具を専門に研究していた物好きは、カウシュマンただ一人。

故に彼はこの分野での第一人者となる。

名が知れた事で共同研究の申し込みが相次ぎ、彼に弟子入りを志願する見習いも多く現れた。

その見習いを育てて一人前にすれば、カウシュマンは魔導師にだってなれたに違いない。

けれども……。

「あーっ、もう、研究発表とかうぜぇ。今まで興味も示さなかった奴に幾ら説明したって無意味だろ……」

向こうの机で、半月後の研究発表の為に資料を纏めるカウシュマンが、机に突っ伏して力尽きてる。

彼は共同研究の申し入れも、弟子入りの志願も、全て興味がないとばかりに追い返してしまったのだ。

自分が魔道具を作る時間が、魔剣を打つ為に鍛冶技術を鍛える時間が、足りなくなるからとけんもほろろに。

カウシュマンにとっては魔導師の地位よりも、自身が何を作れるようになるのかの方が、余程に重要なのだろう。

でも共同研究はしないいし、弟子入りも断るでは、彼の他に魔道具を研究する人材が出て来ない。

折角、軍が短杖タイプの魔道具を正式装備としたのに、カウシュマン以外に魔道具を研究する魔術師が居なければ、……利権とか色々で困る人が出る。

何故なら紋様の術式は、その使い勝手の悪さから、これまであまり研究がなされてこなかったからら。

よってお偉方に呼び出されて説得されて、彼はしぶしぶながらに、今までの研究成果の発表だけは引き受けたという訳だった。

まぁ、カウシュマンが愚痴を言いたくなる気持ちはよくわかる。

しかしそんな事よりも、僕の興味は彼の研究発表が終わった後だ。

「そんな事よりさ。その発表が終わったら、そろそろ魔剣の試作だね。カウシュマンが考えた術式を、僕が剣を打って刀身に刻む。楽しみで仕方ないから、早く研究発表なんて終わらしてね」

それは慰めでも何でもなく、単に僕の欲求をぶつけるだけの言葉。

だけどカウシュマンは。

「あぁ、そうだよな。こんな事に時間使ってられねぇよ。オレもさっさと終わらせるから、先に素体になる剣の量産を頼んだぜ」

そんな言葉で意欲を取り戻し、起き上がって資料を片付け始めた。

僕の知識量ではまだ、最良の術式を選択する事は難しい。

またカウシュマンの鍛冶の技量は、仮にもドワーフを師としただけあってセンスは良いが、それでも未熟の一言だ。

これでは互いに、剣の強度を落とさぬように刀身に、正確な紋様を刻んで術式とするなんて、まだまだできやしないだろう。

但しそれでもお互いに、今後の目途は付いてきた。

今の調子で二年程かけて修練すれば、互いに完璧には程遠くても、その後の道を自分で模索できるようになる。

それに後二年すれば、僕もハーフエルフの子供を迎えに行かなきゃいけないし。

故にその二年後、自分達で道を模索するようになって以降、お互いに目指す目標として、共作の魔剣を一本ずつ所持しようという話になったのだ。

今の互いが持てる、全ての技術を費やして。

もちろんさっき僕が言った通り、まずは試作から。

魔剣という武器を作るには、まだまだ問題が多い。

例えば意図通りの効果を発揮する魔剣が打てたとしても、武器として使う間に刀身に歪みが生じれば、紋様も歪んで術式としての役割を果たさなくなってしまう。

それを避ける為に敢えて刀身に歪みが生じ易い、負荷を他から逃がす部分を作って、そこには紋様の刻印を避けるのか。

或いは魔術で刀身を保護するのか。

前者は剣としての使用に不安が残り、後者は攻防の最中は常に剣に魔力を流し続ける必要がある。

他にも複数の方法を考え、試して、最良を探さなきゃいけない。

つまりとても楽しい試行錯誤の時間が待ってる。

だからカウシュマンには、さっさと研究発表なんて終わらして貰いたい。

剣に紋様を刻むというのは、術式云々は別にして、それなりによくある事だ。
別に紋様を刻んだからと言って剣が頑丈になる訳でも切れ味が良くなる訳でも、重量が大きく増

したり軽くなったりする訳でもない。

あ、もちろん僅かには、誤差程度には重量も変わるし、剣のバランスも変わる。

では何の為に紋様、装飾を施すのかと言えば、簡単に言ってしまえば格好良いからだろう。

しかしこれは別に馬鹿にした話でなくて、見た目というのは意外に大事な物だ。

素っ気も何もない鉄剣を構えた戦士と、流麗な紋様が施された剣を構えた戦士、どちらがより手強く見えるかと言えば、状況にもよるが後者の場合が多い。

また飾り気のない剣よりも、優れたデザインの装飾が施された剣では、握った当人の心も多少変わる。

そしてその多少の変化が、戦いの結果に影響を及ぼす事は、実は決して少なくなかった。

それは己を鼓舞する為に施される、戦化粧にも通じる所があるだろう。

要するに何が言いたいのかと言えば、僕は剣に装飾を施すのも上手いよって自慢である。

尤も装飾を施した剣を品評会に出しても、ルードリア王国で一番と言われる鍛冶屋には勝てなかったのだけれども。

……当時は剣技の習得に心を傾けてたから特に何も思わなかったが、今思い返すと結構悔しい。

あのドワーフの名工の作には、今でも勝てる気がしなかった。

ま、まぁさておき、僕は装飾を施した剣を提出し、それなりに大きな国であるルードリア王国で二位を取った鍛冶師だ。

故に指定された紋様を正確に、術式としての繋がりを持つように配置して刻む事など、全く容易くなくて物凄く苦労したけれど、一応は可能だった。


完成した魔剣を見て、カウシュマンが声もなく震えてる。

感動と、歓喜と、悔しさに。

量産した剣に術式を刻んで魔術の発動を確認した試作ではなく、完全に魔剣として一から打ち上げた完成品は、僕としても自信作だ。

それを目の当たりにした感動と、魔剣が形となった歓喜に、しかしそれを打ち上げたのが自分でないという悔しさ。

どれもわかるし共感もできるが、……今の僕は魔剣を打ち上げるのに精も根も全て注ぎ込んでしまったから、正直喋る事さえ億劫（おっくう）だった。

剣としての完成度、バランスを確かめる為に、僕は既にその魔剣を数回振ってる。

確認をせずして完成とは言えないから。

但しそれは、剣としての完成度の確認であって、魔力を流して魔剣としての完成度を確かめる事は、まだしていない。

それは、そればかりは、カウシュマンの役割だろうと思ったから。

僕と彼が出会った事で、この魔剣は完成した。

だけどその出会いの運命を引き寄せたのは、僕じゃなくてカウシュマンだ。

故にこの剣を、最初に魔剣として振るうのは、そう、彼こそが相応しい。

僕とカウシュマンが出会ってから四年。

その四年間の全てが、この魔剣には詰まってる。

震える手で柄を握り、彼が剣に魔力を流す。

刀身に刻まれた紋様、術式が光り、その刃が炎を纏う。

高熱を発する炎は鋼の刃にも影響を及ぼすが、魔剣の刀身が歪む事への対策として刻まれた復元の魔術が、刀身のみならず炎の熱に負ける刃をも元の状態に戻してる。

実はこの、刀身の歪み対策に関しては、僕とカウシュマンで意見が分かれた。

彼は剣の素人であるがゆえに、使い手に優しい復元の魔術が合理的だと思ったらしい。

しかし僕は魔剣の使い手ならば、それに相応しい実力を持つべきだと考えて、刀身の保護は硬度を高める魔術で行う事を主張したのだ。

もちろん双方にメリットデメリットは存在する。

例えば復元の魔術を刻まれた剣は、刀身の強度自体が増した訳ではないので、一度に大きな衝撃を受けた場合は、復元の魔術の術式自体が歪んでしまって壊れるかもしれない。

硬度を高めて刀身を保護する方法だと、咄嗟の攻撃を防ぐ際、魔術の発動が間に合わずに受けて刀身が小さくでも歪めば、それを修復する手段がないので、歪みは少しずつ蓄積していく。

どちらも一長一短で、優劣は使い手の好み次第だろう。

まぁ僕は刀身の歪みを自分で修復できるから、別にどちらを使っても問題はないけれども。

さておき、僕は今でも刀身の保護は硬度を高める方が好みに合うが、……この刃に炎を纏わせる魔術と、復元の魔術の組み合わせが、ピタリと噛み合ってる事は否定のしようがなかった。

カウシュマンが、ゆっくりと炎を纏った剣を振る。

正直へっぴり腰で握りも甘くて、何時すっぽ抜けるかわかったもんじゃないから、僕はサッと物陰に隠れた。

疲れていてもリスク管理は大切だ。

今の彼に何かを言う程に無粋じゃないが、それでも見てて怖い物は怖い。

剣士でないカウシュマンの素振りは見てて怖いが、それでも本当に楽しそうで嬉しそうで、僕も素直に羨ましく思う。

あぁ、僕も早く自分の魔剣を打ちたいし、完成させて握って振りたい。

既に刻む術式は、僕の希望通りに彼が選定してくれて、配置も完璧に決まってるのだ。

尤も今は体力も精神力も空っぽだから、……多分数日は思いっ切り寝て、取り掛かるのは一週間後くらいになるだろうけれども。

今の僕は、多分ゆっくりと休むのが困難であろうくらいに、その日が楽しみで仕方なかった。

「エイ、ダー、ピットス、ロー、フォース！」

定められた文言を正確に発音する事で、僕の放出した魔力は炎の塊と化して、手の平から撃ち出された。

着弾と同時に炎は炸裂し、的となった岩は粉々に砕け散る。

パチパチと、周囲で見守る三人の魔導師が、その結果に手を鳴らす。

先程僕が行使したのは、爆裂する火球の魔術。

発動に多少の時間はかかるが高い火力を持つ攻撃の魔術で、これを行使できる事は、一人前の魔術師として認められる条件の一つだった。

そう、今行われているのは、魔術師としての認定試験だ。

正直、僕は自身が魔術を使えたら、見習い魔術師でも一人前の魔術師でも、他人からの評価は何でも良いのだけれども、周囲としてはそうはいかないらしい。

何故ならカウシュマンが他に弟子を取らないから、彼を魔導師にするには、唯一の弟子である僕が魔術師になるより他になかった。

実に難儀な話である。

本当は周囲の魔導師達も、エルフである僕を魔術師として認めたくはないのだろう。

まぁ実際にはハイエルフなので、彼らが思うよりも遥かに大きな力を精霊は貸してくれるが、そんな事は敢えて言う必要もない。

しかし魔道具研究の分野において、カウシュマンは色々と功績を立て過ぎた。

もちろん魔剣の存在も、その功績の中の大きな一つだ。

故にカウシュマンを魔導師にしなければ、彼より功績の低い他の魔術師が、魔導師になる道を閉ざされる。

一介の魔術師が並の魔導師よりも大きな名声を集めるというのは、オディーヌという都市の権威と秩序に波紋を起こす。

……といった具合に、まぁ兎に角、オディーヌの指導者である魔導師達は、カウシュマンに魔導師になって欲しいそうだ。

尤もカウシュマン自身は別に魔導師の名誉を欲してないどころか、逆に面倒臭がってるから、本当ならば僕としてはどうでも良い。

だけど世の中には、自分達の思い通りに行かない目障りな相手を、あれこれと難癖を付けて社会的に、或いは物理的に排除しようという輩も存在するから、カウシュマンは魔導師になった方が良いだろう。

魔導師の地位と名声は彼の身を守ってくれるだろうし、素直に魔導師になれば、他の魔導師からの妙な恨みも買わずに済む。

それ故に僕は、今、この魔術師としての認定試験に、結構本気で臨んでる。

認定試験の科目は五つあって、そのうちの三つに合格すれば魔術師として認められるが、僕の目標は五つ全ての合格だった。

攻撃魔術、治癒魔術、汎用魔術、魔術史学の筆記と、術式学の筆記、これ等の全てに合格すれば、……僕は優れた魔術師として認められ、それを育てたカウシュマンも、魔導師として申し分なしと判断されるだろう。

要するに僕なりの、魔術の師であるカウシュマンに対する恩返しのような物だ。

魔術を学び始めて五年が経ち、単独で作った訳ではないけれど、魔剣も無事に完成した。

そろそろ頃合いだろう。

これから先の道は、僕もカウシュマンも、それぞれ自身で進んでいける。

支え合って飛ぶ時期は、もう終わりだ。

だからこの認定試験が終われば、僕はオディーヌを旅立つ。

ハーフエルフの赤子が子供となって、周囲と自分の違いに気付く前に、僕は迎えに行かなきゃならない。

種族の違いがある以上は養子である事は隠せる筈もないけれど、されど幼い頃から周囲との違いを自覚して、苦しむ必要はない筈だ。

僕が旅立ちの理由を話した時、カウシュマンは笑って、

「オレは子供は五月蠅くて好かないが、アンタが育てた子なら見てみたいな」

なんて風に言っていた。

……カウシュマンは、魔道具を作る技術や知識を、誰かに引き継ぐ心算はあるのだろうか？

彼はこの五年で恋人を作る気配もなかったし、僕の他には弟子も取らなかった。

ちょっと心配になってくるけれど、いやいや、それは余計なお世話だろう。

知識と技術が後世に残らずとも、作った物が残れば良いと考えてるのだとしたら、それはそれで浪漫はある。

そう言えば僕の魔剣だが、カウシュマンの炎の魔剣と対(つい)にして氷の魔剣……、なんてベタな真似は当然しない。

氷の魔剣は確かに格好は良いだろうが、現実的にはあまり意味がないどころか、凍った金属は人体にくっつくから、剣としての使い勝手が著しく悪くなってしまうだけだろう。

という訳で僕の魔剣は、紙のようにとまでは流石に行かないが、それを幾重にも重ねた程の薄い刀身の剣にした。

あまりに刀身が薄すぎるその剣は、本来ならば間違いなく使い物にならない代物だ。

アズヴァルド、僕のクソドワーフ師匠が見たら、迷わずハンマーで叩き折ろうとして来るくらいに、全く以て使い物にならない。

何故ならその薄い刀身は、ハンマーで叩き折られるまでもなく、剣を打ちあう程度の衝撃でも容易く曲がり、折れてしまうだろうから。

けれどもその魔剣は、魔力を流せばスレッジハンマーで殴られてもビクともしない程の強度を得られるように、強度と切れ味を高める魔術の術式が刻んであった。

魔剣との言葉から連想されるような目立つ効果は一切なしで、執拗なまでに強度と切れ味だけを求めて、術式を何重にもびっしりと。

故にこの魔剣は、魔力を流さねば薄く脆(もろ)い玩具の刃だが、ひとたび魔術が発動したら、軽さと鋭さにおいては比類なき剣となる。

まぁ癖の塊のような剣だから、扱うには物凄くコツがいるが、僕にとっては最良の剣だろう。

またこの剣を納める鞘には魔術の適性試験の時に使用した金属、魔力を引っ張り出す不思議な特性を持った、妖精銀と呼ばれる金属を少しばかり使ってみた。

妖精銀はある種の魔物が食べた物を磨り潰して消化する為に鉱石を取り込み、その結果として体内で精製される金属だ。

これにより鞘に納めた剣を肌身離さず持つだけで、不慮の事故に耐えてくれるだろう程度の強度の強化はずっと維持される。

身に帯びるだけで勝手に魔力を吸う剣なんて、悪い意味で実に魔剣らしくないだろうか？

魔力を流せるならばとの前提は付くが、誰が使っても、誰が見ても、間違いなく強いと判断されるだろうカウシュマンの魔剣。

一方、僕以外にこの魔剣の真価を認めてくれそうなのが、今の所は他に剣の師であるカエハくらいしか思いつかない、マニアックな僕の魔剣。

こういう形で対になるのも、それはそれで面白くて良いと思うのだ。

僕にとってカウシュマンは、確かに魔術を教えてはくれたけれど、それでも師であるとの認識は殆どなく、悪友か、……或いはライバルといった関係の方がしっくりと来る。

ここまでは協力し合って同じ道を歩いて来たが、この先は独自に、彼より先に進むとの決意を込めて、全く別の形の魔剣を完成させた。

「カウシュマン・フィーデルの弟子、エイサー、術式学試験、……合格だ」

何故だか僅かに悔しそうに、魔導師の一人が僕に五つ目の合格を言い渡す。

当然の結果……、とまでは言わないが、そうなるだろうと自信を持っていた結果に僕は満足し、認定試験を行ってくれた魔導師達に丁寧に礼を言う。

カウシュマンは涙で別れを惜しむタイプじゃないから、僕も敢えて大仰に別れの言葉を告げる気はなかった。

彼も笑って、またなって言ってたし。

今生の別れになるかどうかなんて、今の段階じゃわからないのだ。

もしも引き取るハーフエルフの幼子が魔術師になりたいと言い出せば、このオディーヌに連れて来る事もある。

その時はもう、カウシュマンもきっと良い中年……、いや、老年にすらなっているかもしれない。

そんな彼と新しく作った魔剣を見せ合うのは、恐らくきっと、とても楽しい事だろう。

そうして認定試験から数日後、僕はオディーヌの議会が発行した魔術師の証明書を手に、カウシュマンのアトリエを出て、町を発つ。

断章　零れた記憶

処刑刀

熱した鉄をハンマーで打ち、脳裏に思い描く完成形に、少しずつ近づけていく作業。
それはきっと、極めて険しい山への登山に似てる。
肝要な物はまず準備、それから心構え。
一直線に頂上に向かえる筈がなく、ルートや休息地点の想定は必要だろう。
今回、僕が完成を目指しているのは、切っ先のない両刃の剣。
両手で使う想定だが、刀身は然程に長くない。
何故ならこれは、戦闘で使う剣ではないからだ。
突く必要がないから、切っ先は不要。
斬る対象は動かないから、長さも然程は不要だった。
鍔（つば）は短く、柄頭は洋梨型。
定められた通りの様式を守る事は、今回の依頼の絶対条件だ。
そう、これはある意味で儀式に使われる剣だから。
「本当に受けるのか？」

僕がこの依頼をオディーヌの鍛冶師組合から引き受けた時、カウシュマンは心配げに、そう聞いた。

あぁ、僕も迷いはしたのだ。

受けるべきか、受けざるべきかを考え、悩んで。

何故ならこの剣が使われる目的は、罪人の処刑。

つまりは、そう、エクスキューショナーズソード。

処刑人の剣だったから。

依頼主はオディーヌの隣、東の都市国家、プラヒア国。

何故、わざわざ国がそんな物を、流れ者の僕に依頼したのか。

そこにはとある理由があった。


オディーヌを含む小国家群の地には、それ以前にはアズェッダ帝国という大国が存在していた事は、以前にも説明した通りだ。

尤もオディーヌはアズェッダ帝国の崩壊後、独立した都市国家が出資し合って建設された都市だが、プラヒアは帝国の一都市として存在していた。

実はこのエクスキューショナーズソードを用いた処刑、斬首というのは比較的名誉ある処刑であり、主に貴族に行われる。

故にアズェッダ帝国時代には、多数いた貴族が処刑される時、エクスキューショナーズソードが用いられ、またそれを振るう処刑人もそれなりの地位と待遇にあったらしい。

しかしアズェッダ帝国の崩壊後、独立した都市国家では、まぁ当然ながら貴族の数は激減する。

帝国の長い歴史で増えたポストが崩壊によって消滅し、領地持ちの貴族は兎も角、役人として働く官職持ちの貴族、いわゆる法服貴族がごっそりと居なくなったから。

すると必然的に貴族に対する処刑も減り、エクスキューショナーズソードが用いられる事もなく、処刑人の家系も途絶えてしまう。

けれども今回、プラヒア国では第二王子が王太子の毒殺を目論(もくろ)んでいた事が発覚し、その処刑を執り行う必要が出て来てしまった。

処刑人は、……騎士長が仕方なく代役を務めると決まる。

だが長く使われなかったエクスキューショナーズソードは手入れもされずに放置され、到底本来の性能は発揮できそうにない。

処刑人の剣は、対象を可能な限り苦痛なく処刑する為に振るわれるというのに。

大急ぎで国内で腕利きとされる鍛冶屋にエクスキューショナーズソードの生産を頼むも、子殺しの剣を作って王の恨みを買う事を恐れた鍛冶師はそれを拒否する。

確かに、公人である王としては第二王子の処刑が必要だと理解してても、父としての感情が納得しているかどうかは、また別の話だ。

年を経て、感情を抑え切れなくなった時、その恨みが鍛冶師に絶対に向かないとは、言い切れない。

だけどエクスキューショナーズソードは必要だった。

正しい様式の物を用いて行わなければ、都市国家とはいえ、王族は王族なのだから、処刑なんて行えない。

もちろん自ら毒を呷るというのは建前で、実際には無理矢理飲ますのだろうけれども。

第二王子には自ら毒を呷(あお)って貰うしかないかと、そんな所まで話は進んだという。

……しかしその時、ある役人は耳にする。

隣国、オディーヌに、流れ者のエルフの鍛冶師が滞在していて、名工と呼ぶに相応しい腕を持つとの噂を。

流れ者の、しかもエルフならば人の王族の恨みなんて気にも留めないかもしれない。

本当に名工と呼ばれる腕を持つなら、正しい様式に則り、尚且つ切れ味鋭いエクスキューショナーズソードを作製できるんじゃないだろうかと。

そんな風に考えたらしい。


まぁその名工とやらが、要するに僕の事なのだけれど、うん。

でも実際に受ける否かは割と本当に悩んだ。

ただその時に思い出したのが、僕の鍛冶の師であるアズヴァルド、クソドワーフ師匠の言葉。

「儂等が作っとるのは、人を殺せる道具だ。だがそれでも儂は、お前さんも、この道を選んだ」

彼は確か、そんな風に口にした。

あの頃、僕はプルハ大樹海の傍らの町、ヴィストコートで鍛冶を学んでいたけれど、すると当然ながら商売相手は冒険者が主である。

そして長く冒険者相手に武器を作ってると、少しずつ勘違いしてしまうのだ。

自分は正しく使われる道具を作ってる……、なんて風に。

でもそれは間違いで、驕りでしかない。

作った武器がどんな風に使われるかは、わからないのだ。

冒険者相手に武器を渡しても、殺人強盗に使うかもしれない。

或いは冒険者が盗賊に殺されて武器を奪われ、村を襲う為に使用されるかもしれない。

飾って鑑賞される為だけに武器が買い求められる事だってあるだろう。

武器は武器だった。

良くも悪くも、何かを殺す道具なのだ。

故にそれが処刑人の剣であっても、僕の普段の仕事と、何ら変わりはない。

必要とされるなら、求めに応じて、要求された機能を満たし、更に最良を目指す。

僕がその仕事をこなす間、カウシュマンは後ろでこちらを見ていた。

彼が僕の話を聞いて、何を思ったのかはわからない。

そもそも僕だってアズヴァルドの言葉を聞いて、彼と同じ考えを抱いたのかどうかは、わからないのだ。

でも僕はアズヴァルドの言葉から、僕なりの武器を作る事に向き合う考え方を得た。

だからカウシュマンも、きっと何かを得るだろう。

作った剣はオディーヌの鍛冶師組合を通して送られて、僕はその後の結末を知らない。

どんな風に使われ、どんな風に思われるのかは知らないが、大切にはして欲しいと、そう思う。

髪に触れる優しい手

シャキ、シャキと、鋏（はさみ）が鳴る小気味の良い音がする。

鋏は名工であるクソドワーフ師匠が特別に作ってくれた物だから、音だけじゃなくて切れ味も抜群に良い。

何だか楽しくなってきて、音に合わせてリズムを取ろうとした僕の頭を、アイレナの手が押さえた。

冒険者である彼女の握力は、実は地味に強い。

「エイサー様、子供じゃないんですから、もう少し大人しく我慢してくださいね」

なんて風にアイレナは言うが、その物言い自体が既に子供扱いだと思うのは、僕の気のせいだろうか？

しかし鋏とはいえ刃物を持って真後ろに立つ相手に逆らう気はないので、

「はーい」

僕はそう返事をして大人しく彼女の手に身を委ねる。

するとアイレナは何がおかしかったのか、くすくすと笑いながら再び僕の髪を切り始めた。

髪に触れる優しい手つきが、心地好い。

彼女が髪を整えてくれるようになって、もうどれくらいが経つだろう。


人間の世界に出て来たばかりの頃は、髪を鬱陶しく感じる度に、森を出る際にそうしたように、自分でナイフを使ってザクザクと適当に切ってた。

僕は自分の容姿には然程に拘り（こだわり）がないから、髪が邪魔にならなければ、ついでに切る際に怪我をしなければそれでいいと、割と適当に考えて。

あぁ、とはいえ、流石に他人から見て見苦しいのは申し訳がないから、身綺麗にはしてるけれど。

まぁさておき、でもそんなある日、髪を切ろうとしてる現場をアイレナに見つかって、盛大に悲鳴を上げられたのだ。

どうやら彼女には、僕が自傷しようとしてる風に見えたらしい。

僕からすれば、むしろその悲鳴に驚いて手元が狂い、本当に頭を切りそうになったのだけれど、どちらが悪いかといえば、多分七対三くらいでこちらが悪いだろう。

その後は説明して納得してもらい、ちゃんと誤解は解いたのだが、それはそれで説教をされた。

そんな風に適当に、しかもナイフで髪を切るなんて、絶対にダメだと。

勿体ない、大雑把すぎる、何時も行動が突拍子もない、興味を持ったらすぐに突っ走るのはやめて周りを見て……、等々。

途中からは聞き流してたけれど、髪を切るのと全く関係のない事まで、怒濤のように説教された。

それ以来、僕は自分では髪は切らずに、二ヵ月か三ヵ月に一度くらいのペースで、アイレナに整えて貰ってる。

ちなみに逆はない。

何度か、お礼に僕がアイレナの髪を切ってあげようかって聞いたら、お願いだからやめてくださいって真顔で言われた。

実に不本意だ。

流石の僕も女性の髪で遊ぶ心算は、……そんなにはないのに。

だがそれはさておき、自分で髪を切るのは単に必要だから行う行為だったが、こうして誰かに髪を切って貰うのは、意外な程に楽しい。

他人の手が優しく丁寧に自分に触れるのは、なんとも不思議に心地好いし、何より自分で切るよりもずっと見た目が整う。

そりゃあ僕だって不揃いであるよりは、綺麗に整っていた方が、何となくだが気分は良いのだ。

今ではクソドワーフ師匠にお願いして専用の鋏を作って貰うくらいに、この時間を気に入っていた。

髪を切って貰う時間は、そんなに長くないのだけれど、終わりが近付けばなんとも惜しい気分になる。

最後に僕の顔や肩に付いた髪を、アイレナが取って、払って終了だ。

「終わりましたよ。エイサー様、いかがですか？」

そう言って彼女は、磨いた青銅製の手鏡を僕に渡す。

見ると鏡の中の僕は、……うん、とても綺麗に髪が整ってる。

「うん、ありがとう。綺麗になってる。でも何時も思うけれど、アイレナは器用だね」

髪が数本、まだ肩に付いてたのを見付けて払いながら、僕は言う。

その言葉にアイレナは嬉しそうにはにかんで、

「ありがとうございます。でも冒険者ならこの程度は、割とできますよ。人によって得手不得手はありますけれど、野営の準備とか、倒した魔物の解体とかする必要がありますしね」

そんな事を口にした。

それは恐らく何気なく口にした言葉だったのだろう。

或いは僕を冒険者に誘う心算で、言ったのかもしれない。

けれども、いやいや、

「え、そうなの？　僕も野営の準備とか、狩った獲物の解体とかできるよ。なら髪も切れるかな。アイレナ、何時ものお礼に切ってあげようか」

それくらいは僕だって可能だ。

だったら多分、髪を切る事もできる筈。

ワクワクと、僕は期待を込めてアイレナの髪を見る。

アイレナの髪の長さやボリューム的に厳しいかもしれないけれど、縦ロールとかやってみたい。

お嬢様みたいにゴージャスに、こう、ぶわっと、何とかできないだろうか。

きっと凄く楽しいと思うのだ。

そんな風な思いを視線に込めて。


「……あ、いえ、遠慮します。いえ、エイサー様にはハッキリ言った方が良いでしょうから、駄目です。お願いですからやめてください」

だけどやっぱり真顔で断られた。

まぁ何時もの事である。

でも僕は諦めない。

幸い、僕も彼女も、生きる時間はそれなりに長いのだ。

百年、二百年としつこく、時に間を置きながら聞けば、何時かはうっかりと頷く事だってある筈だから。

僕は少し軽くなった髪に、心も軽く、笑みを浮かべる。

番外編　出会いの欠片

アストレの冒険

「アストレッ！」

その警告の声に、俺はほんの僅かに頷き、動く。

大丈夫。わかってる。

必要な物は勇気、恐ろしい時程に前へと踏み込む強い心。

爪牙(そうが)を剝き出し樹上から飛び掛かって来た猿の魔物に、こちらも一歩踏み込んで、両手に握った得物を思い切り叩き付けた。

重量感のある槌矛は、魔物の爪よりもリーチが長く、全く同時に攻撃しても先に相手の身体に届く。

ぐしゃりと、重い鉄が骨を叩き潰した感触が、革の手袋を通して手に伝わって来る。

槌矛が命中したのは胴体。

頭を砕けば即死だったが、胴体を殴られた猿の魔物はまだ生きている。

でも砕けたあばら骨が肺やらの臓器に刺さり、致命傷となって動けない。

放置しても遠からず、苦しんで死ぬであろう、即死よりも酷い状態だった。

すると仲間の凄惨な姿に脅えたのか、群れの他の猿の魔物達は、襲い掛かる事を止めてこちらの様子を遠巻きに窺い、俺が目に力を込めて睨み付ければ渋々とだが逃げて行く。

それから俺は改めて、地に転がってもがき苦しむ瀕死の一体に、とどめの一撃を振り下ろす。

その後数秒、更に周囲を警戒した後に構えを解いて武器を下ろせば、自然に大きな溜息が漏れた。

魔物を殺す。

それが冒険者の仕事だけれど、まだまだ慣れないなぁと、そう思う。

だけどそんな俺が、それでも冒険者をしてられるのは、そうしなければ食べていけないという厳しい現実と、手に握った槌矛の、頼もしい重みのお陰だった。

「追い払った！　大丈夫？」

振り返れば、先程の戦闘で負傷した仲間が、太腿を押さえて蹲(うずくま)ってる。

あの猿の魔物は頭が賢く、人が嫌がる場所を好んで狙う。

例えば顔を狙って戦意を削いだり、足を狙って立てなくしたり。

隙を突かれた仲間は、性悪な猿の魔物に爪でザクリと太腿を裂かれた。

見る限り歩けない程じゃなさそうだけれど、……汚らしい爪で負った傷は、早めに処置しなければ傷口が膿む。

俺は大急ぎで周囲を見回して、このプルハ大樹海では比較的どこにでも生えてる薬草を探す。

あまりにありふれたそれは売り物にならず、また効能も大した事がないから、よく見かけるにも拘らず、逆に知ってる人が少ない薬草。

しかしこうした応急処置の時には、それでも十分に役立つ。

傷口を水で綺麗に洗って、揉んで柔らかくした薬草を当て、裂いた布を巻き付ける。

たったそれだけの手当てでも、処置を受けた事に安心したのか、仲間の顔色は幾分良くなった。

「た、助かったよ。アストレはすげぇなぁ。魔物もちゃんと追い払ったし、傷の手当てもできるし。俺だけだったら、今頃は……」

不吉な弱音を呟く仲間に肩を貸し、立ち上がらせる。

弱気になる気持ちはわからなくもないが、今はこのプルハ大樹海からの脱出が先決だった。

それに俺は、別に大して凄くない。

さっきの薬草も、ある人から教わった事をそのまま行ってるだけなのだ。

……いや、それは人？　じゃなくてエルフだけれど、うん。


そのエルフは、多分変わり者なんだと思う。

だってドワーフが経営する鍛冶屋に居るし。

ドワーフとエルフの仲が悪い事なんて、孤児院出身の俺でも知ってる。

なのに何故か何時も楽しそうだ。

そう、経営者のドワーフと罵り合ってる時ですら。

凄い人、というかエルフではあるらしい。

休日に狩りと称してプルハ大樹海に潜ってるそうなのだけれど、ベテランの冒険者ですら苦戦する魔物を、平然と倒して持ち帰って来る。

冒険者組合はどうして冒険者になってくれないのかと嘆いてるし、パーティに加わって欲しいって鍛冶屋に勧誘しに行った冒険者も居たと聞く。

非常に素っ気なく断られたそうだけれども。

あまりしつこく勧誘するとこの町で一番の鍛冶屋であるあそこで買い物ができなくなったり、ドワーフやエルフに殴られるって噂もある。

冒険者相手に殴り勝つ鍛冶屋ってどうなのだろうと思うけれど、あのドワーフとエルフならばと、不思議と納得できてしまう。

町一番の冒険者のチームである白の湖も、あの鍛冶屋の常連だ。

要するに敵に回しちゃいけない鍛冶屋ってのが、冒険者の間で暗黙の了解になっていた。

ただ、買い物客に対しては、あのエルフはとても親切だ。

この槌矛は両手で振った方が良いと教えてくれただけでなく、防具のアドバイスも的確だった。

大樹海という環境に踏み込むのに、足回りを固める大切さを教えて貰ってなければ、俺だって今の仲間と同じような状態になってた可能性は、決して低くない。

また武器を整備に持ち込むついでに尋ねれば、身近な薬草の見つけ方や、大樹海を歩く為のコツも、全く惜しまずに教えてくれる。

他にも例えばさっきの猿の魔物は、ろくな素材も得られないし肉も臭いが、脳だけは珍味として食べられる事とか。

正直、最後の情報は別に知りたくなかったけれども。

恩人というには少し大袈裟かもしれないけれど、……でもやっぱり恩人かなと、思う。

少なくとも今、それなりに冒険者をやれてる事の、二割か三割くらいはあのエルフのお陰だ。

恐らく訓練所の教官と同じくらいかそれ以上には、色んな話をしてくれた。

今日も魔物を倒せたし、俺が三つ星に昇格する日は、もうそんなに遠くない。

三つ星になれば俺も一端の冒険者としての扱いを受ける。

そしたら一度、あのエルフにお礼として、食事にでも誘ってみようと思う。

いや、あのエルフが男だって事は一応わかってるけれど、そうじゃなくて、ただ感謝を伝えたい。

でも俺はまだあんまり酒が飲めないから、とても酒場には誘えないし。

だからその為にも、

「ほら、しっかりしてよグレン。あと少しで大樹海を抜けるから。それからその怪我治ったら、もうちょっとマシな防具を揃えに鍛冶屋に行くよ！」

今は仲間と共に無事に大樹海を抜けなきゃならない。

俺は肩を貸した仲間と共に、ヴィストコートの町を目指して一歩ずつ進む。

エルフの井戸

あぁ、なんだい？
またエルフの話を聞きたいって？
アンタも飽きないね。
もうあの話は何度も何度も話しただろうに。
まぁいいよ。
それを聞いたら寝るんだよ。
そうだね、あれはアタシが、ミナ、アンタと同じくらいの歳だった頃の話さ。
その当時はこの村は、生活に使う水を西の川から汲んでてね。
一日二回、毎朝と毎夕、水汲みに行くのがアタシの仕事だったよ。
ある日の事さ。
いつも通りに水を汲もうとすると、不意に声を掛けられたのさ。
「そこのお嬢さん。その川の水は泥が混じってるから、飲むとお腹を壊しちゃうよ」
って、そんな風にね。

驚いて振り返ると、そこには木陰に寝転ぶエルフが居たのさ。

この世の物とは思えない綺麗な顔をしていてね。

あまりに綺麗過ぎて少し怖くなって、でも聞かれた事には答えたさ。

「そのままでは飲みません。水瓶に水を移して半日もすれば、泥が沈んで上澄みが飲めるんです」

そうさね。

それが朝と夕、アタシが水汲みに行ってた理由さね。

午前中に使う水は前の日に汲んで、一晩放置する。

午後に使う水は朝に汲んでおく。

今から思えば面倒だけれど、あの時はそれが当たり前だったからね。

するとそのエルフは納得した顔で頷き、

「成る程、そうやって飲むのか。賢いな」

そう言ってから起き上がり、水汲みをするアタシの隣にやって来たんだ。

あぁ、そりゃあもう驚いたさ。

どうしていいかわからなかったしね。

でも戸惑うアタシにエルフはにっこり笑って、

「じゃあ君の水汲みを手伝うから、一杯水を貰えないかな。喉が渇いたんだけど、流石に半日は待てないからね」

そんな風に言ったんだ。

その笑顔が優しくてね。

アタシは綺麗な顔が怖かった事なんて忘れて、恥ずかしくなって頷いてね。

汲んだ水を持ってくれたエルフと一緒に、村に戻ったのさ。

あの頃の村はパウロギアの中でも特に貧しくてね。

大人達も荒れてたんだけど、水を飲んでからエルフは、その大人達に尋ねたんだよ。

「どうして井戸を掘らないの？」

ってさ。

いやもう、揉めたね。

何も知らないのに口を挟むなって、大人達は怒ったんだ。

この辺りの土地は、闇雲に掘っても水なんて出やしない。

ちゃんと水の出る場所を探して、深く深く掘る必要がある。

だから井戸を掘りたかったら、町から専門の技師を呼び寄せる必要があったのさ。

それには大金が必要で、村にはそんな余裕はなかったから、もしも井戸を掘るなら、村の誰かを売るしかなかった。

エルフにその心算はなかったんだろうけれどね。

大人達には、何で村人を売らないんだって、聞こえてしまったのさ。

それからその事情を知ったエルフは、大人達に頭を下げて謝ってね。

いやぁ、綺麗って得だね。

怒ってた大人達も、あんな綺麗なエルフに頭を下げられたら、怒りを引っ込めざるを得なかったんだからさ。

いやでも本当に凄かったのはそれからなのさ。

エルフはアタシの所に来てね。

「じゃあ、貰った水のお礼をするよ」

って言って、アタシの手を引いて村の中央に向かったんだ。

その時エルフは、ブツブツと何かを言ってたんだけど、それがまるで誰かと話してるみたいでね。

不思議に思ったんだけれど、口は挟めなくて、そうしてる間に村の中央についてね。

するとエルフはまるで、家のドアをノックするみたいに、手の甲で地面をトントンって叩いたんだ。

あぁ、本当に凄かったよ。

だってその後、まるで扉が開くように、地面がズズズって割れてね。

そこから凄い勢いで水が噴き出して来たのさ。

誰もが驚き、目を疑ったよ。

でもね、アタシはね。

噴き出した水が雨みたいに降って来る中で、嬉しそうに、楽しそうに笑ってるエルフの顔ばかり見ていたよ。

その後は村人が総出で、そこを整えて、ちゃんとした井戸にしたのさ。

あぁ、今も村の中央にあるだろう？
あれがその井戸だよ。
エルフの井戸って、皆が呼んでる、あの井戸さ。
そりゃあもう、村の大人達は何とかエルフにお礼をしようとしたんだけどね。
エルフはやっぱり笑いながら、
「その子に水を貰ったお礼だから、気にしなくていいよ。大した事はしてないしね」
なんて風に言って、さっさと村から出て行ってしまったよ。
大人達はどうしていいかわからなかったんだろうけどね。
アタシだけは追いかけて、そして聞いたのさ。
「また会えますか？」
ってさ。
そしたらそのエルフは、
「君が良い子にしてたら、もしかしたらね」
なんて言って行ってしまったよ。
名前も聞けなかった事は、今でも悔やんでるよ。
ただね。
アタシはちゃんと良い子にしたよ。
元々手伝いをサボったりはしなかったけれどね。

それからも懸命に働いて、今の亭主に出会って、アンタが生まれて。
懸命に生きてるさ。
村もあの頃よりずっと大きくなった。
安心して飲める水が傍にあるって、本当に贅沢な事だからね。
あれから皆が頑張って、村も豊かになったのさ。
今じゃあこの村を、パウロギアの誰もが知ってるよ。
エルフの井戸がある村ってね。
だからそのうち、あのエルフはまたひょっこり顔を出すだろうよ。
「水を一杯貰えないかな？」
なんて言いながらさ。
その時はミナ、アンタの事も紹介するからね。
アンタも良い子にするんだよ。
さて、話はお終いだ。
ほら、良い子は寝る時間だよ。

舶来品と女の心

「ちょっと駄目よ。エイサーさん。そんなに無造作に近付いて、壊したらどうするの」

青く透明に光る大きな器に、マジマジと顔を近付けようとするエルフを、私はなんとか引き留めて制止する。

大きな宝石から削り出したようなそれは、もう見るからに高価な品で、表だけじゃなく裏の仕事もこなす私の給金でも、絶対に手が届かない代物だ。

それともこのエルフは、万一の場合も弁償できるだけの資産を持っているのだろうか？

「うん？　うん、そうだね。ガラスの工芸品は壊れ易いよね。気を付けるよ。ありがとう。カレーナ」

こちらを振り返り、にっこり笑って身を引くエルフ。

全く以て本当に、このエルフは心臓に悪い存在だ。

今も、そう、心臓がドキドキと鳴って五月蠅い。

監視の為とはいえ、こんな事なら案内を買って出るんじゃなかったと、今更になって後悔してる。

ここはトリトリーネ家の傘下で最も大きな商会、ファウーザッシュ商会が所有する、舶来品を売買する為だけの商館だ。

本来なら流れ者が簡単に入れるような場所では絶対にないのだけれど、このエルフは今回、特別に立ち入りが許可された。

何故なら先日の騒ぎ、一週間程前に起きたラーレット商会の処分に繋がった事件で、トリトリーネ家が傘下の暴走を止めれなかった事を彼に謝罪した際に、

「別に大した事じゃなかったから気にしなくていいよ。でもお詫びっていうなら、海の向こうからやって来た珍しい物が見たいな」

なんて風に言い出したから。

彼には欲がないのだろうか。

普通なら名家が謝罪に来たならば、一体どれくらいの金貨を積んでくれるのかと期待に胸を高鳴らせるか、或いは逆に名家の恨みを買ったんじゃないかと震えて頭を下げるだろうに。

何でもない風に、平然と、舶来品を扱う商館の出入りだけを要求したらしい。

もちろん、欲がない訳じゃない事は、わかってる。

このエルフは人間では及びも付かない程に整った顔をしてるにも拘らず、店によくくるゴツい漁師と全く変わらないくらいに食欲が旺盛だった。

貝や魚をバクバクと、……食べ方は綺麗だけれど、口に運んでは酒をあおって満足そうに笑う。

そして何故だかいつも楽しそうだ。

ドリーゼと喧嘩をしたり、騒動に巻き込まれてる最中でさえも。

そう、だからこのエルフの笑顔は、本当に心臓に悪い。

その笑顔のままに騒動に首を突っ込み、或いは騒動を起こして、事態を本当にややこしくする。

あのラーレット商会の件は、本来ならばもっと穏やかに収まる筈だった。

船乗り達が酒場でドリーゼ相手にわざと殴られ、その報復として集団で制裁を加え、漁師を萎縮させる計画を練ってる事は、事前に察知していたのだ。

だから私はその酒場での騒動に巻き込まれて多少の怪我を負い、漁師と船乗りの対立が無関係な市民を傷付けたとして、トリトリーネ家が商会や船乗りを、パステリ家が漁師を、それぞれに罰する。

両成敗の形で両者に痛みを与え、対立感情を鎮静化させる予定だったのに。

なのにあのエルフがあまりに颯爽と助けるから、私は怪我をせずに済んでしまう。

私だって痛いのは嫌だったし、あんな風に助けてくれた事に関しては感謝してるし、正直ちょっと嬉しかったけれど……。

でもそのお陰で、ラーレット商会の暴走は始まった。

そしてその夜、役割に失敗した私は、名家からあのエルフの監視と、あわよくば利用して事態を収拾するようにとの命令を受ける。

私のミスで止められなかった事態だ。

命令を断る権利は、私にはない。

たとえそれが、助けてくれた恩人を利用する事であっても。

そして結果は、あんな風になった。

このエルフは結局、事態を颯爽と片付けてしまったけれど、私が彼の命を危険に晒した事には、違いがない。

だから私の胸の重く鈍い痛みは、痞えは、きっと罪悪感なのだろう。


「このスパイスって処理済みの物だけれど、生のってないの？　あぁ、産地で売って貰う時に処理されるのか。……そうだね。持ち帰って育てられると困るもんね。残念だけど、当然か」

エルフは商館の人間を捉まえて、あれやこれやと質問してる。

やっぱり実に楽しそうで、羨ましく思った。

彼が何を言っているのかはさっぱりわからないけれど、多分きっと、私とは見えてる世界が違うのだろう。

このエルフの目から見える世界がどんな物なのか、私には少しも想像が付かない。

「ちょっと味見していい？　うん、ちょっとだけ」

あ、でもそろそろ止めないといけない事は、私にもわかった。

困った顔をしてる商館の人間と、彼の間に割って入って、

「エイサーさん、お願い。珍しい物があって楽しいのはわかるから、ちょっと落ち着いて。この人も困ってるから、ね？」

宥めて何とか思い留まらせる。

単なる塩じゃあるまいし、海の向こうから渡って来た高価なスパイスを、買う前に味見したいとかちょっともう意味がわからない。

それができないからこそ、この手のスパイスを扱う商人は、必死に目を鍛えるのに。

このエルフは本当に、心臓に悪い。

自由気ままで、少し目を離すと気付けば騒動を起こしてる。

彼がサウロテの町にいる間は、私は絶対に目を離しちゃいけない。

胸の痛みは、やっぱり罪悪感だけじゃないかもしれない。

けれども、そう、いつの間にか胸の痞えはそれどころじゃなくなっていて、何故か先程よりも少しだけ私の気持ちは軽かった。

クソドワーフ師匠と呼ばれて

ドワーフという種族にとって、鍛冶は切り離せない。

何せ始祖の頃、神話に語られる時代から、ドワーフは金属を鍛えて道具をこさえていたのだから、それはもう筋金入りだ。

もちろん、全てのドワーフが鍛冶ばかりしていたら、あっという間に食うに困って、いやそもそも鍛冶の為の鉱石も手に入らんで、滅ぶだろう。

だがそれでも、全てのドワーフは子供の頃に通う学び舎で、鍛冶の基礎を習う。

あぁ、ついでに後、剣や槍、斧や槌矛を使った戦い方も、同時に学ぶ。

男も、女も。

その上で才があると認められた一握りだけが、鍛冶師見習いとして親方のもとでの修業に入る。

他の者はドワーフの社会を支える仕事、地底芋の栽培だったり、酒造だったり、山羊の放牧だったり、鉱夫だったりに就く。

戦う才が豊かな者は、国を守る戦士になったり、山々を越えて人間の町との交易を担当するな。

どの職業が卑賤(ひせん)だとか、人間の社会のような話はない。

どれが欠けてもドワーフの社会が回らん事は、皆がちゃんと理解しておる。

むしろそれがわからん人間の、役人や貴族は阿呆だと思う。

いや、役人や貴族の中にもそれを理解してる者はおるし、多少腕力が強い程度で威張り腐る冒険者も少なくないから、……まぁ人間には阿呆が多いの。

しかしそれはさておき、卑賤な職業はなくとも、やはり戦士と鍛冶師は周囲の敬意を集める。

特に鍛冶師は、腕が良ければドワーフの王の座を得る事すらできる程に。

但し幾らドワーフにとって鍛冶が特別であっても、国内で必要とされる鍛冶師の数には限度があった。

鍛冶師以外の職に就いたドワーフも、趣味で自宅で鍛冶をして、鍋鎌くらいは自分で作ってしまうのだから、余計に。

それ故、一定の年数を親方のもとで修業し、一人前と認められた鍛冶師は、今度は修業として人間の国に赴く。

尤もそれは男の鍛冶師のみの話で、女の鍛冶師は国内に留まる事が許される。

まぁ別に人間の国に行っても咎められる訳ではないが、国を出たという話はついぞ聞いた例しがない。

だが男である儂は当然のように、人間の国へと出て来た。

少しでも多くの客を得て鍛冶の研鑽を積む為、多くの魔物が巣食うとされるプルハ大樹海の傍らの町、ヴィストコートに。

それがもう、三十年程も前の事だ。


人間の町にも三十年近く住めば、色々な出会いがあった。

嫌な奴、傲慢な奴、気の良い奴、見所のある奴、様々に。

けれどもヴィストコートでは、同時に別れも多かった。

越して来た当初、色々と世話になった近所の婆さんは、十年もせん間に寿命で死んだ。

儂の作った武器を握り締めてその足で大樹海に向かい、二度と戻らなかった奴もいる。

しかしそんな中でも特に印象深かったのが、そう、やはりアレとの出会いだろう。

あれはもう、まるで嵐が儂個人を狙ってぶつかりに来たかのような衝撃だったから。

「クソドワーフ師匠」

奴は儂を、そう呼んだ。

正直、師に対する物言いではないが、儂は奴にだけはそれを許した。

あ、いや、……近所のガキどもも、アレの真似をしてクソドワーフ師匠と呼んで来たが、まぁ子供相手に目くじらを立てる必要もない。

儂が奴にその物言いを許していたのは、そこに悪意が欠片もなく、むしろ親しみに満ちていたから。

それから儂もアレを、クソエルフと呼んでいたから。

師と弟子という間柄ではあったが、その点で儂と奴は対等で、フェアな関係だったように思う。

アレは不思議なエルフだった。

後にハイエルフであると知ったが、そういう問題ではなく、おかしい。

まず鍛冶屋を志す時点で、エルフとしては異端も異端だろう。

また奴は何故か、ドワーフに対しても嫌悪を持たずに平然と接する。

知り合ってからならともかく、出会った時からそうだった。

エルフとドワーフは、父祖のまた父祖、それこそ神話の時代から互いに忌み嫌い合う間柄だというのに。

アレはそんなの知った事かと言わんばかりに、親し気に纏わり付いて来た。

あぁ、それこそ、近所のガキどもと何ら変わらぬ無邪気な様子で。

今思えば、だからこそ儂は奴を受け入れ、弟子にしたのだろう。

恐らくエルフに鍛冶を教えるドワーフは、世界で儂が初めてだと思いながら。

あのクソエルフには、鍛冶の、物作りの才がある。

弟子として十年も面倒を見た末の結論だから、これは間違いあるまい。

自分が作った物の出来具合に一喜一憂し、何が良くて何が駄目だったかを常に考える。

しかしその一度の結果を後に引き摺らずに、地道に成長を積み重ねる辛抱強さがあった。

意外と短気だが、けれども根気があり、長期的に自分を見つめる視点を持っているのだ。

それもまた、実にエルフらしくないと、そんな風に思う。

だから儂が奴を好ましく思い、あぁ、友だと感じる事に、不思議はない。

だがこちらは割と不思議な話で、アレが間に立つと、何故か他のエルフも然程に不快に感じないのだ。

もちろんそれは、他のエルフがハイエルフである奴に気遣い、鍛冶の師である儂への言動を控える事も、決して無関係ではないだろう。

ただ……、恐らくはそれだけではなく、アレの影響で偏見を持たずにエルフとしてでなく、その者を個人として人となりを見ると、理解できる点が多いからか。

たとえば、奴の気紛れや破天荒さに振り回されてるのを見ると、同情と共感が湧いて来る。

それがエルフであったとしてもだ。

要するに儂は、それに他のドワーフ達も、エルフという種族だけを見て、一人のエルフなんて見ていなかった。

儂は森という環境を好みはしないが、木々の一本一本までが嫌いな訳ではない。

つまりはそういう事だ。

或いはエルフも、ドワーフに対して同じなのだろう。

ドワーフの中にも、儂と気の合う者もおれば、気に食わん奴もいる。

エルフの中にも、アレが居た。

人間も、また同じくだ。

ずるい者も、誇り高い者も、どちらも居た。

弱者も強者も、愚者も賢者も、様々だった。

しかし総体として、群れた人間を見ると、奴らは欲深で恐ろしい生き物だろう。

短命であるからこそ、生きてる間に多くの欲を満たそうとし、命を燃やして熱を発する。


種族を見る事も、個を見る事も、どちらも重要だと儂は知った。

今日、儂はこの町、ヴィストコートを出て、故郷に戻る帰路に就く。

儂は人間の国で知り得た事を、ドワーフの国に戻ったら、同胞達に伝えよう。

口で言っても理解なんてしないのがドワーフ、我が同胞であるから、彼らにそれを伝える為には儂が国中から認められる鍛冶師として、ドワーフの王座を得ねばならない。

また友との約束を守る為にも。

再会はいずれ果たされる。

それは予感ではなく確信だ。

儂はそれなりに長生きなドワーフで、アレは何年生きるかもわからない御伽噺（おとぎばなし）の中の存在、ハイエルフ。

互いに時間は十分にあった。

奴がこの先、人間達に交じってどんな風に生きていくのかは、考えると少しばかり心配にはなる。

だがどうやらハイエルフは真に、御伽噺に出て来る通りの力を持ってるらしいから。

恐らく何があっても無事に切り抜ける筈だ。

だから再び会う時の為にも、師として、友として、胸を張れる儂であろう。

アレがハイエルフであっても、この先に何を成したとしても、フェアで対等に、クソエルフ、クソドワーフと、互いに呼び合えるように。

あぁ、ドワーフの国に帰っても、きっと忙しい日々が儂を待つ。

あとがき

らる鳥と申します。

最初はフリガナ、ラルチョウって打ってたんですが、編集さんにご連絡する際に自己紹介でうっかりラルトリって名乗ってしまったので、トリになりました。

普通トリって読みますよね。

この度は拙作、『転生してハイエルフになりましたが、スローライフは１２０年で飽きました』

を手に取って下さってありがとうございます。

タイトルちょっと長いですよね。

この小説は、『小説家になろう』さんに投稿していた物を書籍化していただいたのですが、凄い
事ですよね。

まさか自分の人生で本を出すなんて、現実になるとはあまり思ってませんでした。

いえ、投稿する以上は、それを目指していたんですが、まさか現実になるとは……って感じです。

突然に夢が叶ったので、幸せでもあり、怖くもあります。

書籍化になりまして一番嬉しかったのは、やはりイラストが付く事でしょうか。

普段、キャラクターの性格から行動や台詞を妄想したりはするのですが、どうしても文字としてしか思い浮かばないので、イラストの存在は世界を凄く広げてくれます。

エイサー君、かっこいい美人さんですね。

イラストを担当して下さったしあびすさんには、もう本当に感謝感謝に更に感謝であります。


さて、この小説の主人公、エイサーはハイエルフなのですが、転生した人間としての記憶を持っています。

その為、ハイエルフの生活がしっくりこずに、或いは飽きてしまって、故郷の森を飛び出しました。

けれどもやはり人間とは違う価値観の中で百年以上も過ごしたので、今更人間にはなれません。

その結果、彼が自信を表す言葉として気に入ったのが、クソエルフという罵声でした。

エイサーは前向きですが、自虐的でもあります。

迷いなく行動するようで、踏み込まない臆病さもあります。

自分を成熟した人間だと思う、未成熟なハイエルフ。

そんな中途半端な彼の、クソエルフの旅路を、見守って下さると嬉しいです。

まぁ旅路って言いながら、一つ所に留まってる時間がそれなりに長いんですけれども。

今回は五章までなので、時間経過は約二十年くらいになります。

あとがき、まだ結構書いても大丈夫そうなんですけど、何を書きましょうか。

自分語りでも大丈夫かな。

らる鳥は、飲みに行って美味しい物を食べるのが趣味です。

春なら山菜の天ぷらと日本酒とか良いですよね。

あとがき書いてる時点ではまだ自粛中なので、本当に早く飲みに行きたいです。

お願い、去年は我慢して諦めたの、今年こそは食べさせて。

それと以前から応援してくれてた友人とは、夢が叶ったら美味しい物を食べに行こうって約束してたので、馬刺しとか行くと思います。

向こうも大きな仕事が来て張り切ってるみたいなので、お互いにお祝いかなあと。

当然、行ける状態になってたら、ですけれど。

他に好きな事と言えば、ありきたりですが漫画やゲーム。

この本が出てる頃には、モンハンをやってるかもしれません。

まだNintendo Switch買ってないんですけど、買えてるかなぁ。

基本的にヌルゲーマーなんで、ピンチになるとパニックになるんですけどね。

エイサーみたいにサッと判断して的確に狩るのは、中々に難しい。

あ、もちろん好きな武器は弓です。

あとは時々笛ですね。

好きな漫画ですが、最近は女の子が釣りをする漫画がお好みです。

魚は食べるのは好きなんですが、生きてる魚を触れる気はあまりしないので、釣りは子供の頃にやったきりですが。

もしもエイサーが釣りとかやり出したら、影響受けたんだなあと思ってください。

そういえばこれは趣味とは違うのですが、この小説を書いていて鍛冶に興味が湧いたので、見学したいなぁとか思ってます。

なんでも鍛冶を見学できる上に、ペーパーナイフまで作れる観光場所があるらしいのですよ。


まだもうちょっと行けそうですね。

じゃあちょっと、日本酒の話して良いでしょうか。

多分なんですけど、日本酒って飲んだけど苦手って人が多いと思うんです。

居酒屋で頼んでみたけど駄目だったわー、とか、お酒好きな人に勧められたけど苦手だったわとか。

まぁ日本酒を好む人が好きなお酒って、酒好きにとって美味しいお酒だったりするので、癖がある物も多いですし。

と言う訳で今回は、あまり日本酒らしくない純米大吟醸『ロゼノユキドケ』なんていかがでしょう？

ワインっぽい名前ですよね。

実際に凄くそれ風ですよ。

個人的には凄く美味しいし、飲み易いと思えるお酒なので、気になった方は一度調べてみてください。

もちろん二十歳未満の方はまだ飲んだらダメですよ。

店頭ではあんまり見かけないのですが、通販でなら買えると思います。

また次巻があれば、別のお酒のお話をするでしょう。

逆に美味しいお酒をご存じの方は、教えてくださいね。